[全新修订版]

中小学生阅读文库

80天环游地球

[法]凡尔纳◎著　孙志阳◎译

北京联合出版公司
Beijing United Publishing Co.,Ltd.

目录

第一章 福格和路路通成为主仆

1872年，一位名叫菲利亚·福格的先生，住在赛微乐街七号的白林顿花园洋房。这所住宅里曾经住着谢里登先生，直到1816年他在这里去世。

这位菲利亚·福格先生是伦敦改良俱乐部的一个会员，虽然他似乎从来没有做过什么引人注目的事，却仍然是俱乐部里最特别、最受关注的人。

谢里登先生是一位伟大的演说家，他的存在让英国更加光彩夺目。可是，住在他曾经住过的那所房子的福格先生，却是一个让人难以捉摸的人。人们不知道福格先生的底细，只知道他很豪爽，是英国上流社会里的绅士。

有人说，他的头比较像拜伦，不过跟拜伦相比，他两颊和嘴上的胡子要多一点儿，性情也更温和。他这个样子，就是活一千岁，大概也不会变。他的脚没有毛病，这一点跟拜伦不像。

虽然没有人知道福格先生是不是伦敦人，但他确实是个地地道道的英国人。

没有人看见他出现在交易所、银行；在伦敦商业区的任何一家商

行里，也没有他的影子；在伦敦的任何港口或是码头，都没有一艘船的船主名叫福格；任何一个行政管理委员会里，也没有人发现这位绅士；不论是在律师公会，还是伦敦四法学会的中院、内院、林肯院或格雷院，都没有人听过他的名字；至于大法官法庭、女皇御前审判厅、财政审计法院、教会法院这些打官司的地方，他也从来没有去过。他不开办工厂，也不从事农业；他不是靠说合维持生计的掮客，也不做生意；他没有加入英国皇家学会，也不是伦敦学会的成员，更不是手工业者协会、罗素氏学会的会员；西方文学会和法律学会里，都没有他的位置；至于科学艺术联合会这一由仁慈的女皇陛下直接垂顾的地方，跟他也没有任何关系；而首都那个以消灭害虫为宗旨的昆虫学会，或其他诸多大大小小的社会团体里，都没有福格先生的名字。

总之，福格先生仅仅是改良俱乐部的会员。人们所知道的他的情况，仅此而已。不禁有人惊讶了：像福格先生这样古怪的人，居然也能加入改良俱乐部这样光荣的团体？每当这时，就会有人回答：福格是巴林氏兄弟介绍入会的。他在巴林兄弟银行里存了一笔款子，账面上任何时候都有存款，他开的支票总是“凭票即付”。因此，他获得了信誉。

这位福格先生，是不是一位财主？当然是，这一点是毫无疑问的。可是，他的财产是从哪里来的呢？关于这个问题，恐怕就连消息最灵通的人也说不清楚，只有福格先生自己才知道答案，要是哪个人想把这件事情打听清楚，最好是去问他本人。一直以来，福格先生既不挥霍浪费也不小气吝啬。要是有哪个地方的公益或慈善事业缺少经费，他总是会不声不响地捐钱，有时候甚至不让人知道是自己捐的。

他总是尽可能地少说话。一句话，像福格先生这样不喜欢与别人交往的绅士，再也找不到第二个了。可能是因为沉默寡言，他的性格越来越让人觉得稀奇古怪。然而他的生活却总是一个样子，一举一动都非常准确而有规律。正因为这样，人们才更加奇怪，对他产生了各种猜测和想象。

他很可能出门旅行过。因为，他似乎对任何偏僻的地方都非常熟悉，他在世界地理知识方面的渊博程度，是任何人都比不上的。俱乐部里曾经有过某某旅行家失踪或迷路的流言，他只用了简单明了的几句话，就把这个众说纷纭的流言澄清了。他所指出的这些事件的真正可能性，最后一般总是被证实，就好像他具有一种千里透视的天资。按道理来推断，他应该是一个去过所有地方的人，至少在精神上是这样的。

不过，福格先生多年来从未离开过伦敦，这是非常肯定的。关于这一点，可以由那些对他的了解比别人稍微多一些的人证明。据他们说，他每天从家里出来之后，都会走那条笔直的马路到俱乐部去。除此以外，没有人在其他的任何地方见过他。

看报和玩“惠司脱”是他仅有的两项消遣，他的天性最适合这种安静的娱乐。对他来说，赢钱是常事，但是，他绝对不会把这些钱塞入自己的腰包，而是把它们作为自己慈善事业支出中的一个重要部分。另外，还有一点必须特别提出：这位绅士打牌的目的不是赢钱，显然只是娱乐。对他来说，打牌算得上一场有些困难的角力，然而这种角力用不着大幅度地活动，甚至不用移动脚步，不会引起疲劳，跟他的性格完全适合。

福格先生没有妻子儿女，在过分老实的人身上，这种情况是经常出现的；他也没有亲戚朋友，这种情况在普通人身上极其少见。福格先生独自生活在白林顿花园洋房，从来没有人看到他有访客，也从来没有人谈起他在家里的私生活。他家里只有一个仆人。

他每天都按时在俱乐部里吃午餐和晚餐，吃饭时间都精确得像钟表一样。用餐的地方，他也老是固定在同一个餐厅，甚至是同一个桌位。他没有请过任何一个人吃饭，无论是俱乐部的会友还是外客。他也从未在俱乐部为会员准备的舒适的卧室里住过，一到晚上十二点整，他就回家睡觉。一天二十四小时，他有十小时都待在家里，除了睡觉就是梳洗。在俱乐部里，他偶尔也会踱方步，但活动的范围也仅限于铺着镶花地板的过厅或走廊。走廊上装了一个带蓝花玻璃的拱顶，还有二十根希腊爱奥尼式红云斑石圆柱。

不论是晚餐还是午餐，他吃的总是味道鲜美、营养丰富的食品。供应这些物品的，有俱乐部的厨房、菜肴贮藏柜、食品供应处、鲜鱼供应处和牛奶屋等。侍者们身穿黑礼服、脚蹬厚绒软底鞋，态度庄重地为他端来一套别致的器皿，放在由萨克斯生产的花纹漂亮的桌布上。他饮酒所用的器具，是俱乐部保存的那些式样古朴的水晶杯。他喝的酒都是葡萄酒，比如西班牙白葡萄酒、葡萄牙红葡萄酒，或是掺着香桂皮、香蕨、肉桂的粉红葡萄酒。俱乐部为了让他喝到清凉可口的饮料，还给他送来了冰块。这些冰块，是俱乐部用很高的费用从美洲的湖泊里运来的。

如果称过这种生活的人为怪人的话，那么这种古怪无疑是有乐趣的。

赛微乐街的住宅虽然算不上富丽堂皇，但住起来却非常舒适。因为，主人永远不会改变生活习惯，用人自然也不需要做多少事情。但是，福格先生却对自己唯一的仆人提出了这一要求：日常工作一定要准确而又有规律，一切都得按部就班。就在10月2日，福格先生把他的仆人詹姆斯·伏斯特辞退了，原因仅仅是：福格先生要剃胡子，仆人没有按要求送来华氏八十六度的热水，却送来了华氏八十四度的。接替伏斯特的新仆人，应该在十一点到十一点半之间到来。现在，伏斯特正在等着新仆人。

福格先生安安稳稳地坐在安乐椅上。他的双脚就像接受检阅的士兵一样并拢着，双手按住膝盖，身子挺直，昂着脑袋目不转睛地看着移动的挂钟指针。这只挂钟是一种复杂的机器，它不仅计年，也计时、分、秒、日、星期、月等。每天一到十一点半，他就按照日常习惯离家，去改良俱乐部。

这时，外面有人敲门，敲门声传进了小客厅里的福格先生耳朵里。

詹姆斯·伏斯特走进来，说：“新用人来了。”

跟着，进来一个三十来岁的小伙子。小伙子向福格先生行了个礼。

福格先生问：“你是法国人，叫约翰？”

“我叫若望，先生。要是先生不反对的话，我还有一个外号，”新来的仆人回答，“叫路路通。只要听这个名字，就可以知道我天生精于办事。先生，我自认为自己是个诚实的人。说实话，我干过的行业有很多种。我曾经是个闯荡江湖的歌手；还当过马戏班的演员，能像雷奥达一样飞腾在悬空的秋千架上，也能像布龙丹一样跳跃在绳索上；为了更好地发挥我的才能，我又做了体育教练。最后，我去了巴黎，做了一段时间的消防队班长，在这期间还救过几场惊险的火灾。到现在为止，我离开法国都有五年了。我想尝尝当管家的滋味，所以就来到英国，当亲随用人。我现在没有工作，就上您这儿来了。因为，我知道福格先生您，是联合王国里最讲究准确且最爱安静的人。现在，我只希望您能留下我，让我在您府上安安静静地吃碗安稳饭。希望以往的一切，包括我这个名字路路通，都可以忘记……”

“我倒是很喜欢路路通这个名字，”主人回答说，“我已经从别人那里知道了你的情况，你有很多优点。你知不知道在我这里工作的条件？”

“知道，先生。”

“那就好。看看你的表，现在是几点？”

路路通把手伸进裤腰上的表口袋里，掏出一只大银表，回答：“十一点二十二分。”

“你的表慢了。”福格先生说。

“我的表是不会慢的，先生。”

“慢了四分钟。不过，只要你记住所差的时间，也不要紧。好吧，从现在，从1872年10月2日星期三上午十一点二十九分开始，你正式成为我的用人。”

福格先生说完，站起身来，左手拿起帽子，机械地戴在头上，一声不响地出门了。

接着，大门关起来的声音传进了路路通的耳朵，他的新主人出去了。不一会儿，关大门的声音再次传来，原先的仆人詹姆斯·伏斯特离开了。

现在，只剩下路路通一个人在白林顿花园洋房里。

第二章 路路通自认为找到了理想的主人

一开始，路路通不禁有点儿奇怪，他自言自语地说："说实话，我现在的这位主人，跟杜莎太太家里的那些'好好先生'简直没有一点儿差别！"

有一点需要交代一下，所谓杜莎太太家里的那些"好好先生"，是用蜡做成的，这种蜡人除了不会说话，做得就跟真人似的。在伦敦，经常有很多人去欣赏这种蜡人。

刚才，路路通在和福格先生见面的短短几分钟里，就已经又快又仔细地把这位未来的主人观察了一番。从外表来看，这个人四十岁左右，面容清秀而端庄，个儿高高的，虽然略微胖了点儿，却没有因此而有损于他那翩翩的风采。他的头发和胡须是金褐色的，前额光溜而平滑，太阳穴上没有一条皱纹，面色虽不红润却很白净，一口牙齿整齐而美观。

显然，他的个人修养很高，已经到了相士们所说的"虽动犹静"的境界。所有"多做事，少扯淡"的人所具有的特点，他都有。他那安详而冷静的表情，眨都不眨一下的眼皮，明亮有神的眼珠，简直是典型而标准的冷静的英国人。在联合王国里，这种人屡见不鲜，经常

被昂·高夫曼的妙笔刻画成多少带点儿学究气的人物。福格先生在日常生活中的种种表现，给了人们这样一种印象：这位绅士的一举一动都恰如其分，总是不轻不重、不偏不倚，准确得就像李罗阿或是伊恩萧的精密测时计。实际上，福格先生已经成了准确性的化身。人们只要看看他的两手和两脚的动作，就可以清楚地看出这一点。因为，人类的四肢和其他动物的四肢一样，是表情达意的器官。

福格先生是这样一种人：生活按部就班，凡事总有准备，行动向来不慌不忙，总是精密而准确，甚至连迈几步、动几下都有节制。福格先生走路时，也从来不多走一步，总是抄近道。如果他看天花板，一定会有某种原因。他绝对不会无缘无故地做一个手势，也从来不激动，更没有苦恼过。像他这样的慢性子，世界上恐怕再也找不到第二个。但是，因为迟到而误事的情况，从来没有在他身上发生过。他认为，如果在生活中总是和别人交往，就会产生争执。所以，为了不耽误事，他从来不与人交往，这样也就不会与人争执。所以，他所过的那种孤独甚至是与世隔绝的生活，人们是可以理解的。

至于若望，也就是路路通，他是一个土生土长的巴黎人。他待在英国的五年里，一直在伦敦当别人的亲随用人，但是，他始终也找不到一位合适的主人。

路路通与福龙坦、马斯加里那一类人相比，完全不同。路路通不是那种瞪眼无情的下流痞子，不会像他们那样整天耸肩昂首、目空一切、装腔作势。这个大小伙子非常正派，相貌也很讨人喜欢。他的嘴唇稍微翘起，就像是准备品尝什么东西或亲吻什么人一样。在他的双肩上，圆圆的脑袋让人一看就觉得和蔼可亲。事实上，他就是一个勤快而温和的人。他有一双碧蓝的眼睛，镶嵌在那红光满面的脸上。他的脸相当胖，以至于他能看到自己的颧骨。他身材魁伟，膀大腰圆，肌肉壮实，力大无比。他会如此健壮，都要得益于他青年时代的锻炼。他那一头棕色的头发，总是乱蓬蓬的。路路通跟古代懂得密涅瓦十八种处理头发的技艺的雕塑家相比，只懂得一种技艺，就是用粗齿梳子刷，三下就完事了。

面对这样一个嘻嘻哈哈、大大咧咧的小伙了，任何人只要稍微考虑一下，都会认为他的性格与福格先生的脾气合不来。福格先生所要求的百分之百的准确性，他能做到吗？这一点，只有到主人使唤他时才能知道。

人们都了解路路通的一些情况，知道他青年时代曾经流浪过，经历了这段东奔西走的流浪生活后，现在非常希望稳定下来，好休息休息，因此，他一听到有人夸奖英国人有有条不紊、一丝不苟的作风，还有典型而冷静的绅士风度，就跑到英国碰运气来了。可是，命运还是不肯帮他，他在任何地方都不能扎根。到现在为止，他先后换了十户人家。这十户人家，都是一些到处冒险、四海为家的古怪之人，不合路路通的口味。

他的最后一位东家，是年轻的国会议员朗斯费瑞爵士。这位爵士老爷往往在晚上光顾海依市场的牡蛎酒吧，而且经常是被警察给背回家的。为了不失对主人的尊敬，路路通曾经壮着胆子，恭恭敬敬地向爵士老爷提出一些很有分寸的意见。结果，爵士老爷大发雷霆，路路通因此就不干了。

这时，他碰巧听说福格先生要找一个用人，就打听了一下这位绅士的情况，得知这位绅士生活十分规律，既不在外面住宿也不出门旅行，甚至没有一天远离过住宅。对路路通来说，给这个人当差真是太合适了。所以，他登门拜会了福格先生，最终谈妥了这件差事。

十一点半刚过，路路通就一个人待在白林顿花园洋房里。他马上行动起来，跑遍了地窖到阁楼的每一个角落。等巡视了整座住宅之后，他一下子开心起来。因为，这幢房子看起来整齐而清洁、庄严而朴素，非常舒适、方便。这所房子对他来说，就是一个贴体而舒适的蜗牛壳。此外，这个蜗牛壳的一切照明和取暖需求，只用瓦斯就可以

满足。

路路通去三楼找指定给他住的房子，没有费一点儿事就找到了。他很满意这间房子，而且，房子里还装了电铃和传话筒，这样一来，就可以方便地联系地下室和下面的两层楼。壁炉上面，有一只电挂钟，它的钟点跟福格先生卧室里的挂钟钟点一秒钟不差，两只钟会准确地同时敲响。

“真是太好了，这一回我总算是称心如意了！”路路通自言自语地说。

电挂钟顶上，贴着一张注意事项表，这是仆人每天的工作项目，包括福格先生从早上八点钟起床到十一点半去俱乐部吃午饭的所有工作细节：八点二十三分，送茶和烤面包；九点三十六分，送刮胡子的热水；九点四十分，理发……然后是从上午十一点半到夜间十二点要做的事，还有这位有条不紊的绅士睡觉时该做的事——所有该做的事都统统写在上面，每一件事都交代得清清楚楚。路路通对着这张工作表，高高兴兴地细细琢磨了一番，并把该做的各种事情都牢牢地记了下来。

福格先生的衣柜装得满满的，里面的服装各种各样，简直是应有尽有。每一件衣服，无论是裤子、上衣还是背心上，都标着一个按次序排列的号码。同样地，取用和收藏衣物的登记簿上，也标有这样的号码。在登记簿上，还注明了随着季节的更替需要注意的严格规定：哪一天轮到穿哪一套衣服、哪一双鞋子等。

总之，赛微乐街七号的这所房子，陈设非常幽美，与那位大名鼎鼎、放荡不羁的谢里登住在这里时的乌七八糟相比，叫人一看就觉得轻松愉快。这里没有藏书室，甚至连一本书都没有。不过对福格先生来说，这一点根本就没有必要，因为俱乐部里有两个图书馆，不管是文艺书籍还是法律和政治书籍，都可以供他随意阅览。

在福格先生的卧室里，有一个保险柜。这个保险柜不大不小，非常坚固，既能防火又能防贼。他的住宅里，没有任何武器，无论是打猎还是打仗用的，统统都没有。这里的一切，都是主人的好静性格的标志。

路路通仔细地察看了这所住宅，然后情不自禁地搓着双手，扬扬得意地笑起来，左一遍右一遍地说："好极了，我想做的差事就是这样的。我跟福格先生准能合得来。福格先生不爱出去走动，做事一板一眼，活像一部机器。伺候一部机器！这真是太好了，我没有什么可抱怨的。"

第三章 一场可能使福格破财之争

早上十一点半，福格先生照例从白林顿花园洋房向外走。他像往常一样走着，右脚在左脚前面移动了五百七十五步，左脚在右脚前面移动了五百七十六步，然后就到了矗立在宝马尔大街上的改良俱乐部。这是一座高大的建筑物，至少要花三百万英镑才能盖起来。

花园里，树木被秋天涂上了一层金黄的色彩。餐厅里朝着花园的九个窗子都打开了。福格先生直接走进餐厅，在他坐惯了的老地方坐了下来。桌子上，刀叉等食具已经摆好了，午餐有：一盘小吃、一盘加着上等辣酱油的烹鱼块、一盘配有香大黄和青醋栗果的深红色的烤牛肉，还有一块干酪。等他吃完，侍者又端上了几杯俱乐部特备的好茶，把这些美食一冲了事。

十二点四十七分，这位绅士站了起来，从餐厅走向大客厅。大客厅富丽堂皇，由许多配着装潢考究的画框的绘画装饰着。侍者递给福格先生一份《泰晤士报》。这份报纸还没有裁开，于是他就熟练地用双手一张张地按版面裁开。从动作来看，这件原本挺麻烦的差事在他已经是驾轻就熟、习以为常了。他开始看这份报纸，到三点四十五分时，再接着看刚到的《标准报》，直到吃晚饭时为止。用晚餐时，情况

和午餐差不多，只是多加了一道上等的英国蜜饯果品。五点四十分，他离开餐厅，回大客厅专心精读《每日晨报》。

半小时之后，其他一些改良俱乐部的会员也陆续走进大客厅，走向生着炭火的壁炉。其中，有几位是福格先生的老牌友，他们也和福格先生一样，都是“惠司脱”迷。这些人当中，有工程师安德鲁·斯图亚特，银行家约翰·沙利文、撒木耳·法郎丹，啤酒商多玛斯·弗拉纳刚，英国国家银行董事会董事高杰·拉尔夫。他们都既有金钱又有声望，在俱乐部的会员中称得上是金融工商界拔尖儿的人物。

“喂，拉尔夫，那件盗窃案结果如何？”多玛斯·弗拉纳刚问高杰·拉尔夫。

“得啦，依我看，也就是银行赔几个钱了事。”安德鲁·斯图亚特插嘴说。

“恰恰相反，”高杰·拉尔夫说，“我想那个贼会被我们逮住的。警察厅已经派出了许多机警能干的侦探，侦探们把守在美洲和欧洲的所有重要进出港口。这位梁上君子要想从侦探们的手掌中逃脱，在我看来是非常困难的。”

“那么，现在有没有线索呢？”安德鲁·斯图亚特又问。

“有一点我要先说明一下：那个人并不是贼。”高杰·拉尔夫郑重其事地对大家说。

“什么？！一个偷了五万五千镑钞票的人，还不是贼？”

“不是。”高杰·拉尔夫肯定地说。

“难不成是个企业家？”约翰·沙利文问。

“在《每日晨报》上，有人肯定地说他是一位绅士。”说这句话的，不是别人，正是埋头看报的福格先生。这时，他探出头来向大家致意，大家也都还了礼。

他们现在谈论的事情，联合王国的各种报纸也正争辩得热火朝天。这件事情发生在三天之前，也就是9月29日，那天竟然有人从英国国家银行总出纳员的小柜台上，偷走了一大沓价值五万五千镑的钞票。

有人认为这件盗窃案发生得太容易，因而感到惊奇。作为银行副总裁高杰·拉尔夫先生，为此向他们作了这样一番解释：“当时，出纳员正在记一笔三先令六便士的收款账。他只有一双眼睛，当然不可能什么都注意得到。”

现在，要想更容易地搞清楚整件事情，最好先介绍一下这个银行的情况。这个顶呱呱的英国国家银行，似乎对任何顾客的人格都非常信任，里面既没有警卫员也没有守门人，甚至连出纳柜上，也没有装铁丝网之类的防护装置。钞票都是随意放着的，也就是说，任何一位顾客都可以想怎么动就怎么动，没有人会怀疑他是否诚实可靠。有一位观察家对英国的习惯相当熟悉，他甚至说出了这样一件事：一天，他在英国国家银行的一个大厅里看见一块七八斤重的金块，他好奇地挨近它，想要看个究竟。这块金子当时就放在出纳员的小柜台上，他拿起来看了看，然后就传给了别人。这块金子就这样被一个一个地传过去，一直传到了黑暗的走廊尽头，半小时以后才回到原来的地方。而出纳员在这半小时里，始终没有抬一下头。

但是在9月29号这天，情况就完全不同了，一捆钞票竟然不翼而飞。当汇兑处上面挂着的钟敲了五下时，就到了下班时间，英国国家银行只好在损益账上记下这笔五万五千英镑的账目。

当然，这件事可以完全肯定地定性为一桩盗窃案。警察厅抽调了一批最干练的警员和密探，指派他们把守在利物浦、格拉斯哥、哈佛、苏伊士、布林迪西、纽约等地的各个主要港口，并许诺：谁能破案就奖给谁两千英镑（合五万金法郎）奖金，另外还可以获得追回赃款的百分之五，以作为报酬。调查工作所需要的材料还没有提供出来，这些侦探就已经开始工作了，他们一边等待材料，一边在各个港口仔细地侦察，侦察对象就是来往的全部旅客。

《每日晨报》上有这样一篇报导:“作案者绝对不是英国现有任何盗贼帮会的成员。9月29日，在付款大厅亦即盗窃案的案发现场，曾有一位衣冠楚楚、气派文雅的绅士出现并徘徊良久。据调查结果所知，警方已掌握了此人的外貌特征，并将此信息及时通知了把守在英国及欧洲大陆的所有警探。”这样一来，包括高杰·拉尔夫在内的一些有见识的人，就有理由作出这种设想，就是有充分的理由相信这个贼逃脱不了。

人们的料想被应验了。如今，这件盗窃案已经成了伦敦乃至整个英国的主要话题，争辩这一案件的人群到处可见，说到案子的结果，有人慷慨激昂地认定首都警察厅能破获该案，也有人热情洋溢地断言案子破不了。所以，当改良俱乐部的会员们（其中甚至包括一位国家银行的副总裁）也在谈论这个问题时，并不会让人奇怪。

在高贵的高杰·拉尔夫先生看来，这件案子一定能够侦察出结果来。据他估计，这笔奖金不仅会大大鼓舞侦探人员的热情，还能启发他们的智慧。但是，他的会友安德鲁·斯图亚特却不这么认为。于是，这帮绅士就接着争论。终于，他们在牌桌的四周坐下来，斯图亚特对面坐着弗拉纳刚，法郎丹对面坐着菲利亚·福格。打牌时，他们都不说话。但是当结束一局开始算分时，他们又重新热烈地展开了刚被中断的争论。

“这个贼准是一个机灵透顶的人！我认为他能够逃脱。”安德鲁·斯图亚特说。

“算了吧！他能逃到哪里？”高杰·拉尔夫说，“逃到什么地方都能给抓住！”

“不会的！”

“那你说说，他能逃到哪儿？”

“这可不好说，”安德鲁·斯图亚特说，“不管怎么样，世界上都有好多能去的地方！”

“这种情况只发生在过去……”福格小声地说，然后就一边拿起洗好的牌，一边对多玛斯·弗拉纳刚说，“先生，该您倒牌了。”

争论在打牌时暂时中止。可是，不久之后，这个话题又被安德鲁·斯图亚特重新扯了出来。

“什么，这种情况只发生在过去！？现在地球难道比过去小？”安德鲁·斯图亚特说。

“是的，”高杰·拉尔夫说，“我同意福格先生的看法。现在的地球确实缩小了，如今，环游地球一周的速度，比一百年前要快十倍！因此，我们现在所谈论的这件案子，破案速度也会加快。”

“同样的，那个贼逃跑起来不是也更加方便！”安德鲁·斯图亚特应声说。

“该您出牌了，斯图亚特先生！”菲利亚·福格说。

可是，斯图亚特仍然固执地不肯服输，一局牌打完，他又扯开了话题：“拉尔夫先生，地球缩小的说法只是一种玩笑话，这一点您应该承认！您这么说的原因，只是因为如今要绕地球一周，只需要三个月的时间……”

“八十天就够了。”菲利亚·福格接着说。

“确实是这样的，先生们，”约翰·沙利文插嘴说，“自从开通了大印度半岛的柔佐到阿拉哈巴德的铁路，要环游地球一周，八十天足够了。大家瞧瞧《每日晨报》上的这张时间表：伦敦到苏伊士（火车、船，途经悉尼山、布林迪西）——7天；苏伊士到孟买（船）——13天；孟买到加尔各答（火车）——3天；加尔各答到中国香港（船）——13天；中国香港到日本横滨（船）——6天；横滨到旧金山（船）——22天；旧金山到纽约（火车）——7天；纽约到伦敦（船、火车）——9天；合计——80天。”

“确实是八十天！”安德鲁·斯图亚特大喊。他一个不留神，就出错了一张牌，不过，他接着又说，“但是，这八十天中，并不包括遇到

坏天气、逆风、海船出事、火车出轨等事故时需要的时间。”

“这些全都包括在内了。”福格先生边说边打着牌。看来，打“惠司脱”必须保持安静的规矩要被这一争论给打破了。

“可是，还有印度土人或美洲印第安人呀。他们可能会撬掉铁路的钢轨，截住火车，然后抢劫行李甚至剥掉旅客的头皮！”安德鲁·斯图亚特嚷道，“这些都算上了吗？”

“不管发生什么事故，八十天都足够了，”菲利亚·福格一边回答，一边把牌往桌子上一放，说，“两张王牌。”

轮到安德鲁·斯图亚特洗牌了，他一边收牌一边说：“福格先生，从理论上，您是对的；可是从实际行动上……”

“实际行动也只需八十天，斯图亚特先生。”

“我倒想看看您如何能做得到。”

“这要看您怎么决定，咱俩可以一起去。”

“那是绝对不可能的！我才不去呢。哦，上帝保佑！”斯图亚特大声说，“八十天是绝对不可能环绕地球一周的，我敢拿四千英镑打这个赌。”

“恰恰相反，我认为这完全有可能。”菲利亚·福格说。

“那好，您就试试吧！”

“你的意思，是要我在八十天内环绕地球一周？”

“没错。”

“好的，我同意。”

“什么时候动身？”

“马上。不过咱们得事先说清楚，这笔旅费将来得由您出。”

“简直开玩笑！”安德鲁·斯图亚特嚷道。由于福格先生一再坚持着争论，他渐渐沉不住气了，接着说，“算了，咱们还是打牌吧，别再谈这些事了。”

“您发错牌了，还是重新洗牌吧。”菲利亚·福格回答说。

安德鲁·斯图亚特一脸激动的表情，用那双有些发热的手收起牌，突然又把牌摊在桌子上，说：“好吧！福格先生，咱们说定了，我用四千英镑跟您打赌！”

“亲爱的斯图亚特，请冷静一点儿，大家也只是说着玩儿罢了。”法郎丹劝解说。

“我说赌就赌，绝对不是说着玩儿的。”安德鲁·斯图亚特说。

“好！”菲利亚·福格回答，说着，转身对其他几位牌友说：“我有两万英镑存在巴林氏兄弟那里，我情愿拿它们来打赌！”

“两万英镑！”约翰·沙利文大叫着说，“要是因为哪一步没有预料到而回来迟了，就会丢掉两万英镑！”

“任何事情我都可以预料得到。”菲利亚·福格简单地说。

“可是，福格先生，这趟旅行至少也需要八十天呀！”

“只要好好利用，在这么少的时间内也能解决所有问题。”

“您必须非常准确地计算着时间，保证一下火车就上船，一下船又立刻上火车，这样才能不超过八十天！”

“我会准确掌握的。”

“简直开玩笑！”

“一个体面的英国人，是绝对不会随便开玩笑的，既然打了赌，就会像干正经事一样去做，”菲利亚·福格回答说，“八十天内，甚至不需要八十天，我就可以环绕地球一周。也就是说，花一千九百二十小时或者说是十一万五千二百分钟，我就能环绕地球一周。我可以拿两万英镑来打赌，你们有谁愿意跟我打这个赌？”

于是，斯图亚特、法郎丹、沙利文、弗拉纳刚和拉尔夫开始商量起来，一会儿之后，绅士们说：“我们都愿意跟你赌。”

“好！”福格先生说，“八点四十五分有一趟去杜伏勒的火车，我就乘这趟车走。”

“今晚就走？”斯图亚特问。

“今晚就走！”福格先生一边回答，一边看袖珍日历，然后说，“今天是10月2日，星期三，那么，我回到伦敦的时间，应该是12月21日星期六晚上八点四十五分。我这里有一张两万英镑的支票。如果我不能如期回到伦敦，回到俱乐部的这个大厅里，那么，无论是在法律上还是事实上，我在巴林氏兄弟那儿存着的两万英镑就归你们了。”

打赌的字据当场就写好了，六位当事人也立即签了字。从始至终，福格先生的态度都非常冷静。他拿出这一笔等于他一半财产的两万英镑去跟人打赌，目的当然不是赢钱，而是想拿对方的钱来完成这个计划，因为他已经预料到这个计划一定能完成。可是，要完成这个计划，即使不是不可能，也应该非常有难度。他的那些对手，看来有点儿紧张，不过，这种紧张只是紧张的气氛带来的一种踌躇不安的感觉，并不是因为赌注太大。

这时，七点的钟声敲响了。他们建议停止打牌，好让福格先生作动身前的最后准备。

“我已经准备好了，”这位心平气和的绅士回答，同时也不误发牌，“我翻的牌是一张红方块。斯图亚特先生，该您出牌了。”

第四章 路路通被福格吓得目瞪口呆

这次打牌，福格先生赢了二十来个基尼。七点二十五分，他跟那些高贵的会友们道别，然后就从改良俱乐部离开了。七点五十分，他来到自家的大门前，推门进了屋。

路路通已经非常仔细地把自己的工作日程研究过了。按照注意事项表，福格先生应该在晚上十二点才会回家，可他现在竟然破例提前回家了，这不禁让路路通十分奇怪。

福格先生上了楼，回到自己房里之后，叫了一声："路路通！"

路路通没有回答。按照注意事项表，现在还没到叫他的时候。

"路路通。"福格先生又用同样的音量呼唤了一声。

路路通走进了主人的房间。

"我叫你两声了。"

"可是，晚上十二点还没有到呢。"路路通一边回答，一边看着手里的注意事项表。

"我知道，我并没有因此而责备你。我们要去杜伏勒和加来，十分钟以后就动身。"福格先生说。

"先生，您要出远门吗？"这个圆脸的法国人满脸窘态地问，很显

然，他以为自己听错了。

“是的。我们去环游地球。”福格先生回答。

这下子，各种由于吃惊而产生的怪相，都在路路通的身上出现了：双眼瞪大、眉毛和眼皮直往上翻、两臂下垂、身子瘫软……

“环游——地——球？！”他咕哝着说。

“是的。八十天内环游地球，所以我们一分钟也不能耽搁，现在就行动。”福格先生回答。

“可咱们连行李都没有呀。”路路通一边说，一边左右摇晃着脑袋。

“用不着带什么行李。找个旅行袋，再装上两件羊毛衫、三双袜子就可以了。出发之后，我再在路上给你也买一套。还有，把我的雨衣和旅行毯拿过来。你再带上一双结实的鞋子，不过，我们很少步行，也许根本就不用步行。好了，你去忙吧。”

路路通本来想说点儿什么的，却什么也没说，只有离开福格的房间。等他回到自己屋里，就一屁股坐在椅子上，自言自语地说：“真够戗，这下子可好，再也别打算过安稳日子啦！”这句话，是巴黎人常说的俗话。

他一边机械地为环游地球作最后准备，一边想着这件事情，“这事儿不会是真的。主人简直是疯了，也或许是在开玩笑”……不管怎样，去杜伏勒和加来都没问题，总之，这位棒小伙儿并不十分反对出门旅行。这五年来，他一直待在英国，一想到这一回八成能去祖国首都巴黎看看，当然也相当高兴。虽然这位绅士从来不爱多走路，但他一定会在巴黎暂停一阵的。没错，虽然这位绅士不爱多走路，可是这一回，他却真要出远门了。

路路通找来旅行袋，装上了自己和主人的衣服。到了八点钟，他心神不安地走出自己的房间，小心地锁好门，然后去找福格先生。

福格先生也准备好了。他的胳臂底下，还夹着一本《大陆火车轮船运输总指南》。这本书是布来德肖写的，里面有旅行所需要的一切指示和说明。他接过路路通手中的旅行袋，打开，顺手塞进一大沓钞票。这些花花绿绿的钞票，在世界各地都是通用的。

“该做的事情都做了？有没有忘记什么东西？”

“没有忘记任何东西，先生。”

“我的雨衣和旅行毯也带了？”

“带了，喏。”

“好。这个袋子给你拎着，”福格先生把旅行袋递给路路通，接着又叮嘱了一句，“里头有两万英镑呢，你可要留点儿神。”

路路通一听，差点儿没让旅行袋从手里掉下来，好像袋子特别沉重，里头真有两万磅金子似的。

就这样，他们主仆二人走出大门，给大门加了两道锁，向赛微乐街尽头的马车站走去，然后就坐上一辆马车，飞也似的驶向东南铁路支线的终点站——卡瑞因克罗斯车站。

八点二十分，马车停在卡瑞因克罗斯车站的铁栅栏前面。路路通先跳下车，他的主人也跟着下车并付了车资。

这时，一个要饭的女人拉着一个孩子走了过来。这女人光着的脚上满是污泥，头上有一顶插着一根羽毛的破旧不堪的帽子，褴褛的衣衫上披了一个破披肩。她走近福格先生，向他讨钱。福格先生掏出衣袋里刚赢来的那二十个基尼，全部给了这个要饭的女人。

“拿着吧！善良人。我看到你，心里非常高兴。”说完，他就走了。

此时的路路通，对主人更加尊重了，他觉得自己的眼里好像涌出了泪水。

主仆二人马上向车站大厅走去。进了大厅，福格叫路路通去买两张到巴黎的头等车票，一转身，刚好看见了改良俱乐部的那五位会友，便对他们说：“我就要动身了，先生们。等我回来之后，你们要查对我的旅行路线，凭我护照上的各地签证、印鉴就可以了。”

“看您说的！用不着查对的，福格先生，您是个讲信用的君子，”高杰·拉尔夫相当客气地说，“我们都相信您。”

“当然是有证明更好。”菲利亚·福格说。

“您还记得应该什么时候回来吧？”安德鲁·斯图亚特向他提醒了一句。

“八十天以后，也就是1872年12月21日，”菲利亚·福格回答，“星期六晚上八点四十五分。诸位，再见。”

八点四十分，福格先生跟他的仆人坐进了车厢，八点四十五分，火车在汽笛声的伴随下开走了。

下着毛毛细雨，车窗外漆黑一片。福格先生不声不响地坐在座位上。路路通却还是一副茫然的样子，只是机械地把那个装钞票的旅行袋紧压在身下。

火车还没有到达锡德纳姆时，路路通突然发出了一声绝望的大叫。

“怎么了？”福格先生连忙问。

“我……我在忙乱中……忘了……”

“忘了什么？”

“忘了关我屋里的煤气。”

“哦，我的好小伙儿，回来你出瓦斯钱。”福格先生冷冰冰地说。

第五章 一种新股票在伦敦市场上出现

福格先生的这次旅行轰动了全国。当福格先生离开伦敦时，他也猜到了会发生这种情况。

俱乐部里一传开这个打赌的消息，立即轰动了整个俱乐部，引起了那些尊贵的会员老爷们的注意。后来，这个消息又被新闻记者转移到了报纸上。报纸一印出来，伦敦市民乃至整个联合王国的人，都知道了“环游地球”的消息。人们热火朝天地评论、争辩、揣摸着这个消息，就像发生了第二个亚拉巴马事件[1]。对于菲利亚·福格的这一行为，有人拥护也有人反对，很快地，反对派就在人数上占了优势。反对派认为，用目前现有的交通工具而不是纸上谈兵，在短短的八十天内环绕地球一周，不仅不可能，简直就是发疯。

对于菲利亚·福格的这一举动，除了《每日电讯》给予一定的支持之外，《泰晤士报》、《标准报》、《晚星报》、《每日晨报》及其他二十种有声望的报纸全都表示反对。大家认为，菲利亚·福格是个怪

[1] 译注：1864年6月19日，英美两国政府因巡洋舰“亚拉巴马号”沉没，发生了争执，直到1872年9月14日问题才解决，引起了一时的轰动。

人、疯子；想出这种打赌办法的人，脑子有毛病。

就这一问题，报纸上发表了好多写得有声有色、有条有理的文章。人们都知道，在英国，人人都对涉及地理的问题感兴趣。因此，报上与菲利亚·福格旅行有关的文章，受到了所有阶层的读者的关注。

刚开始那几天，特别是福格先生的照片——改良俱乐部会员登记表上的照片复制过来的——在《伦敦新闻画报》上发表之后，有些大胆的人（大部分是妇女）就站到了菲利亚·福格这一边。有些绅士（特别是《每日电讯》的读者）甚至说："嘿，凭什么不可能！我们还见过比'八十天环游地球'更奇怪的事情呢。"可是没过多久，这种论调就似乎消沉下去了。

事情是这样的。10月7日，英国皇家地理学会的会刊上，登载了一篇从各方面论证都不可能在八十天内绕地球一周的论文。这篇论文很长，而且直截了当地说"只有神经错乱的人，才会干这种事情"。

这篇论文说，旅行中会有很多人为和自然的障碍，如果要完成这样的旅行，那么何时从何地动身、何时到达何地……都不能有半点儿差错，这样的准确性简直不可思议；而这样准确的吻合，是没有也不可能有的。

这篇论文进一步论证了这种不可能。在不太长的路线上，比如欧洲这段交通线上，火车定时到达的钟点还能勉强算出。可是，要是换成火车需要三天才能穿过印度、七天才能横贯美国大陆的路线，怎么可能精确地掌握每次出发和到达的时间呢？此外，还会发生一些意外情况，像机器出毛病、火车出轨、列车互撞、气候恶劣、积雪阻路等，这一切都对菲利亚·福格不利。而且，马上就到冬季了，海风和浓雾会限制航行。即使是最好的客船，在横渡大洋时也经常会迟到两三天。只要菲利亚·福格有一次赶不上船，就得等下一班，哪怕要等几小时。然而，只要他耽搁了一点儿时间，整个旅行计划就会被打乱，甚至功亏一篑，更别说是这几小时的差误了。

这篇论文一发表，就引起了极大反响，差不多被所有的报纸转载。因此，“菲利亚·福格”这支新股票的价格，马上一落千丈。

原来，人们在菲利亚·福格动身后的几天，就开始拿他的旅行成败做起投机买卖来了。说到那些打赌的人，谁都知道。他们和那种用现钱赌博的人相比，更气派、更会动脑筋。在英国，赌博是人们天生的嗜好。现在，大张旗鼓地拿菲利亚·福格的成败打赌的人，不仅有改良俱乐部的很多会员，还有广大群众。在赌博手册上，印着“菲利亚·福格”这个名字，就像一匹赛马的名字一样；在交易所里，出现了“菲利亚·福格”股票；甚至在伦敦市场上，也有了“菲利亚·福格”的行市。当时，“菲利亚·福格”股票红极一时，被人们按牌价或超牌价买进卖出，成交量很大。

但是到了10月7日，在那篇论文发表在皇家地理学会会刊上之后，也就是福格先生出发后的第五天之后，“菲利亚·福格”股票开始供过于求，“福格”证券也紧跟着跌价。人们都减价大量抛售手里的“菲利亚·福格”，最初是按票面价格的五分之一出售，后来相继减为十分之一、二十分之一、五十分之一，最后是百分之一。

现在，只剩下一个人还支持菲利亚·福格了，这个人就是阿尔拜马尔老爵士。这位老爵士是个半身不遂的高贵绅士，长年瘫坐在安乐椅上。如果有人能设法让他环游地球一周，他会心甘情愿地拿出全部的家产，别说是八十天环游地球一周，就是十年他也愿意。他肯定菲利亚·福格必胜，所以买了“菲利亚·福格”股票，赌本是四千英镑。当别人对他说菲利亚·福格的计划十分愚蠢、徒劳无功时，他这样回答：“要是可以办得到呢？那么，最先办到这种事情的就是一个英国人。这样岂不是很好？”

然而，现在拥护菲利亚·福格的人越来越少，情况非常不妙。既然人人都反对他，那就自然有他们的道理。“菲利亚·福格”股票的兑

换率，在福格先生动身后的第七天就一文不值，更别说是一百五十或两百对一了。因为，一件出人意料的事情发生了。

下面是一份苏伊士发往伦敦的电报：

苏格兰广场，警察总局局长罗万先生：

银行窃贼菲利亚·福格已被我盯住。速将拘票寄至孟买（英属印度殖民地）。

侦探菲克斯

这份电报一发表，效果立竿见影。人们心目中的高贵绅士，一下子变成了偷钞票的贼。人们发现，警察局调查出的窃贼的外貌特点，和改良俱乐部里菲利亚·福格的照片一模一样。于是，人们一下子想到了菲利亚·福格平时的诡秘生活，想到了他孤僻的性情，猜测他这次为什么突然出走。显然，环游地球只是一个幌子，这个荒唐的打赌，掩饰了他的目的——逃过英国警探的耳目。

第六章 怪不得侦探菲克斯会着急

80天环游地球

为什么会有人报称菲利亚·福格是贼呢？现在，我们就来说一说这份苏伊士发往伦敦的电报是怎么来的。

10月9号星期三上午，人们都在苏伊士码头上等着，因为十一点时，“蒙古号”商船将会开到苏伊士来。这是一艘有螺旋推进器、前后甲板的铁壳轮船，载重两千八百吨、惯常动力五百匹马力。“蒙古号”商船是东方半岛轮船公司的一艘快船，经由苏伊士运河定期往来于布林迪西和孟买之间。它的正常航速，在布林迪西到苏伊士这一段每小时是十海里，在苏伊士到孟买这一段是每小时九点五三海里。不过，它总能在规定的时间之前到达。

在等候“蒙古号”商船的人群中，有本地人也有外国人，其中有两个还不停地走来走去。这座城市不久之前还是一座小镇，现在能够如此繁荣，都得益于雷塞布的巨大工程。

这两个人当中，有一位是联合王国驻苏伊士的领事。他看着每天依然有英国船只通过这条英国去印度的航线，不禁想起当初对这条运河的预言。当时，英国政府很懊丧，工程师斯蒂芬逊也觉得很可怕。但是现在，每天依然有英国船只通过这里。因为，以前英国只有从好

望角绕道才能去印度，现在穿过这条运河去印度，航程缩短了一半。

另外一个人，又瘦又矮，看样子非常能干且有点儿神经质。他眉头紧皱，眼睛时而透过长长的睫毛闪动着犀利的目光，时而显得迷迷糊糊的，似乎什么都没有看见。这个人叫菲克斯，他一直不停地走来走去，看样子很不耐烦。自从英国国家银行发生盗窃案之后，就有许多英国警探被派到各个港口去办案，菲克斯是其中之一。这位侦探监视着所有经过苏伊士的旅客，一旦发现哪个人形迹可疑，就一边盯着他，一边等候拘票。

两天之前，首都警察局长给菲克斯发来一份有关窃贼外貌特征的材料。材料称，在英国国家银行付款处出现的那个可能是小偷的人，据说是位衣冠楚楚的绅士。

在等候"蒙古号"商船时，这位侦探的情绪明显是异常急躁的。显然，他被那笔破案的奖金迷住了。

"领事先生，您确定这条商船不会脱班吗？"他问。这句话，他已经问过好几遍了。

"是的，菲克斯先生。昨天有消息说，它已经到距此一百六十公里的塞得港外海了，"领事回答，"对这样一条快船来说，一百六十公里根本不算什么。我再次向您说明一点：凡是在规定的时间内提前到达的船只，都可以按照政府的规定获得奖金，每快二十四小时获得二十五英镑。'蒙古号'总能得奖。"

"它是直接从布林迪西开来的吗？"菲克斯又问。

"是的。它装完寄往印度的邮件之后，在星期六下午五点钟出发。它不会晚点的，您只管耐心等待。但是侦探先生，有一点我实在不明白，就算您要抓的人在'蒙古号'上，您又如何能认出他来呢？单凭您收到的那一点儿材料吗？"

"领事先生，我们对于这些人的判断，"菲克斯说，"靠的主要是感觉，也就是我们应该具有的敏锐的鉴别力。鉴别力是一种听觉、视觉和嗅觉的综合感觉，这种感觉很特殊。我一生当中，逮过不止一个像他这样的绅士。我敢对您说这样一句大话，只要我要抓的贼在这条船上，我就绝对可以抓住他。”

“但愿如此，菲克斯先生。这可是一桩非常大的盗窃案。”

“可不是！五万五千镑呀！”菲克斯异常兴奋地说，“对咱们来说，发这么大一笔横财的机会很少。现在的贼，往往偷了几个先令就会被抓住。如今，再也没有像西巴尔德那样了不起的大盗了！”

“您说得头头是道，看样子，简直马上就可以给您庆功了，”领事说，“不过，菲克斯先生，我还是要再次提醒您，照您现在掌握的情况来看，要抓住他恐怕还有困难。正如那份有关窃贼相貌特征的材料所说的，他跟一位正人君子完全相像。您有没有想过这一点？”

“领事先生，”菲克斯信心十足地回答，“所有的大盗看起来都像正人君子。至于那些长得鬼头鬼脑的人，反倒只能老老实实地安分守己，不然的话，一下子就会给我们逮住。对于那些伪装的正人君子，我们的主要任务就是揭下他们的假面具。我承认，要做到这一点是有困难的！因为，与其说我们这一行是一种职业，不如说它是一种艺术。”明显地，菲克斯这个人多少有点儿自命不凡。

这时，拥来一些不同国籍的水手、商人、掮客、搬运夫、当地苦力，码头上渐渐热闹起来。很显然，船马上就到。

天气很晴朗，可因为刮着东风，所以非常冷。阳光淡淡的，照耀着突出在城市上空的那些尖尖的清真寺塔。举目南望，一条长达两公里的长堤，像一只伸进苏伊士运河港湾里的巨臂。渔舟和小船星罗棋布地漂浮在红海上，其中有些船只还保持着古代船只的那种式样，看上去很漂亮。

由于职业习惯，菲克斯一边走在人群里，一边打量着来来往往的行人。

这时，已经十点半了，他忍不住嚷着说：“看样子，这条船今天不

会来了！”

“它离这里不会太远的。”领事回答。

“它要在苏伊士停留多长时间？”

“停四小时。加煤。这里距离红海的出口亚丁港有一千三百一十海里，所以，它必须加足燃料。”

“然后，它是不是直接从苏伊士开到孟买？”

“是的。中途，它既不搭客也不装货。”

“这样的话，”菲克斯说，“如果这个贼经过这条路，而且搭了这条船，那么，他一定是打算从苏伊士转道去亚洲，不是去荷兰殖民地，就是去法国殖民地，反正不会去印度。因为，印度是英国的属地，待在印度不保险，这一点他当然明白。”

“除非这个贼很有办法。您也知道，一个英国罪犯跑到国外去，还不如躲在伦敦。”

领事说完，就回了不远处的领事馆，这里现在就剩下菲克斯一个人了。菲克斯把这两句话盘算了老半天，感到非常烦躁不安。但是同时，他又奇怪地预感到这个贼就在“蒙古号”上。没错，要是这个坏蛋想去美洲，理想的路线就是走印度。因为，警探在这条路线上的监视，比大西洋那条路线要松得多。而且，即使要监视这条路线，也比较困难。

一阵汽笛的尖叫声传来，宣告着轮船就要靠岸，也把陷于沉思的菲克斯拉出了苦境。搬运夫和苦力成群结队，都急忙向码头跑去，那股子乱劲儿，着实让人有些担心旅客们的手脚和衣服的安全。

转眼间，庞大的“蒙古号”就在人们的视线中直开向码头。十一点整，“蒙古号”抛了锚。同时，蒸汽从排汽管里噗噗地冒出来，烟雾顿时弥漫在港湾里。

旅客非常多，有的站在甲板上朝全城那美丽如画的景色眺望着，但大多数都上了那些靠在“蒙古号”旁边的、专门接送旅客登岸的小驳船。

旅客们陆续上岸了，菲克斯一个一个地打量着他们。这时，一位旅客使劲推开那些要替他搬东西的苦力，走到菲克斯跟前，拿出一张护照，非常客气地问菲克斯知不知道英国领事馆在哪里。很显然，他是想去英国领事馆办理签证。

菲克斯顺手接过护照，一下子就把上面的一切看了个清清楚楚。这一看，他两手直抖地拿着那张护照，高兴得差一点儿就要得意忘形了。原来，护照上所记载的执照人的一切情况，都和首都警察局长寄给他的那份材料一模一样。

“这张护照是您的吗？”菲克斯问这位旅客。

“不是。这是我主人的。”

“他人在哪儿？”

“还在船上。”

“要办理签证手续，必须要本人亲自去领事馆才行。”侦探接着说。

“只能这么办吗？”

“只能这么办。”

“那么，领事馆怎么走？”

“那儿，”侦探指着两百步以外的一所房子说，“就在广场边上。”

“好吧，我去找我的主人。你不知道我的主人，什么事他都嫌麻烦。”说完，这位旅客朝菲克斯点了点头，向船上走去。

第七章 查护照也不能解决任何问题

菲克斯急忙离开码头，向领事馆跑去。他说自己有急事，所以领事马上就接见了他。

“领事先生，”菲克斯直奔主题说，“正如我所料，这个贼确实在‘蒙古号’上。”

接着，菲克斯就把刚才发生的关于那个仆人和那张护照的事说了一遍。

“好吧！这个家伙我倒是非常愿意见见。不过，菲克斯先生，如果真的如您所料，那么我怕这个贼不会来我这儿。您也知道，小偷走路时，是不爱留下脚印的。何况，旅客为护照办签证的手续，现在已经没有必要了。”

“领事先生，”菲克斯回答，“如果这个家伙很厉害，他就一定会来！这一点是我们应该考虑到的。”

“来办理签证手续吗？”领事问。

“是的。您也知道护照这玩意儿，对正人君子来说，带着它嫌麻烦；而对强盗来说，有了它就便于逃跑。显然，他的护照是不会有问题的，这一点我敢断定。但是，我非常希望您拒绝给他办签证手

续……”

“为什么？要是护照没有问题，我就无权拒签。”领事回答。

“可是，领事先生，这个人得留在这儿，直到我接到伦敦的拘票并逮捕他为止。”

“哦，这是您一个人的事，菲克斯先生。我可不能……”领事回答，还没等他把话说完，敲门声就在办公室门外响起。

两位客人跟着听差的走了进来，其中有一位，正是刚才那个跟菲克斯谈话的仆人。他们主仆二人真的一起来了。这时，主人简单地说明了来意，然后就拿出护照请领事签证。

领事接过护照，把上面的记载仔仔细细地看了一遍。同时，菲克斯就坐在角落里打量甚至死盯着这位客人。

“您就是菲利亚·福格先生？”领事问。

“是的，先生。”绅士回答。

“这位先生是您的仆人？”

“是的，他叫路路通，是个法国人。”

“您从伦敦来？”

“是的。”

“要去哪儿？”

“孟买。”

“好了，先生。不过，现在我们并不要求您呈验护照，这种签证手续也不用办理了，就算办了也没有一点儿用处。您明白吗？”

“这个我知道，领事先生，”菲利亚·福格回答，“我之所以要用您的签证，是想证明我曾经从苏伊士路过。”

“好吧，先生。”领事说完，就在护照上签了字，然后注明日期并盖了章。

菲利亚·福格付完签证费，简单地跟领事打了声招呼，带着仆人离开了。

“您感觉怎么样？”侦探问。

“不怎么样。看样子，是个地地道道的正人君子！”领事回答。

“也许还是个好人，”菲克斯说，“但是，这并不是问题所在。从外貌特征来看，这位冷静的绅士跟我接到的那份材料所描述的一模一样。这一点，您没看出来吗？”

“您说的没错。但是您要知道，所有关于外貌特征的……”

“我明白你说的这一点，”菲克斯打断他说，“但是依我看，那个仆人一定不会守口如瓶，何况他又是个肚子里放不住话的法国人。好吧，领事先生，再见。”说完，菲克斯就走出领事馆，去找路路通。

福格先生从领事馆离开之后，去了码头。他在码头上把几件应办的事交代给仆人之后，就雇了一条小艇回到了“蒙古号”。他走进船舱，拿出记事本，写了下面几行字。

10月2日星期三，下午八点四十五分从伦敦离开。

10月3日星期四，上午七点二十分到达巴黎。

10月4日星期五，上午六点三十五分到达都灵（经由悉尼山)，上午七点二十分离开都灵。

10月5日星期六，下午四点到达布林迪西，下午五点登上“蒙古号”商船。

10月9日星期三，上午十一点到达苏伊士。

总共花费时间：一百五十八小时三十分钟，合六天半。

这些日期都记在一本分栏的旅行日记上。此外，旅行日记上还注明了10月2日至12月21日的月、日、星期，以及到达每一重要地点——巴黎、布林迪西、苏伊士、孟买、加尔各答、新加坡、香港、横滨、旧金山、纽约、利物浦、伦敦——的预计时期及实际时间。这种分栏的旅行日记，让人一目了然。福格先生只要查对一下这本旅行日记，

就可以随时随地知道自己是早到还是迟到了，并能把早到或迟到的时间算出来。

现在，他在本子上记下了到达苏伊士的时间：10月9日星期三，如期到达苏伊士，既没提前也没落后。

写完，他就在船舱里吃了午饭，连想都没想到要去城市里游览一下。有些英国人说是去各地旅行，其实只是仆人在代替他们游览，菲利亚·福格就是其中之一。

第八章 路路通好像太多话了

没过多久，菲克斯就和路路通在码头上再次碰面了。当时，路路通正东张张西望望，逍遥自在地逛来逛去呢。路路通认为，旅途中的什么东西都应该瞧瞧。

“喂，朋友！您的签证手续办好了吗？”菲克斯走近路路通问。

“哦，原来是您。先生，我们全都规规矩矩地办妥了，多谢您关心。”路路通回答。

“您是在欣赏风景吗？”

“是啊。不过，走得真是太快了，简直像在梦里旅行一样。这里真是的苏伊士吗？”

“是的。”

“也就是说，我们到埃及了？”

“完全正确！这里就是埃及。”

“也就是到非洲了？”

“到非洲了。”

“啊，到非洲啦！我简直不敢相信！”路路通说，“我还以为我们最远就到巴黎呢！巴黎，这么有名的大京城，我们只在从北站到里昂站

的那么一段时间——从早上七点二十分到八点四十分——里，隔着马车窗子瞧了那么一会儿，而且，当时外头还‘哗哗’地下着大雨。真遗憾！”

“您有急事？”菲克斯问。

“我是一点儿都不着急，有急事的是我的主人。哦，我想起来了，现在我得去买袜子和衬衫。我们出门时，只带了个旅行袋！”

“市场里什么都有，我带您去那儿买吧。”

“先生，您真是个热心人！”路路通对菲克斯说。

于是，他们就一起去市场了。路路通一打开话匣子，就没个完。

“最要紧的是，”路路通说开了，“我得留神上船的时间，这可不能耽误。”

“有的是时间，现在才十二点呢。”菲克斯说。

路路通掏出他的大银表，看了看说：“十二点？开玩笑！现在是九点五十二分。”

“您的表慢了。”

“不可能！我这个表是我曾祖父留下来的，标准得很，一年也差不了四五分钟。”

“我明白了，”菲克斯回答，“您的表显示的是伦敦时间。伦敦时间跟苏伊士时间相比，差不多慢两小时。您每到一个地方的时候，都应该按照当地的正午时间把您的表拨到十二点。”

“拨表?!我从来不拨表。”路路通大声说。

“要是这样，您的表就不符合太阳的运行了。”

“管它呢！先生，太阳有时候也会错的。”路路通说，然后就毫不在乎地把表放进了表袋。

过了一会儿，菲克斯又问：“您离开伦敦时，是不是非常匆忙？”

“当然了。上个星期三晚上八点钟，福格先生居然违反常例地从俱乐部回到了家里。三刻钟之后，我们就出发了。”

“那么，您的主人到底要上哪儿去？”

“一直向东走，环游地球！”

“环游——地——球？”菲克斯嚷道。

“是啊，八十天内环游地球！他说，他跟人打了赌。可是，不瞒您说，我一点儿也不相信。我觉得这事有点儿不近人情，一定另有文章。”

“啊！他真是一位古怪的先生！”

“我也这么认为。”

“他是不是很有钱？”

“那当然。他随身带了一大笔崭新的钞票！在路上时，他一点儿也不节省。您知道吗？他允诺给‘蒙古号’大副一大笔奖金，条件就是让这条船提前一些时间到达孟买！”

“您与这位主人，是不是老早就认识了？”

“不是的，我是在动身那天才到他家工作的。”路路通回答。

侦探本来就非常激动，所以不难想象他听完路路通这番话之后的反应。这一切都证实了菲克斯的猜测：盗窃案发生之后，盗贼用奇怪的打赌做借口，然后就带着一大笔钱仓促地离开伦敦，急急忙忙地跑到远远的地方。

菲克斯为了多了解一些情况，又逗着这个法国小伙子谈了一阵。然后，他知道了这些情况：这个小伙子完全不了解福格先生；福格先生孤僻地生活在伦敦；人家都说福格先生有钱，却摸不清他打哪儿弄来那么多钱；福格先生是个令人难以捉摸的人；福格先生不会在苏伊士上岸，他真的要去孟买。

“孟买离这里远不远？”路路通问。

“非常远。要想上那儿去，得坐十几天的船。”菲克斯回答。

“孟买在哪儿？”

“在印度。”

“这可让我抓瞎了！见鬼，我告诉你一桩事，我的煤气……真是愁死我了……”

“霉气？”

“我出门时，忘记关上煤气炉子了，它现在还烧着呢。这笔煤气费，将来全得由我出。我算了一下，每天两个先令，比我一天的工资还多六便士。只要这趟旅行延长一天，我就得多一天损失。”

路路通只顾谈论着他的“煤气”问题，这老半天菲克斯是不是真的在听呢？很难说。因为，菲克斯那会儿根本就没听路路通的，而是在考虑自己接下去要怎么办。

到了百货市场，菲克斯就让路路通自己去买东西，并提醒他注意时间，别误了上船，然后就急急忙忙向领事馆跑去。现在的菲克斯，信心十足而又相当沉着。

“领事先生，现在，我可以肯定这家伙逃不出我的手掌心了，”菲克斯说，“他为了骗人，居然装成了一个想要在八十天内环游地球的怪绅士。”

“这么说，他还真是一个大滑头啊。他是打算骗过欧美两洲所有的警察局之后，再回伦敦？”

“是啊。咱们倒要看看他有什么本事！”菲克斯说。

“您确定您没有弄错？”领事又问。

“不会错的。”

“那么，这个贼为什么一定要拿着护照来办签证，以证明他从苏伊士路过呢？”

“为什么……这个我也说不上来，领事先生。不过，请您听我说。”说完，侦探就把方才菲利亚·福格的仆人跟他谈的那几件最值得怀疑的事说了一遍。

“不错，从这些事实来推断，这个人确实是靠不住的。您接下来打算怎么办？”

“我马上给伦敦打电报，要求他们立即发一张拘票到孟买来，然后搭上‘蒙古号’，盯着这个贼，跟着他去英国的属地印度。到了那里，我再客客气气地走到他跟前，拿拘票抓他。”

一刻钟之后，菲克斯就带上一笔钱，提着简单的行李，上了“蒙古号”。又过了一会儿，这条快船就飞快地奔驰在红海海面上了。

第九章 福格顺利地渡过了红海和印度洋

苏伊士离亚丁港正好一千三百海里。半岛轮船公司的船走完这段路，只需要短短一百三十八小时。“蒙古号”加大马力迅速向前进，照这个情况来看，它可以提前到达目的地。

在布林迪西上船的旅客当中，大部分都是要去印度的；其余的人，有去孟买的，也有经过孟买去加尔各答的。自从有了那条横贯整个印度半岛的铁路，人们要去加尔各答就不用再从锡兰绕道了。

“蒙古号”上的乘客，有各种文官、各级武将。其中，有英国正规部队的将领，还有指挥印度士兵的军官。他们都拿非常高的薪俸。

在“蒙古号”上，人们都过得相当舒服。官员当中有一些年轻的英国人，带着巨款去海外经商。这条船上的事务长（轮船公司的心腹）的地位，和船长相等。关于他的一切事务，都搞得非常讲究。比如吃饭，他的餐桌上总是摆满了一盘又一盘新鲜的熟肉和其他佐餐小菜，无论是上午的早餐、下午两点的中餐、下午五点半的晚餐，还是晚上八点钟的宵夜，都这样供应。供应这些食物的，是船上的肉类供应处和食品部。

还有几位女客，她们每天要换两次服装。

每当风平浪静时，船上就会有音乐响起，人们可以在音乐的伴奏下婆娑起舞。

但是，红海经常风浪大作，闹得很凶，就跟其他所有又窄又长的海湾一样。不论是从亚洲海岸还是非洲海岸吹过来的风，只要大风一起，就会把这条装有螺旋推进器的梭形快船“蒙古号”吹得东摇西晃。这时，女客不见了，钢琴和轻歌曼舞也统统停止了。但是，尽管狂风怒吼、海浪滔天，这条靠强大机器推动的轮船仍能毫不含糊地驶向曼德海峡。

这时候，福格先生在干些什么呢？也许，人们会以为他一定是整天愁眉苦脸的，担心旅行计划会被这鬼天气打乱。因为，变幻莫测的风势会对航行不利，翻滚的巨浪会使机器出现故障，一些可能发生的事故会迫使“蒙古号”在中途抛锚……

可是，他一点儿也没有想到这些可能发生的不幸事故，即使想到了，他也不会显露在脸上。他这个人永远都不动声色，是改良俱乐部的会员中最沉着稳健的一个，不会被任何意外和不幸吓得惊惶失措。他的心情就像船上的时钟一样，永远不会激动。他很少到甲板上去，也根本没想到要去看红海这片最早在人类历史上留下多彩回忆的大海，更不用说去看红海两岸那些奇异的古城。那浮现在天边的城影，美丽得简直像图画！

古代的斯特拉朋、艾里安、阿尔得米多、埃德里齐等史学家，一提起危险的阿拉伯海湾，无不变色。从前，航海家路过此处时，要是不给海神供奉祭品以祈求平安，决不敢贸然航行。

这位把自己关在“蒙古号”船舱里的怪客，到底在做什么呢？首先，他一日四餐照常，生活步调根本没有被轮船的摇摆和颠簸打乱，整个人简直就像一部精密的机器。他一吃完饭，就打“惠司脱”。对，打牌的配手已经有了：赴果阿上任的税收官、回孟买的传教士德西姆斯·斯密史、回贝纳雷斯防地的英国旅长。这三位旅客玩“惠司脱”

的瘾头，跟福格差不多，一玩起牌来就着迷。一天到晚，这四个人都在打牌。

路路通呢，他住在船头上的一等客舱里，一点儿都不晕船。他的胃口也总是很好，就像福格先生一样。对他来说，这样的旅行实在没什么好不乐意的。他拿定主意了，要吃得痛快、睡得舒服，再欣赏欣赏沿途的风景。他认为，这趟莫名其妙的旅行肯定会在孟买结束。

10月10号，也就是从苏伊士出发之后的第二天，路路通在甲板上又遇见了菲克斯。他记得这位在埃及码头上跟自己谈话的殷勤的朋友，而且非常高兴。

“先生，在苏伊士很热心地给我领路的不正是您！我没有认错吧？”路路通走过去对那个人说，同时露出一副非常讨人喜欢的笑容。

“没错！”侦探回答，“我也认得您，您是位管家，您的主人是一位古怪的英国先生。”

“是的。先生，您贵姓？”

“菲克斯。”

“菲克斯先生，我很高兴能在船上碰见您。您要到哪儿去？”

“跟您一样，我也到孟买。”

“这真是太好了。您以前有没有去过孟买？”

“去过几次。我在东方半岛轮船公司做代办。”菲克斯说。

“那您一定很熟悉印度啦？”

“那是当然……”菲克斯回答，他不想再谈下去了。

“印度是不是非常有趣？”

“是的，非常有趣！在那儿，有很多庄严的清真寺：高高的尖顶塔、宏伟的庙宇、托钵的苦行僧……还有浮图宝塔、花斑老虎、黑皮毒蛇、能歌善舞的印度姑娘！我希望您能好好逛一逛印度。”

“我又何尝不想呢。可是，菲克斯先生，您也知道，对任何一个精神健全的人来说，八十天环游地球都简直是受罪。刚下轮船就上火

车，一下火车又上轮船，天天都这样，任谁都受不了！不过，到了孟买，这种体操式的旅行就万事大吉了。您就等着瞧吧，绝对错不了。”

“福格先生的身体近来可好？”菲克斯随口问。

“他很好，菲克斯先生。我也挺不错的，一吃起饭来，就活像个饿鬼。这都是被海洋气候给弄的。”

“您的主人去哪儿了？我一直没有看见他到甲板上来。”

“他从不到甲板上来。他不爱看稀罕。”

“路路通先生，这位要八十天环游地球的先生，会不会在暗地里担负着外交使命之类的秘密使命？”

“天知道！菲克斯先生，实说跟您说吧，我一点儿也不知道，真的。要我花钱打听这种事，绝对不可能！”

这次会面之后，路路通就经常和菲克斯聊天。这位侦探也想尽办法来接近福格的管家，这么一来，必要时也好利用他。于是，菲克斯经常和路路通一起去船上的酒吧间，请他喝上几杯威士忌或者白啤酒。这个小伙子一吃起酒来，就毫不客气。为了不欠人情，他也回请菲克斯。在他看来，菲克斯是一个非常正派的人。

“蒙古号”跑得的确非常快。10月13号，旅客们就可以看到莫卡四周倒塌的城墙和城墙上那碧绿的海枣树了。远处的万山丛中，点缀着一片一片的咖啡种植场。

路路通眺望着这座名城，不禁心旷神怡。在他看来，那些环状的断壁残垣配上旁边那座茶杯把儿似的破古堡，使这座城看上去活像一个巨大的咖啡杯子。

“蒙古号”当天夜里就穿过了曼德海峡[1]，第二天才在亚丁湾西

[1] 作者注：mande，红海的南门，阿拉伯语的意思为“流泪门”。因为此处风大浪高，狭窄礁多，以致船员航行至此便胆战心惊甚至流泪，渔民出海至此则家属为其安全哭泣，故此得名。

北的汽船岬停下来，加煤。

汽船岬供应来往轮船的煤，都是从遥远的矿区运过来的，这项工作重要而困难。东方半岛轮船公司每年仅仅是煤费支出这一项，就要花费八十万镑（合两千万金法郎）。因为，必须要在好几个港口都设立储煤栈，再一点一点地运到遥远的海上，这样一来，每吨煤的价格就高达八十法郎。

还有一千六百五十海里才能到孟买，所以必须在汽船岬停留四小时，给船底的煤舱加满煤。

但是，耽搁的这四小时早已在福格先生的意料之中，所以对他的旅行计划毫无影响。何况，现在才是10月14号晚上，比“蒙古号”预期到达亚丁港的时间（10月15号早晨）提前了十五小时。

福格先生带着路路通上了岸，去办理护照的签证手续。菲克斯悄悄地尾随着他们。

福格先生一办完签证手续，就回到了船上，继续打他的“惠司脱”。

亚丁城有居民两万五千人，其中包括了索马里人、巴尼昂人、帕西人、犹太人、阿拉伯人和欧洲人。

路路通和往常一样，又在人群中溜达起来。他瞻仰了那些海防要塞，因为有了这些海防要塞，亚丁港才被称为“印度洋的直布罗陀”；他还欣赏了那些巧夺天工的地下贮水池，这些贮水池是两千年所罗门王的工程师建造的，如今还有好多英国工程师在对它进行维修。

“真奇妙！真奇妙！”路路通回到船上之后，自言自语地说，“这回我算明白了，要想瞧瞧新鲜事，最相宜的办法就是出门旅行。”

晚上六点钟，“蒙古号”起锚了，螺旋推进器的桨翼击打着海水，一会儿之后，船就飞驶在印度洋上了。“蒙古号”从亚丁港开到孟买的时间，按规定应该在一百六十八小时以内。目前，印度洋上一直刮着西北风，船帆可以有力地帮助机器向前推进，对航行非常有利。由于

顺风，“蒙古号”就不太摇晃。所以，甲板上又出现了浓装艳服的女客们，人们引吭高歌、翩翩起舞，一片欢腾。就这样，这一段航程顺利地过去了。

路路通非常高兴，因为只是偶然巧遇，他就认识了菲克斯这么一位亲切的朋友。

10月20号中午，“蒙古号”就到了印度的海岸。两小时后，引水员上了船。碧蓝的天空，群山的远景隐隐约约地露出地平线，看上去美妙而和谐。又过了一会儿，旅客们眼前就出现了一排排把孟买城也挡住的、生气勃勃的棕榈树。“蒙古号”向孟买港（由撒尔赛特岛、科拉巴岛、埃雷方岛、比特谢岛环绕而成）驶去，四点半到达码头。

这时，菲利亚·福格刚好打完这一天的第三十三局牌。这一局牌，他跟搭档大获全胜，因为他们大胆地做了一手好牌，竟吃进了十三墩牌。这次航行，就随着这一局牌的结束而告一段落。

“蒙古号”是10月20号到达孟买的，按规定，它应该10月22号到达。这也就是说，从伦敦出发到现在，福格先生有两天富余出来的时间。福格先生掏出旅行日记，一丝不苟地把这两天记在盈余栏里。

第十章 路路通赤脚从庙里逃出来

大家都知道，印度从地形上看是一个顶朝南、底朝北的大倒立的三角形，总面积一百四十万平方英里，共有人口一亿八千万，且分布非常不均。

虽然这个国家幅员辽阔，但是实际上被英国政府控制的只有一部分。虽然英国政府在印度的一些地方设了总督，比如加尔各答有全印总督，马德拉斯、孟买和孟加拉有地方总督，亚格拉有代理总督。但是，所谓的英属印度，实际上只有七十万平方英里的土地、一亿到一亿一千万的人口。可见，英国女皇权力管不到的地区还有很大的一部分。事实上，印度内地仍然有一些保持着完全独立的土王，他们在英国人眼中是凶猛而可怕的。

1756年，英国在现在的马德拉斯城所在地建立了第一个印度殖民机构。从这一年开始直到印度士兵大起义，那个人所共知的东印度公司都专横跋扈，它以分期付款为名，用地价券从土王手里购买了许多土地，逐步吞并了很多省。实际上，这些地价券很少甚至根本就不兑现。当时，担任全印总督和总督府文武官的人员，都由东印度公司任命。如今，英属印度直属英皇管辖，东印度公司也不存在了。

现在的印度，面貌、风俗和种族争执都在日益改变。从前在印度旅行，靠的都是步行、骑马、坐双轮车或独轮车、坐轿子、靠人驮、坐马车之类的古老方法。如今，有快速轮船在恒河、印度河上航行，还有一条横贯整个印度的大铁路，而且铁路沿线还有支线。要想从孟买到加尔各答去，只要三天时间就可以了。

不过，这条横贯整个印度的铁路线并不笔直。它的直线距离只有一千英里到一千一百英里，要想走完这段路程，中等速度的火车也要不了三天。但是，由于铁路线向北延伸时要经过半岛北部的阿拉哈巴德，所以，它的实际长度至少增加了三分之一。

说到大印度半岛铁路沿线的重点站，这里就概括地介绍一下。火车从孟买岛离开，经由萨尔赛特岛进入塔那前面的大陆腹地，穿过西高止山脉向东北方向前进，直达布尔汉普尔，穿过差不多独立的本德尔汗德土邦，向北前进至阿拉哈巴德，再向东前进至贝纳雷斯，与恒河相遇后再离开恒河，向东南方向下行，经过布德万和法属殖民地金德纳格尔，然后直奔终点站加尔各答。

“蒙古号”到达孟买的时间是午后四点半，去往加尔各答的火车在八点整开出。

福格先生跟牌友们道了别，上岸，然后吩咐路路通去买一些东西回来，并一再叮嘱他不要误了开车时间，务必要在八点以前赶回车站。然后，他就一步一步地向领事馆走去，那样子，就像是一架天文钟的钟摆在数秒似的。

虽然孟买风光美丽、景色新奇，但是福格先生却连看都不想看一眼。不论是宏伟的市政厅、漂亮的图书馆，还是城堡、船坞、棉花市场、百货商场、回教的清真寺、犹太教的教堂、亚美尼亚人的礼拜堂，以及玛勒巴山上的有两座多角宝塔的美丽寺院……这一切，福格先生都不想看。就连山一样的名胜、深藏在孟买湾东南的神秘地窖，甚至是萨尔赛特岛上那巧夺天工的佛教建筑遗迹冈艾里石窟，他都不屑于瞧上一眼。

这下没有别的事了吧！福格先生办好了签证手续，走出领事馆，不慌不忙地向车站走去。他准备去车站吃晚饭。

饭店老板在所有的菜中，特别推荐了当地特产“白葡萄酒烩兔肉”。饭店老板说，这道菜最美味。

福格先生就按照老板的推荐，要了一盘炒兔子肉，仔细地品尝起来。虽然兔肉加了五香佐料，还是让福格先生闻到了一股令人作呕的怪味。于是，福格先生叫来了饭店老板。

“掌柜的，这是兔子肉吗？”福格先生一边问，一边望着饭店老板。

“是啊，老爷。这是一只在灌木林里长大的兔子。”这个家伙厚着脸皮回答说。

“你们宰兔子时，有没有听见它‘喵喵’地叫？”

“‘喵喵’地叫？天晓得！不过，这的确是兔子肉呀！我的老爷，我敢向您发誓——”

“别发什么誓啦！”菲利亚·福格冷冷地说，“掌柜的，您还记得吗？以前，猫在印度是神圣的动物，它们的黄金时代也就在那个时候。”

“猫的黄金时代？”

“也是旅客的黄金时代。”说完，福格先生就静静地继续吃着晚饭。

说到侦探菲克斯，他在福格先生下船后不久，也跟着下了船，然后直接跑到了孟买警察局。找到警察局长后，他说明了自己的身份、任务以及目前这个嫌疑犯的情况，然后问警察局长有没有接到从伦敦发来的拘票。警察局长说他没有收到什么东西。事实上，拘票是菲利亚·福格动身之后才发出的，不可能这么快就到达孟买。

这么一来，菲克斯就被弄得十分尴尬。他请求孟买警察局给他签一张拘票好拘捕菲利亚·福格，却被局长拒绝了。因为，签发拘票是英国首都警察厅独有的职权。警察局长这种严格遵守原则和法律的精神，充分体现了英国当时的一种风气，就是凡是涉及个人自由的问题，绝对不允许任何人武断行事。

菲克斯没有再这么要求下去。现在除了耐心等待拘票，没有其他

的办法。他决定了，只要这个不可捉摸的家伙停留在孟买，自己就一刻也不会放松对他的监视。菲克斯和路路通想的一样，也认为菲利亚·福格一定会留在孟买。这样的话，菲克斯只需要等待伦敦寄来的拘票就可以了。

但是，当路路通离开“蒙古号”时，主人又吩咐他去买东西。这一回，他一下子就明白了。原来孟买和巴黎、苏伊士一样，并不是旅行的终点，他们起码要到加尔各答，说不定还更远。他开始寻思了，莫非福格先生真的在跟人打赌？莫非自己注定不能如愿地吃口安稳饭，而偏偏要在八十天内环游地球？

路路通买了几件衬衣、几双袜子，看天色还早，就在大街上溜达了一圈。

熙熙攘攘的大街上，到处都是人。其中，有不同国籍的欧洲人，还有头戴尖帽的波斯人、头戴方帽的信德人、头缠布带的本雅斯人、身穿长袍的亚美尼亚人、头戴黑色高帽的帕西人。

原来，这一天是帕西人（也叫盖伯人）的节日。帕西人信奉拜火教，是印度技艺最巧、文化最高、头脑最聪明、作风最严肃的民族。如今，孟买本地的富商都是帕西人。这一天，帕西人都要庆祝祭神节，有游行，还有跳舞等文娱活动。姑娘们身披由金丝银线绣成花的玫瑰色纱丽，合着三弦琴和铜锣的节拍，舞得婀娜多姿而端庄合仪。

对路路通来说，这种新奇的宗教仪式无疑会使他睁大眼睛、竖起耳朵，看饱舞蹈、听够音乐。不用说，他的那副表情和尊容，看上去就和人们能想象出的那种最没见过世面的傻瓜一样。不幸的是，好奇的路路通竟然失了分寸，险些儿把主人的旅行计划给破坏了。

事情的经过是这样的。路路通一路走过去，直到看完帕西人的节日仪式，才走向车站。可是，当他路过玛勒巴山时，看见一座美丽的寺院，就忽然心血来潮地要去里面看看。

但是，他完全不知道有这么两件事：第一，印度有些神庙明文规定基督徒不得入内；第二，就算是信徒入内，也必须先脱鞋子，并把鞋子放在庙门外。这里需要指出，英国政府出于政策上的需求，对印度宗教的态度是非常尊重并保护之。所以，无论任何人，哪怕对本地宗教稍微有一点儿亵渎，都会受到严厉的处分。

路路通就像平平常常的游客一样，走进了玛勒巴山的寺院，一点儿也没有想到自己会闯下大祸。他站在那些金碧辉煌、光彩夺目的印度教装饰跟前欣赏着，突然被人推倒，摔在了神殿里的石板地上。原来是三个僧侣朝他扑来，他们怒气冲冲地扒下他的鞋袜，还一边恶拳相加一边臭骂。

这个结实而又灵活的法国小伙子不干了，他霍地翻身起来，左一拳右一脚，打翻了三个敌手中的两个，然后趁着这两个僧侣被长道袍绊住的工夫，拔腿就跑，三步并作两步地冲出庙门，转眼间就把以第三个僧侣为头的一大帮追踪人撇得老远。

还有五分钟就到八点钟了，火车眼看就要开走。刚才打架时，路路通把刚买的一包东西也弄丢了，现在只好光头赤脚地逃到车站去。

这时，菲克斯也在月台上。他一路尾随着菲利亚·福格，一直到了车站，才知道菲利亚·福格这个坏蛋要离开孟买。他马上作出决定，要跟着菲利亚·福格去加尔各答，哪怕是再远一些他也要跟着。当然，他藏在阴暗的地方，所以路路通没有看见他，他却听见了路路通对菲利亚·福格说的话。路路通把自己的遭遇简单地叙述了一遍。

“希望你以后别再碰上这种事情。”菲利亚·福格简单地说，然后走进了车厢。

这个倒霉的小伙子没有说一句话，只是光着脚，狼狈不堪地跟着主人上了车。

菲克斯正要上另一节车厢，忽然灵机一动，决定不走了。

“不行，我得留在这儿。既然他在印度犯了案，我自然能抓人……”他自言自语地说。

火车在一声惊人的汽笛声中开动，消失在深沉的夜色里。

第十一章 福格花高价买大象

火车在规定的时间出了站。在它运走的这批旅客当中，有军官、文职人员，还有鸦片和蓝靛贩卖商。

路路通跟主人在一个车厢里坐着。在他们对面的角落里，坐着旅长弗朗西斯·柯罗马蒂先生。他是菲利亚·福格从苏伊士到孟买途中的牌友，现在要回自己的部队。他所在的部队，驻扎在贝纳雷斯附近。

弗朗西斯·柯罗马蒂先生有五十来岁，个子高高的，头发金黄。在印度士兵大起义中，他以凶狠而出名。他打年轻时起就住在印度，回故乡的时候很少，称他是“印度通”一点儿也不为过。他很有学识，若是福格先生向他请教印度的历史、风土人情和社会组织之类的情况，他一定会乐意告诉福格先生的。

可惜，福格先生不是来旅行的，他只是要围着地球兜一个圈儿，所以什么也不打听。庄重严肃的福格先生，只是要像机械运动那样规律而死板地在地球上兜一个圈儿。现在，他心里在盘算着的，是从伦敦动身之后花掉的时间。盘算结果令他满意。假如他是一个喜欢随便做动作的人，现在准会搓着双手表达这种满意之情。

弗朗西斯·柯罗马蒂先生并未注意菲利亚·福格的为人，只是在玩牌或计算牌分时才观察一下菲利亚·福格，就看出了这位旅伴的脾气非常古怪。自然地，他心里产生了疑问。比如，像福格先生这样一位外表冷冰冰的人，是否也有一颗跳动的心呢？福格先生面对自然之美时，是否也会无动于衷呢？福格先生和一个有希望和抱负的正常人一样吗？……这些问题对柯罗马蒂来说，都没有得到解答。他这一生中，见过不少性情古怪的人，却从未见过菲利亚·福格这类像数学一样死板的家伙。

福格先生并没有对柯罗马蒂隐瞒自己的旅行计划，甚至还告诉了他完成这个计划的条件。但是，在旅长看来，这次打赌毫无意义，只不过是一种怪癖而已。凡是有这种怪癖的人，一定缺少“益智”这种一切有理智的人所必需的因素。这位古怪的绅士再这么下去，对别人没有裨益，对他自己也没有好处，只会让他虚度年华，最终一事无成。

火车从孟买离开后一小时，到达萨尔赛特岛，一穿过那些高架铁桥，就很快地奔驰在印度大陆上了。火车到了卡连，撇开向东南延伸的、通往坎达拉哈和普纳的铁路支线，驶向波威尔，穿行于纵横绵亘的高止山脉中。高止山脉的地质构成部分，主要是迸发岩和雪花岩。在这些山的顶峰上，长满了茂密的丛林。途中，柯罗马蒂和福格偶尔会聊上几句，且每次谈话都是旅长开的头。但是，话头还是接不上。

“福格先生，要是在头几年，这个地方准会误您的事，八成儿会让您的计划告吹。”旅长说。

“为什么，柯罗马蒂先生？”

“因为，火车一到山脚时就得停下来，您只能坐轿子或骑小马去对面的山坡，到坎达拉哈换车。”旅长回答。

“即使是那样，我的旅行计划也不可能被打乱，”福格说，“我能预见产生某些阻碍的偶然性。”

“可是，福格先生，您的随从闯下的这桩乱子，就差一点把您的事儿给破坏了。”旅长又说。

这时候，路路通正把一双光脚裹在旅行毯里睡得正香，做梦也没想到自己正在被人议论。

“英国政府对于这类违法事件，一向十分严厉，这自然有它的道理，”旅长说，“英国政府认为，对印度宗教习惯的尊重，应该高于一切。假若您的随从被逮捕——”

“算了吧，柯罗马蒂先生。他要是被逮捕，就会被判刑，这是他自作自受。但是，”福格先生说，“他最终还是会平安地回欧洲去。这跟他的主人没什么相干，英国政府没有什么理由留难我。”

至此，谈话就打住了。火车在夜间穿越了高止山脉，经过纳西克。第二天，也就是10月21号，火车从堪得土地区一片平坦的土地上驶过。

在堪得土地区那片经过精耕的田野上，有一些小镇零星地点缀其间。在这些小镇上空，没有欧式礼拜堂的钟楼，只有一些寺院的尖塔。灌溉着这片沃土的，是无数的溪流，其中大部分是戈达瓦里河的支流或河汊。

这时，睡醒一觉的路路通睁开了眼睛。他看了看外面，简直不相信自己正乘车行驶在印度的原野上。尽管这样，眼前的情景却半点儿也不假。这辆火车由英国司机驾驶，烧的煤也是英国的。火车喷出的烟雾，正掠过种植园的上空。

种植园里，种着棉花、咖啡、肉豆蔻、紫丁香和红胡椒等。冉冉上升的烟雾，缭绕在一丛丛棕榈树的树梢上。一片风雅秀丽的平房、几处荒凉的废弃修道院和几座奇异的庙宇，从树丛中露出来。印度建筑中那些变化无穷的装潢艺术，使得那些庙宇的内容更加丰富。再往前行，是一望无际的广阔田野。灌木丛中的毒蛇、猛虎，被火车汽笛的嘶叫声吓得心惊胆战。再向前，是一片树林。铁轨从树林中穿过

时，经常可以看到大象。它们待在一边，注视着飞驰的列车，一副莫明其妙的样子。

上午，火车过了马利甘姆，然后，旅客们就进入了一个凶险的地区。因为，这一地区，常常有崇拜死亡女神卡丽的信徒出没并杀人。

从这一地区过去不远，就是林立着庄严美丽的宝塔的埃罗拉寺，然后名城峨仑加巴。峨仑加巴曾经是强悍不屈的奥仑扎布王的京城，如今，这儿也就是尼赞王所管辖的一个省份的首府。统治这块土地的人，是速格会领袖、绞人党徒之王斐林吉阿。这些杀人者组成的团体秘密而无法破获，它们以祭祀死亡女神为名，不分男女老少地绞死了许多人，真可谓"杀人不见血"。有一段时期，死尸遍布了这一地区。

英国政府虽然尽力禁止这种杀人行为，但是，这个令人闻风丧胆的恐怖帮会还是会出现在一小部分地区，继续杀人。

中午十二点半，火车在布尔汉普尔停了下来。在那儿，路路通花了很多钱才买到一双缀着假珍珠的拖鞋。他穿上这双拖鞋，觉得非常体面，甚至有点儿自命不凡了。

到了苏拉特，旅客们匆忙地吃完饭后，就沿着附近一条流入坎贝湾的塔普河溜达了片刻，然后重新登车，到阿苏古尔去。

趁着这个时机，来说一说路路通的打算。在他们到孟买之前，他一直认为并相信孟买就是终点。事实上呢？他过去的想法，从他发现火车在印度大陆上飞驰那一刻起，就马上改变了。现在，他的老脾气复活了，他青年时代的幻想又出现了，他开始严肃认真地对待主人的旅行计划了。他相信了，相信主人确实是在跟人打赌。这么一想，他确信他们要在极其有限的时间内环游地球一周，甚至开始为能不能顺利完成这次旅行而担心，担心旅途中会发生事故而延误了行期。他仿佛感觉到这笔赌注和自己也有关，所以，他一回想起自己头天晚上干的那桩不可饶恕的蠢事，就觉得自己极可能会断送这笔赌注，不禁后怕起来。他不像福格先生那么沉着、冷静，所以心情也沉重百倍。过去的日子虽已过去，他还在那儿数了又数、算了又算，咒骂火车不该走得太慢还站站都停，还暗自埋怨福格先生，埋怨他没有像在轮船上一样许给司机一笔奖金。不过，火车和轮船不一样，火车是有限速规定的。这一点，这个小伙子不晓得。

傍晚，火车驶进了苏特甫山丛的狭道里，这条狭道位于堪地土邦和本德尔汗德之间。第二天，也就是10月22号，柯罗马蒂向他们问时间。路路通一边看着他的宝贝大银表一边回答，说是早上三点钟。事实上，他说的这个时间是按格林威治子午线的时间计算的。此地在格林威治以东约七十七经度，因此，他的表实际上慢了四小时。

对于路路通所报时间的差误，柯罗马蒂给指出了。他也像菲克斯一样，想让路路通明白一点，就是每到一地都要按当地子午线拨表。因为，总是东向迎着太阳走，每过经线一度白天就短四分钟，这样一来，白天就会愈来愈短。可惜，说了半天也等于白说。这个固执的小伙子，不知道是没有搞清楚旅长的话还是怎么了，反正坚决不拨表，还是保持着伦敦时间。不过，话又说回来了，他的这种天真脾气，无论如何都于人无损。

早晨八点钟，火车到了距离洛莎尔十五英里的一片树林，停在林中一块宽阔的空地上。空地旁边，是几所带回廊的平房和工人的小屋。这时，列车长一边顺着各个车厢走过去，一边叫："旅客们，都下车了！"

福格先生看了看柯罗马蒂，柯罗马蒂也一头雾水。显然，柯罗马蒂也不明白火车为什么会停在这片乌梅树林里。

路路通也很奇怪，他跳下车，一会儿之后，回来大喊："铁路到头了，先生。"

"什么？"柯罗马蒂问。

"我是说，火车不能再向前开了。"

旅长立刻从车上跳下来，福格也不慌不忙地从车上跳下来。他们

一起走向列车长。

“我们现在到哪儿了？”柯罗马蒂问列车长。

“克尔比。”列车长回答。

“火车就停在这里？”

“是的，前面的铁路还没修好——”

“什么？还没修好？！”

“是的。这儿到阿拉哈巴德之间，还有一段五十多英里长的路没有修好。”

“不是已经全线通车了吗？报纸上说的。”

“这也没有办法，是报纸搞错了，长官。”

“可是，你们卖的是从孟买到加尔各答的票呀！”柯罗马蒂说。看样子，他有些激动。

“是这样没错。可是，从克尔比到阿拉哈巴德这段路得自己想办法，是旅客们都知道的事。”

这时，柯罗马蒂气得怒气冲冲。路路通呢，简直不敢看他的主人，恨不得痛揍一顿这个无能为力的列车长。

“柯罗马蒂先生，要是您同意，我们就想别的办法去阿拉哈巴德。”福格十分平淡地说。

“福格先生，这个意外的耽搁给您造成了极大的损害吧？”

“不，这是意料之中的事，柯罗马蒂先生。”

“什么？！您早就知道铁路不能——”

“这个我倒不知道。我只知道，旅途中迟早总会有阻碍发生。可是，无论如何也不会耽误我的事。因为，我可以用富余的两天时间来抵偿。要等到10月25号中午，加尔各答才会有一条开往香港的轮船，今天才22号，所以我们一定可以按时到达加尔各答。”

既然他回答得这么有信心，也就没有什么可说的啦。未竣工的铁路到此为止，这是无法改变的事实。报上的新闻报导，竟然提前宣布了铁路完工的消息，就跟某些老爱走快的钟表似的。大部分旅客都知道这一事实，所以他们一下火车，就去抢雇镇上的各种代步工具。不管是四轮大车、双峰驼拉的辇车，还是轿子、小马或者像活动宝塔似的旅行小车，都被人们抢雇一空。福格和柯罗马蒂把整个镇子都找遍了，还是什么也没有雇着，只好两手空空地回来了。

“我要走到阿拉哈巴德去。”福格先生说。

路路通走向他的主人，看看主人脚上那双外表漂亮却不能长途跋涉的拖鞋，做了个鬼脸。不过，他很幸运地有了一个新发现，只是有点儿迟疑不决。

“先生，”他终于开口说，“我找到了一种交通工具。”

“什么工具？”福格问。

“大象！我知道有个印度人有一头大象，就在百十步远之外。”

“我们看看去。”福格说。

福格、柯罗马蒂和路路通一起去了，五分钟之后，三个人就来到了一所小土屋跟前。小土屋里住着一个印度人，小土屋旁边有一个栅栏围成的高高的围圈，围圈里果然有一头大象。印度人在他们的请求之下，带着他们进了栅栏。

栅栏里的那头大象，都快要被驯养了。象的主人并不打算叫它驮东西，而是要把它训练成一头打仗用的象。要想达到这一目的，首先要逐渐改变大象驯良的天性，让它慢慢地凶猛起来，最终成为一头“马其”一样的猛兽。因此，他用糖和牛奶饲养了它三个月。采用这种办法，要想达到这一目的似乎不可能。但是，这种方法却被多半的养象人采用，并最终获得了成功。

对福格先生来说，简直太幸运了。因为，象主人才刚刚开始用这种办法来训练这头名叫奇乌尼的象，所以它现在一点儿也没有变成“马其”，还能跟别的大象一样快速地长途跋涉。福格找不到其他的工具，就决定骑着这头大象代步。

但是，由于印度的象越来越少，现在大象也算是珍贵动物了，尤其是用于马戏表演的公象。而且，大象一旦被驯养，就极少能繁殖，只有靠猎取才能获得。所以，它们现在成了宝贝，得到了人们的特别爱护。

因此，当福格问印度人能否出租这头象时，被对方干脆地拒绝了。福格先生一心要租下这头大象，所以就出了个高价，说每小时付十英镑（合两百五十法郎）。但是，主人不干。然后，福格先生把价钱加到了二十镑，还是不行。四十镑行吗？不行！象主人总是不答应。福格先生每加一次价，都把路路通吓得直跳脚。四十镑的价钱已经很高了，假如从这儿到阿拉哈巴德需要十五小时，那么象主人一次就能赚六百镑，合一万五千金法郎。可是，象主人仍然无动于衷。

这时，福格先生一点儿也没有激动，只是向象主人提出要买这头大象，而且一开口就是一千英镑的高价，合两万五千法郎！

可是，象主人就是不卖！这个老滑头，他八成是看准了这宗买卖，想借机赚一把大钱。柯罗马蒂把福格叫到一边，让他加价时好好考虑一下，别出得太高。福格说，他办事一向都是考虑好了再做，他这么做，是为了赢得两万英镑的赌注。现在，即使要他出比实价贵二十倍的钱，他也要买下这头大象。

福格先生说完，回到了印度人身边。贪婪的目光从印度人那双小眼睛里流露出来，让人一看就明白问题所在：只要价钱高，买卖肯定能成交。福格先生不断地加价，从一千一百镑加到一千五百镑，再到一千八百镑。最后，竟然加到了两千镑，合五万法郎！把一向面孔红润的路路通气得脸色发白、激动万分。

象主人的嘴，最终被两千英镑撬开了。

“他的象能卖上这样的高价，就是因为我这双走不了远路的拖鞋！”路路通大嚷。

买卖成交之后，还差一个向导。这事儿好办！福格先生雇了一个聪明的帕西小伙子，并许诺给他很高的报酬。这样一来，帕西小伙子当然加倍卖力了。无论是当象童还是向导，这个帕西人都是内行。等大象一牵出来，他就立刻开始装备：在象脊背上铺鞍垫、在象身两侧绑两个并不很舒服的鞍椅……

福格先生拿出他的宝贝袋子，从里面掏出钞票付给了象主人。路路通看着那些钱，感觉像是有人搅了他的五脏六腑。福格先生邀请柯罗马蒂跟他一起坐上大象到阿拉哈巴德去，旅长接受了。

在克尔比买了点儿吃的之后，四个人就坐上了大象。柯罗马蒂和福格分别坐在象身两侧的鞍椅上；路路通两腿跨着鞍垫，高居在主人和旅长之间；帕西小伙子趴在象脖子上。大象九点钟起步，离开克比尔之后，走上一条最近的路线，进入茂密的棕树林。

第十二章 福格一行人险穿森林

向导为了缩短行程，就撇开右边那一条正在修建中的铁路线，一路向左走。因为，这条铁路为了避开纵横交错的文迪亚山脉，走的都是弯路，而福格先生希望走一条笔直的近路。因为这个帕西人非常熟悉这里的大路小道，大家就同意了他的建议，决定从森林中穿过去，以少走二十多英里路。

两个鞍椅里，分别坐着只露出脑袋的福格先生和柯罗马蒂。象童叫大象加快速度，大象就迈起快步。鞍椅里的人，只好以英国人惯有的沉着忍受着这种颠簸。他们时而说上一两句话，时而沉默地对看一下。

大象每走一步，在象背上趴着的路路通都会上下颠震。临行前，主人叮嘱他说，尽量不要把舌头放在上下两排牙齿中间，不然，一不留神就会把舌头咬下来一截。他牢牢地记住了主人的叮嘱。不一会儿，这个小伙子就从象脖子上被抛到了象屁股上。他就一直这样被抛得忽前忽后的，活像马戏班的小丑在玩儿跷跷板。但是，他还能趁着这种腾空而跃的间隙，嘻嘻哈哈，不停地开着玩笑！他不时地掏出袋子里的糖块，聪明的奇乌尼一边用鼻尖接过糖块，一边按照原速快步

前进，一刻也没停。

两小时之后，向导让大象停了下来，休息一小时再上路。附近有个小水塘，大象喝了一些水，又吞嚼了一些树芽和嫩灌木枝叶。柯罗马蒂先生并不反对这样休息一下，因为他已经快被颠毁了。而福格先生呢，却仍然轻松自如，就像是刚从床上下来一样。旅长瞧着福格，惊奇地说：“真是一条硬汉，铁打的硬汉。”

“是钢铸的！”路路通接着说，同时简单地准备着早餐。

中午时，动身了。没走多久，就来到了一片蛮荒的地界。一丛丛乌梅树和棕树，紧挨着一大片森林，再往前，是一大片荒凉而贫瘠的平原。平原上，荆棘杂树蔓生，中间还夹杂着一大堆一大堆的花岗石。以前，上本德尔汗德整个地区都人迹罕至，现在则有一些狂热的宗教教徒居住其间。而且，在那些具有狂热宗教信仰的教族居住地，还保留着那些最可怕的教规。因为，英国的统治法规在土王的领地范围内都无法顺利执行，更何况是文迪亚群山中那些无法接近的地方呢。

一路上，他们好几次碰上印度人。这一群又一群的印度人，瞧着这头奔驰的大象，都摆出了怒气冲冲、杀气腾腾的姿态。帕西人一看到这些人，总是尽量避开。他认为，碰到这些人是倒霉的。走了一天，也很少看到野兽，偶尔看见几只挤眉弄眼地做出各种怪相的猢狲溜达着，路路通就非常高兴。

不过，路路通也相当发愁，因为他想到了一桩事：到了阿拉哈巴德之后，这头大象要怎么处置呢？带着它走是绝对不可能的。好家伙，光是买它的钱和运费，就足以让人倾家荡产！那么，卖掉它？要不就放了它？不过说真的，这头呱呱叫的大象确实叫人舍不得。万一，福格先生意外地把它送给我当礼物，岂不是让我为难？一想起这些，就让路路通伤透了脑筋。

他们越过文迪亚群山的主要山脉时，已经是晚上八点钟了。于是，他们就在北山坡上的一所破烂小屋里歇下了。

这一天，他们大约走了二十五英里。再走二十五英里，就到阿拉哈巴德了。

夜里，天气非常冷。小屋里，象童燃起的一堆枯枝发出热气，暖和了大家。他们的晚餐，就是在克尔比买的那些干粮。累垮了的旅客们，草草地吃了这顿晚饭，又断断续续地扯上几句话，不一会儿就鼾声大作地进入了梦乡。大象紧靠着一棵大树，站着睡着了。向导在大象旁边守着。

夜里，偶尔传来几声山豹的呼啸和野猿的哀啼。其实，这些野兽只是叫叫罢了，并不表示它们对破屋里的旅客有什么敌意。疲劳万分的柯罗马蒂，呼呼大睡；路路通正在做梦，他梦见自己在象背上翻跟斗；福格先生呢，照旧睡得平平静静，就和他睡在安静的白林顿花园洋房里一样。就这样，一夜平安无事地过去了。

第二天，他们早上六点钟就出发了。因为，向导希望当天晚上就赶到目的地。这样说来，福格先生从伦敦出发后富余出来的两天，就只被占用了一部分。

一过文迪亚群山最后的几段斜坡路，大象就又奔跑起来。晌午时分，向导领着他们，避开有人聚居的地方，从位于恒河支流卡尼河畔的卡兰吉尔绕了过去。向导认为，走在恒河盆地的原野上更安全。从这儿一直向东北方向走，十二英里之内就是阿拉哈巴德了。他们来到一丛香蕉树下，在树荫里休息了一会儿。旅客们都很喜欢香蕉，说它就跟面包一样对人有好处，跟奶酪一样有营养。

下午两点钟，向导赶着大象，带着另外三个人钻进了茂密的森林。这片森林，有好几英里长。不过，向导倒是很乐意借着森林的掩蔽前进。无论如何，到目前为止也没碰上一件倒霉事。看样子，应该会平安无事地结束这次旅行。可是，大象突然不安起来，而且站住了。

这时，刚好是下午四点。

“出什么事了？”柯罗马蒂探出头问。

“我也不知道，长官，”帕西人一边回答，一边侧耳倾听着，只听树林里传来一阵嘈杂声。

一会儿之后，这种嘈杂声更真切了，听着就像人群的呼喊声交织着铜乐器的喧嚣。不过，声音离这里还很远。

路路通双眼睁得大大的，聚精会神地听着。福格先生则耐心地坐着不动，也不说一句话。

帕西人从象上跳下来，把象往树干上一拴，钻进了茂密的灌木丛。过了几分钟，他跑着回来了，说：“是婆罗门僧侣的游行队伍。他们正向咱们走过来。咱们尽可能避开他们，别叫他们瞧见。”

向导把象解开，引着它往密林深处走去，同时叮嘱旅客们千万别到地上去。象童已经做好了准备，要是有必要，他就立刻跳上大象逃跑。不过，树林中密密的枝叶已经把这一群人都挡住了，所以象童认为，这群人走过时是不会发现他们几个的。

人声和锣鼓声交织成的一片喧嚣越来越近了，夹杂在“咚咚”的鼓声、“锵锵”的铙钹声中的，还有单调的歌声。过了不一会儿，游行队伍的先头行列，出现在距福格一行人藏身之地五十来步的地方。他们几个人透过树枝，清楚地看着这一群参加宗教仪式的人，觉得这群人真是稀奇古怪。

一些头戴尖高帽、身穿花袈裟的僧侣走在队伍前头，许多男人、妇女和孩子簇拥在后面，所有人一起高唱着挽歌。歌声和锣钹声交替着响起，此起彼伏。跟在人群后面的，是一辆大轱辘车，由四匹蒙着华丽彩披的驼牛拉着。车子的车辐和车辋，都雕刻成了毒蛇的形状，一条条并列地交叉着。车上，有一只趴着的无头怪物，身上屹立着一尊面目狰狞、全身赭红的女神像。这尊神像有四条胳臂，披头散发，目露凶光，长舌头伸得像个吊死鬼似的，嘴唇涂得血红，脖子上戴着骷髅头项圈，腰上系着用断手接成的腰带。

“这是卡丽女神，”柯罗马蒂低声说，“爱情和死亡之神。”

“我同意你说她是死亡之神，”路路通说，“可是，坚决反对你说她是爱情之神。她简直就是丑八怪！”

这时，帕西人向路路通示意，叫他别唠叨。

围在这尊神像四周的，是一群疯疯癫癫的老托钵僧。他们身上，画着赭黄色的斑马纹，还割开了一些十字形的伤口，伤口里流出一滴又一滴鲜血。这些托钵僧，都癫狂得像着了魔，甚至还在举行盛大的宗教仪式时，争先恐后地往“太阳神”的大车轱辘底下趴，好去送死。

托钵僧后面，跟着几个身穿豪华的东方式僧袍的婆罗门僧侣。他们的手里，拉着一个站立不稳、踉踉跄跄地向前走的女人。

这个女人很年轻，肤色像欧洲人一样白皙，全身戴满了首饰：头饰、宝石项链、耳环、手镯、戒指、脚环。绣金的紧身胸衣和透明的纱丽，把她的体态和丰姿衬托得恰到好处。

年轻女人身后，跟着许多杀气腾腾的卫兵。这些卫兵，腰里别着脱鞘的军刀、肩上挎着镶金的长柄枪，抬着一顶双人轿。轿子上，躺着一具老头儿的尸体。老头儿一身土王的华服，打扮得和生前一样：身穿绣金的绸袍，头缠缀着珍珠的头巾，腰系镶满宝石的细羊毛腰带，还佩着印度土王独有的武器。

接着，是乐队和一群狂热的信徒。这支大军的叫喊声，有时甚至把那震耳欲聋的乐器声都给掩盖了。

柯罗马蒂注视着这一群人，露出一脸极不自在的神色，转身问向导：“这是寡妇殉葬吗？”

帕西人一边点头，一边把一根手指搁在嘴唇上，示意他别做声。长长的游行队伍慢慢向前蠕动着，没过多久，队伍的尾巴就消失在了丛林深处。慢慢地，连歌声也听不见了，只是偶尔远远地传来一

两下迸发出来的叫喊声。到此，哄乱的局面就结束了，树林又恢复了沉寂。

刚才柯罗马蒂说的话，福格先生已经听见了。游行队伍刚走过去，福格先生就问："什么是寡妇殉葬？"

"福格先生，"旅长回答，"殉葬就是用活人做祭品。不过，殉葬者是心甘情愿的。刚才我们看见的那个女人，明天天一亮就会被烧死。"

"这些坏蛋！"路路通愤怒地大叫着说。

"那个死尸又是什么人呢？"福格先生问。

"一位土王，本德尔汗德的一个独立土王，是那个女人的丈夫。"向导说。

"怎么，这种野蛮的风俗，印度现在还保持着？"福格先生平静地说，"难道没有被英国当局取缔？"

"寡妇殉葬的事，印度大部分地区已经没有了，"柯罗马蒂回答，"可是，有些地区我们根本管不了，尤其是本德尔汗德土邦的深山老林地带。在文迪亚群山北部的全部地区，经常有杀人掳掠的事件发生。"

"这个女人要活活地被烧死，真可怜！"路路通咕哝着说。

"是的，活活烧死！"柯罗马蒂又说，"假如她不去殉葬，就会被亲人们逼得陷入令人无法想象的凄惨境地。他们会剃光她的头发，只给她吃几块干饭团，甚至赶她出去。这样一来，她就会成为人们眼中的下贱女人，最后像癞皮狗一样死在某个角落里。就是这种可怕的后果，才使得这些寡妇不得不心甘情愿地被烧死。她们愿意去殉葬，主要就是因为这种恐惧，并不是因为爱情，或是宗教信仰什么的。

"不过，心甘情愿去殉葬的人也有，而且，要阻止她们还不容易。几年前，我就遇到过这样的事。那时，我正在孟买，有一位寡妇向总督请求去殉葬，被总督拒绝了。后来，这个寡妇就从孟买逃到了一个独立的土王那里，最终实现了她的殉葬愿望。"

向导一边听着柯罗马蒂讲这段话，一边连连摇头，等到柯罗马蒂讲完，他说："这个女人可不是心甘情愿的。这桩事，本德尔汗德土邦的人都知道。"

"不过看样子，这个可怜的女人一点儿都不抗拒。"柯罗马蒂说。

"因为她被大麻和鸦片熏昏了！"向导回答。

"她会被带到哪儿去？"

"带到离这儿两英里的庇拉吉庙去，让她在那儿过上一宿，时候一到就把她烧死。"

"什么时候？"

"明天天一亮。"

向导说完，就把大象从丛林深处牵出来，然后爬上象脖子，准备叫大象开步走。但是，当他正要吹起赶象的口哨时，却被福格先生止住了。

"我们过去救她，好吗？"福格先生对柯罗马蒂说。

"救这个女人？！"柯罗马蒂惊讶地回答。

"我还有十二小时的富余时间，可以救她。"

"嗯，您真的非常热情！"柯罗马蒂说。

"有时是这样的，只要我有时间。"福格简单地说。

第十三章 路路通再次证明『好运总是青睐勇者』

这个救人的打算，是非常危险而又困难的，也行不通。福格先生要是真的这么做了，就是在冒生命危险，至少是在拿他的自由去冒险，最终冒旅行失败的危险。可是，他并没有因此而有丝毫的犹豫，还相信柯罗马蒂可以当他的得力助手。

路路通早就准备好了，随时听候主人的差遣。他因为主人的建议而感到兴奋。他发现，福格先生虽然外表冷冰冰的，可是骨子里却是个热心肠，是个重感情的人。因此，他更加爱戴福格先生了。

现在，只剩下这位向导还没有表态了。他会站在本地人那一边吗？他要是不肯帮忙，至少应该保持中立。

柯罗马蒂很坦率地把这个问题摆到了向导面前。

“长官，”向导回答，“那个受难的女人也是帕西人。您要我做什么事，只管吩咐好了。”

“太好了。”福格先生说。

“但是，您得明白后果。咱们这么做，不只是在冒生命危险，”帕西人又说，“咱们要是被他们抓住，就会受到酷刑。您可想好了！”

“我早就预料到了这一点！我想我们要是动手的话，”福格先生回

答，“也必须得等到天黑，是不是？”

“是的。”向导回答。

这个勇敢的印度人详细地介绍了这个女人的情况。她是一个顶有名的帕西美女，富商家庭出身，在孟买受过地地道道的英国式教育，有欧洲人的风度和文化修养，叫艾娥达。她是一个孤女，嫁给这个老土王也不是自愿的，婚后三个月就成了寡妇。她知道自己会被烧死，就逃跑了，不幸又立刻被捉了回去。土王的亲属认为，她的死关系到风俗，是一件大事，所以要她殉葬。看样子，她这一回怕是难逃一死了。

向导的这番话，无疑坚定了福格一行人仗义救人的决心。于是，向导决定牵着象，尽可能地靠近庇拉吉庙。

一个半小时后，他们在一个距离庇拉吉庙只有五百步的灌木林里停了下来。从这里望过去，不但能看到庙宇，还能清楚地听到庙里那帮狂热信徒的喊叫声。

他们开始商量接近艾娥达的办法。向导对庇拉吉庙里的情况非常熟悉，肯定那女人就关在庙里。等那帮人喝醉了呼呼大睡之后，从门边偷偷地溜进去？要不就在墙上挖一个洞？具体怎么行动，只有动手时当场决定了。可是毫无疑问地，行动必须今晚进行，绝对不能等到天亮。因为天一亮，这个不幸的女人就会被带去受刑，任何人也没有办法救她了。

于是，福格先生一行人，就眼巴巴地等待着黑夜的到来。六点钟左右，天才刚擦黑，他们就决定先去摸清庙周围的情况。这时，苦行僧们已经停止了喊叫，按照惯例，应该喝得烂醉如泥了。他们喝的是“昂格”酒，这种酒是由鸦片汁和苎麻汤掺和而成的。假如现在从他们中间溜到庙里，也是有可能的。

在帕西人的带领下，福格一行人静悄悄地在森林里行进。他们在灌木枝丫底下爬行着前进，十分钟后就来到了小河边。那边，铁制火把尖上燃着树脂，照亮了旁边一堆架起来的木柴，也就是火葬坛。这堆木柴，都是用香油浸过的贵重檀香木。土王的香熏尸体就在坛顶上放着，它将和那女人一起被火葬。庇拉吉庙离火葬坛大约一百步远，塔尖穿过树梢，在阴暗的天空中耸立着。

“到这边来！”向导低声叫唤他们。

这一伙人在向导的带领下，小心翼翼地溜过荒草丛。这时，四周一片寂静，偶尔传来风吹树枝的“嗖嗖”声。

一会儿之后，向导在一块空地的边上停住了。那边的广场，被几把树脂火炬照得通明。地上躺满了酒醉昏睡的人，男人、女人和孩子全都混杂在一起，活像一个死尸狼藉的战场。还有一些醉鬼，正呼呼喘气。

庇拉吉庙的轮廓，模模糊糊地出现在对面的丛林深处。可是，向导看了看情况，却大失所望。原来，庙门口有土王的卫兵把守着。卫兵们举着冒烟的火把，拿着脱鞘的军刀，在庙门附近来回地巡逻着。当然，庙里边也有僧侣防守着，这一点，猜也猜到了。

向导没有再前进，领着大家又退了回来。他知道，要想打这边硬闯进去，是不可能的。福格和柯罗马蒂也明白这一点。他们停下来，小声地商量起来。

“现在才八点钟，这些卫兵很可能也会睡觉的，咱们就等着吧。”旅长说。

“有这个可能。”向导说。

于是，福格他们就在一棵大树的脚下躺着，等待时机。

时间似乎过得非常慢。向导不时地离开他们，去森林边上侦察广场那边的动静。土王的卫兵们一直拿着火炬来回巡视，模糊的灯光也从庙里的好些窗户里透出来。

这种情况一直持续到午夜。卫兵们大概没喝“昂格”酒，所以没有醉。显然，现在不能指望卫兵们去睡觉了，只有另想办法。从庙墙

上挖一个窟窿，钻进去。现在的问题，是那些看守寡妇的僧侣，不知道他们是不是也和守卫庙门的士兵一样小心谨慎。

一商量好，向导就立刻出发了，福格、路路通和柯罗马蒂在后面跟着。他们绕了一个相当大的圈子，从侧面接近庇拉吉庙。

十二点半，他们来到了庙墙脚下。路上没有一个人，这里也没有一个警卫。事实上，这里根本就没有门窗，没什么好警戒的。

夜里，漆黑一片。这时，半圆的月亮刚从乌云滚滚的地平线升上天空，还很黑暗。那些高耸入云的大树，越发增加了这种黑暗。

可是，光是到达墙脚下还没用，还必须得在墙上挖一个窟窿才行。他们仅有的工具，就是口袋里的小刀。万幸的是，这道墙是砖头和木块砌成的，要凿洞也不是很困难，只要把第一块砖头弄掉，剩下的就好办了。

大家就这么干了起来，并尽可能地不弄出声音，直到挖一个两英尺见方的窟窿。于是，帕西人在左，路路通在右，一起一块块地往外掏砖头。

他们正在挖洞，庙里忽然有人叫喊，庙外还有人呼应。

路路通和向导停了下来。是不是他们已经被人发觉了？会不会连警报都发出去了？无论如何，先逃跑再说。同时，福格和柯罗马蒂也躲开了。他们又跑回树林，蹲下来等着。要是里边真的发出了警报，他们就等到警报解除后再继续干。

这时，庇拉吉庙的侧面布上了几个卫兵，这样一来，任何人也不能靠近了。

挖墙的工作只好停止了。这四个人失望得难以形容。如今，连接近艾娥达的办法都没有，怎么救她？柯罗马蒂紧握拳头，路路通怒火中烧，向导则急不可耐，只有福格先生平心静气，仍然不动声色地等待着。

“我们走吗？”柯罗马蒂小声地问。

“走吧。”向导回答。

“再等等！”福格说，“只要我明天中午之前能赶到阿拉哈巴德就行。”

“那么，您打算怎样办？”柯罗马蒂问，“再过几小时天就亮了……”

“我们失去的机会，会在最后关头找回来的！”福格先生回答。

这时，柯罗马蒂看了看福格先生，希望从他的表情中看出一些门道。这么一个冷静的英国人，他打算干什么？难道想公然跑到火葬场上，从刽子手那里把那个年轻女人抢过来？那简直是发神经，没想到这个人会愚蠢到这步田地！尽管这样，柯罗马蒂还是同意等到这场惨剧演完。

向导领着大家离开目前藏身的地方，又回到了林中的空地。他们躲在一丛树林后面，观察着那帮酣睡的人。这时，路路通正骑在一棵树上，他忽然想出了一个主意。起初，这个主意只是电光似的闪过他的脑海，后来竟一直盘旋在他心里。

刚开始时，他还自言自语地说这个想法太愚蠢。但是现在，他却要说：“怎么就不能这么干！这怎么说也是个机会，甚至是唯一的机会。话又说回来了，这帮蠢货……”

不管怎样，路路通都下定了决心，就这么干。于是，他毫不迟疑地行动起来，像一条蛇似的爬上那些末梢低垂得几乎触到地面的树枝。

一小时又一小时，时间慢慢地过去了，夜色已经不那么漆黑了，黎明即将来临。不过，大地上仍然一片昏暗。

到了举行火葬的时间，那群昏睡的人又死人复活似的醒了过来，骚动重新开始。随着锣声、歌声、叫喊声的喧嚷，那个不幸女人的死亡时刻也要到了。

这时，庙门大敞，耀眼的光芒从里面射了出来。福格和柯罗马蒂

借着火把的强烈光亮，看见那个受难的寡妇正被两个僧侣拖出庙来。这个不幸的女人，似乎正用最后的本能竭力抵抗着药酒的麻醉力，以逃出这些刽子手的手心。柯罗马蒂心跳加剧，紧张地抓住福格的右手，只见福格正握着一把打开的刀子。人群开始蠕动。那个年轻女人又被大麻烟熏昏了，被人拖着从一群护送她的、大声念着经文的苦行僧中间穿了过去。

福格一行人混在后面的人群里，跟着一起向前走。

两分钟之后，人群来到了河边，停在距离火葬坛不到五十步远的地方。昏暗的晨曦中，那个毫无生气的女人躺在火葬坛上，旁边是她丈夫的死尸。

紧接着，一个火把点燃了那堆被油浸透了的木柴，熊熊的火焰立即冒了出来。

福格奋不顾身地向火葬坛冲去，柯罗马蒂和向导立刻用力去拖住他，又被他推开了。就在这时，人群中突然传出恐怖的叫喊声，情况立刻发生了转变。人们一个个都给吓得魂不附体，跪在了地上。

原来，老土王并没有死！他突然站起身来，幽灵似的抱起那个年轻女人，从火葬坛上走了下来。烟雾弥漫中的老土王，活像一个妖怪！

这下子，可把苦行僧、卫兵和僧侣们吓坏了，他们一个个都脸朝地趴着，谁也不敢抬头看这个妖怪。

看样子，那个妖怪有一双强有力的手臂，抱着昏迷的寡妇一点儿也不吃力。福格和柯罗马蒂直愣愣地站着；向导则弯着腰，不敢抬头看；路路通呢，想必也吓得目瞪口呆……

就这样，这个复活的老土王向福格和柯罗马蒂走来。等他走到他们身边时，急促地说了一句话：“快走！”

他是路路通！原来，他趁着浓密的烟雾偷偷地爬上火葬坛，借着漆黑夜色的掩护，把那个年轻女人拉出火海，又若无其事地从吓昏了的人群中走过。

大象驮着他们飞奔而去，一瞬间，他们就消失在树林中。但是，后面跟着传来一阵叫喊，甚至还飞来一颗子弹，这颗子弹刚好打穿了福格先生的帽子！

实际上，老土王的死尸还在那个冒着火焰的火葬坛上躺着。只是，有人劫走了寡妇！那些刚才被吓坏了的僧侣们，现在总算反应过来了。

他们立刻带着卫兵，冲进了树林。这帮人一边追一边放枪。可是，敌人逃得太快了，没多久就逃到了子弹和弓箭的射程以外。

第十四章 福格无视美丽的恒河山谷

他们顺利地完成了这个胆大包天的救人计划。路路通对自己的成功很满意，一个钟头之后还在不住地哈哈大笑。面对这么一个勇敢的小伙子，柯罗马蒂跟他握手表示祝贺，他的主人则说了一个“好”字。从这位绅士嘴里说出来的“好”字，是很高的嘉奖。

路路通说：“我只是想了一个‘花招儿’，所有的荣誉都应该归我的主人。”

他一边笑着，一边心里想：“刚才那会儿，我这个曾经担任过体操教练、消防队班长的路路通，还是这个漂亮小寡妇的死男人、老土王的香熏死尸呢。”

对于这件事的全部经过，那个年轻的印度女人一无所知。她现在，正裹着旅行毯子躺在鞍椅上。

大象在帕西向导的驾驭下，平安无事地奔驰在阴暗的森林中。他们从庇拉吉庙离开后，一小时内就穿过了一片广阔的平原。七点钟时，他们停了下来，就地休息。那个年轻女人一直昏昏沉沉地睡着，虽然被向导喂了几口水和白兰地，也得再过一段时间才能清醒过来。她受的刺激实在是太大了。

柯罗马蒂知道这个印度女人是被大麻烟熏昏的，所以不用为她的健康担心。但是对于她未来的归宿，他却感到非常伤脑筋。

于是，他立刻对福格先生说，艾娥达要是留在印度，一定还会被那些杀人魔王抓去。这些家伙敢在整个印度半岛为所欲为。假如他们要害死哪个人，那么不管那个人是在马德拉斯、孟买，还是加尔各答，他们都有办法抓他回去。就连英国警察当局，对他们也束手无策。为了证实自己的话，柯罗马蒂把不久前发生的一件类似事件讲述了一遍。按照他的说法，这个年轻女人要想脱离虎口，只有离开印度。

福格说自己将会考虑这个问题，一定会注意柯罗马蒂跟他谈的话。

快到十点钟时，他们到了阿拉哈巴德。只要能搭上阿拉哈巴德的火车，一天一夜之内就可以到加尔各答。菲利亚・福格必须要按时到达加尔各答才行，不然他就赶不上第二天（10月25号）中午开往香港的那条邮船。

他们把艾娥达带进车站，并安置在一间屋子里。路路通去给她买各式各样的饰品、衣服、纱丽等，设法弄到了一切他能弄到的东西。反正在用钱方面，主人对他没有任何限制。

路路通马上行动起来，把城里的几条大街都跑遍了。阿拉哈巴德坐落在恒河和朱木拿河的汇合之地，吸引着整个印度半岛的香客，因此成为印度最受尊敬的城市之一。据《罗摩衍那圣传》记载，恒河的发源地在天上，由于梵天的努力，它才流到了人间。路路通乘着买东西的工夫，快速地看遍了全城。这个曾经的工商业城市，现在既无工业也无商业。那座曾经保卫着城市的雄伟碉堡，现在变成了监狱。

路路通本来想找一家百货公司，就像英国莱琴街菲门洋行附近那家那样的，可是费尽力气也没有找到。最后，他在一个犹太佩老头开的估衣铺里找到了要买的东西。他用七十五英镑（合一千八百七十五法郎），买了一件苏格兰料子的女式长衫、一件宽大的斗篷、一件漂亮的獭皮短大衣，然后就得意扬扬地走回了车站。

艾娥达已经清醒了。她心里那种由庇拉吉庙的祭司造成的恐惧，已经逐渐消失了；她那双美丽的眼睛，又重新闪现出诱人的印度风采。

诗王乌萨弗·乌多尔，曾经写过下面这些句子，以赞颂阿美娜加拉王后的美色：

> 她的头发乌黑而闪光，整齐地分作两半，均称地覆在雪白娇嫩而又红润的双颊上。
>
> 那两道乌黑的娥眉，就像爱神卡马那两张有力的弯弓。
>
> 一双大眼深藏在修长的睫毛下，那黑色的瞳仁里，闪烁着亮晶晶的、圣洁的光华，犹如朝霞辉映下的喜马拉雅山圣湖的水光。
>
> 在她微笑着的樱唇中，那细小而整齐的雪白牙齿发着亮光，就像半开的石榴花上覆盖着一颗颗露珠。
>
> 在她那小巧玲珑的双耳、红润的双手、青莲一样丰满而又柔软的小脚上，闪烁着锡兰最美丽的珍珠、各尔贡最珍贵的钻石的光芒。
>
> 她那不盈一握的纤腰，衬得她那丰满的胸部更加高耸，完美地展现了花一样宝贵的青春年华，看上去风采绝伦！
>
> 还有那露在丝质短衣下面的腹部，就像是雕塑巨匠维克瓦卡尔马用纯银雕就的鬼斧神工。

但是，要形容本德汗尔德老土王的寡妇艾娥达，完成不需要这么多夸张的诗句，只要一句话就够了：即使按照欧洲的标准，艾娥达也是一位非常漂亮的夫人。向导听她讲着纯熟的英文，说她已经被教育成另一种人了。他这么说，真是半点儿也没有夸大事实。

火车就要开出阿拉哈巴德了。向导没有离开，等着福格先生发工资给他。福格先生如数支付了他应得的工资，没有多给一分钱。这不禁让路路通有点儿奇怪。因为，向导忠诚地帮助了他们，主人总该为此表示一点儿谢意吧。的确，向导虽然自愿参与庇拉吉庙事件，却是冒着生命危险的，要是这件事以后给印度人知道了，他就很难逃脱。

还有一个问题：要怎么处理奇乌尼大象呢？现在，要把这个花这么大价钱买的家伙摆在哪儿？看福格先生的样子，好像早已经“胸有成竹”了。

“帕西小伙儿，你能干且为人忠诚，我应该报答你。可我只是给了你应得的工资，”福格先生对向导说，“这头象你要不要？现在，它就是你的了。”

“先生，您这么做，简直叫我发财了。”向导喊着说，他的眼里闪动着喜悦的光芒。

“你就接受它吧。即使如此，你的情我也还不完。”福格先生说。

“太好了！老兄，你牵走它吧！奇乌尼又壮又听话，真是一头好牲口。”路路通叫着说。

说完，路路通走到大象跟前，一边拿出几块糖喂它，一边说：“吃，奇乌尼，吃，吃吧！”

大象满意地吃完，又咕噜了几声，然后就拿长鼻子把路路通拦腰卷起来，直到举得和它的头一般高。路路通一点儿都不怕，还亲切地抚摸着它。然后，大象又轻轻地把他放在地上。路路通在大象的鼻尖上紧紧地握了一下，作为还礼。

一会儿之后，福格先生、柯罗马蒂旅长、艾娥达和路路通就舒服地坐进了火车车厢，艾娥达的位子是最好的。火车向贝纳雷斯飞驰而去。

两小时以后，他们就已经离阿拉哈巴德快有八十英里了。

经过了这段时间，“昂格酒”的麻醉效果已经消失，那个年轻女人完全清醒了。她发现自己穿着欧式服装在火车上坐着，身边还有一些素不相识的旅客，一脸的莫名其妙！她的同伴们先是无微不至地照顾她，让她喝一些酒来恢复神志，然后柯罗马蒂对她重述了她的遭遇。柯罗马蒂一再地说菲利亚·福格先生有多么热忱，他为了仗义救人，可以毫不犹豫地赴汤蹈火。接着，旅长又把路路通想出的那条惊人妙计也告诉了她。他说，就是因为这条妙计，才使得这场冒险得以圆满结束。这时，福格先生只是坐在一旁，任凭柯罗马蒂怎么说都一言不发。至于路路通，他则很不好意思，只是再三重复着一句话："我……这事儿不值一提。"

面对自己的救命恩人，艾娥达表示了衷心的感谢，不是用语言，而是用眼泪。不用她开启那两片会讲话的双唇，她那美丽的眼睛，就充分地表达了她内心的感激。这时，她回忆着火葬场上的情景，想到还有很多灾难在印度这块土地上等着她，不禁颤抖起来。

艾娥达的这种心情，菲利亚·福格先生很了解。他为了让她安心，就说可以带她去香港，她就先在那儿住着，等这件事完全平息后再回印度。福格先生说这话时，表情冷冰冰的。

艾娥达正好有一个帕西人亲戚住在香港，还是个大商人。香港虽然地处中国海岸，却是一座地地道道的英国化城市。因此，艾娥达感激地接受了这一建议。

十二点半，火车到达贝纳雷斯。婆罗门教传说，贝纳雷斯是古代卡西城的旧址。传说中说，卡西城从前是和穆罕默德的陵墓一样的，空悬在天顶和天底之间，被东方人文研究者称为"印度雅典"。现在看来，这座城市并没有什么特殊之处，也是普普通通地建筑在土地上的。有时，路路通还可以瞥见一些异常荒凉的瓦房子和窝棚，这些建筑毫无地方色彩可言。

柯罗马蒂先生的部队就驻扎在城北几英里之外，他要在这儿下车了。于是，柯罗马蒂向福格先生告了别，并祝他这次旅行平安顺利。

福格先生轻轻地拉了拉他的手，作为回应。艾娥达向他表达了热情的祝福，说她会铭记柯罗马蒂先生的大恩大德。路路通呢，很荣幸自己能热情地和拉柯罗马蒂握手，还很兴奋地想，不知道以后还有没有机会再次为他效劳。就这样，柯罗马蒂先生与大家分手了。

火车开出贝纳雷斯，从恒河山谷的一段穿过。天气晴朗，窗外，千变万化的比哈尔美景一览无余。高山郁郁葱葱，田野上生长着大麦、小麦和玉米，河川和池沼里栖居着浅绿色的鳄鱼……村庄整整齐齐，森林四季常青，圣河里还有几只正在洗澡的大象和一些单峰驼。虽然只是初秋，天气也非常寒冷，恒河里还有成群的男女在虔诚地接受圣洗。

这些与佛教作对的善男信女们，狂热地崇信婆罗门教。在婆罗门教里，有三个转世活佛。第一个是太阳神的化身毗湿奴，第二个是主宰万物生灵的湿婆，第三个是主宰一切婆罗门教教长和立法者的梵天。今天，当汽船驶过恒河并搅浑圣水时，不知道这三个转世活佛又是如何看待这个英国化印度的。

所有的景物，都一闪而过，有的还模糊地遮盖在浓浓的白烟之下。隐约地出现在旅客们视线中的景象，有距贝纳雷斯城东南二十英里的舒纳尔堡，它曾经是比哈尔历代土王的城寨；还有卡西布尔市和其城区一些大的玫瑰香水制造厂；地处恒河左岸的康沃利斯勋爵墓；防御坚固的伯格萨尔城；印度主要的鸦片市场巴特纳镇；还有蒙吉尔这个以冶铁、制造铁器和刀剑而出名的城市，它比较欧化和英国化，与英国的曼彻斯特或伯明翰很相像。

乌黑的浓烟从那些高大的烟囱里喷吐出来，搞得梵天[1]活佛的天空到处都乌烟瘴气的。这些黑烟出现在这个天堂似的国度里，真是大

[1] 译注：梵天（Brahma），俗称“四面佛”，是印度教的创造之神。

杀风景。

火车伴随着夜幕的降临，继续向前飞驰。机车前面，不时有虎、熊、狼等野兽一边逃窜一边吼叫。夜间，火车经过了美丽的孟加拉、戈尔贡德和吉尔的废墟、印度以前的京城穆尔什达巴、布尔敦、乌格里、法国在印度的据点金德纳格尔。这些景象，旅客们都看不到。如果路路通看到金德纳格尔上空飘扬着祖国的旗帜，也许会更加得意呢！

早晨七点钟，火车终于到达加尔各答了。开往香港的邮船，要等到中午十二点才起锚。因此，菲利亚·福格的富余时间还剩五小时。

按照这位绅士的行程表，他到达印度首都加尔各答的时间，应该是在离开伦敦后的第二十三天（10月25号）。现在，他正好如期赶到。我们也知道，福格先生从伦敦到孟买节省出来的两天，被穿过印度半岛时占用了，这确实有点儿可惜。但我们相信，福格先生是不会为此而感到遗憾的。

第十五章 福格的钱又少了几千英镑

火车一到站，路路通就抢先下了车。接着，福格先生挽着那个年轻女人从月台上走了下来。福格先生为了给艾娥达夫人找一个舒适的舱位，打算立刻登上开往香港的邮船。福格先生不肯离开艾娥达夫人一步，因为她还没有离开这个对她有危险的国家。

福格先生正要走出车站，一个警察朝他走了过来，问："您是不是菲利亚·福格先生？"

"是的。"

"这位呢，是您的仆人吗？"警察接着问，同时用手指着路路通。

"是的。"

"那么，请两位跟我来。"

福格先生没有丝毫惊奇的神态。这位警察代表着法律，对任何一个英国人来说，法律都是神圣的。至于法国人路路通，则想跟警察讲理，却被警察拿警棍碰了一下。同时，菲利亚·福格向他做了一个服从的手势。

"我们可以带着这位年轻的夫人一起去吗？"福格先生问。

"可以。"

于是，警察带着福格他们三个人，上了一辆由两匹马驾着的四轮四座的马车。一路上，大家一句话也没有说。

马车来到了“贫民窟”，经过了两旁尽是矮小土屋的狭窄街道。这些小土屋里，聚居着许多衣衫褴褛、肮脏不堪的“流浪汉”。接着，马车又穿过了“欧洲区”。在“欧洲区”，到处可见砖瓦结构的住宅、茂密成荫的椰子树，还有高大的杉树，令人赏心悦目。清晨，“欧洲区”的街头，就有威武的骑兵和华丽的马车在奔驰了。

四轮马车来到一所房子跟前，停了下来。这所房子虽然外表平常，看着却不像私人住宅。警察叫他的“囚犯们”下了车，带着他们走进一间有铁窗的屋子，说：“八点半时，欧巴第亚法官会传唤你们。”警察说完，锁上门，走了。

“坏了，我们被关押了！”路路通一边叫，一边无精打采地坐在椅子上。

艾娥达夫人极力保持着镇静，对福格先生说：“先生，现在您就别管我了。您被他们抓住，一定是因为您救了我。”从她说话的语调中，看得出她很激动。

“我们不可能因为火葬的事被抓，绝对不可能！那些僧侣不敢到这里来告状。一定是他们弄错了。”福格先生回答，接着，他表示无论如何都不会丢下艾娥达夫人不管，直到把她送去香港。

“可是，”路路通提醒他说，“船十二点钟就开了！”

“十二点之前，我们准能赶到船上。”这位脸上毫无表情的绅士简单地说。

路路通听他说话那么肯定、干脆，不禁自言自语地说：“对！十二点钟之前，我们准保能上船。一定没问题的！”可是他心里，却没有一点儿把握。

八点半时，房门开了。那个警察又来了，把他的犯人带到了隔壁的一个大厅里。这个大厅是个审判厅，公众旁听席上坐了许多人，有本地人，也有欧洲人。

福格他们三个人，坐在了法官和书记官席位对面的长凳子上。

欧巴第亚法官出庭了。法官身后，跟着一个胖得像个大皮球的书记官。

书记官取下挂在钉子上的假发，一边熟练地扣在头上，一边宣布：“开始审理第一桩案件。”

这时，书记官摸了一下自己的胖脑袋，说：“咳！这假发不是我的。欧巴第亚先生，您的那个才是我的。”

“哦，亲爱的奥依斯特布夫先生，我是一位法官，您却叫我戴着书记官的假发，这样怎么能把案子办好呢！”法官说。

于是，他们互换了假发。

路路通看着这场换假发的表演，早已急得像个热锅上的蚂蚁了。他看着审判厅里的那只大大的挂钟，觉得它的指针快得简直就像野马在奔跑。

这时，欧巴第亚法官重新宣布说：“现在，开始审理第一桩案件。”

于是，书记官奥依斯特布夫开始点名了。

“菲利亚·福格？”书记官喊。

“到。”福格先生回答。

“路路通？”

“到！”路路通回答。

“那么，被告请注意，为了找你们，这两天我们关注了所有从孟买乘火车来的旅客。”法官欧巴第亚说。

“可是，凭什么要告我们？”路路通叫着说，他的口气极不耐烦。

“再过一会儿，你就知道了！”法官说。

“法官先生，我是英国公民，有权……”福格说。

“难道有人对您不礼貌？”法官问。

“没有。”

“那么，带原告！”法官命令。

于是，一个小门开了，一个法警带着三个僧侣走了进来。

“啊！原来真是因为这档子事，”路路通嘟哝着说，“这些人，不就是要烧死艾娥达夫人的坏蛋吗？”

三个僧侣面朝法官站着。

书记官高声诵读着控告菲利亚·福格主仆的诉状，说被告玷污了婆罗门教神圣的寺庙，亵渎了神灵。

“您可听清楚了？”法官问福格先生。

“听清楚了，法官先生，我承认这是事实。”福格回答说，同时看了看自己的表。

“怎么！？您承认了？”法官问。

“我承认了。但是，”福格先生说，“我希望这三位原告也能承认他们在庇拉吉庙都干了些什么。”

三个僧侣面面相觑，好像一点儿也听不懂被告所说的这些话。

“还用说吗？”路路通气愤地说，“他们要在庇拉吉庙前烧死一个活人！”

这句话，吓愣了三个僧侣，也让欧巴第亚法官吃惊不小。

“要烧死什么人？烧死谁？”法官问，“这事儿就发生在孟买城里吗？”

“孟买？”路路通诧异地问。

“是孟买。在孟买玛勒巴山的寺院，不在庇拉吉庙。”

“这是物证，喏，就是这双鞋子，它是玷污寺院的犯人的。”书记官一边接着说，一边拿出一双鞋子，放到了公案上。

“这双鞋是我的！”路路通不自觉地叫起来，他看到自己的鞋，非常惊奇。

这时，想象得出主仆二人有多狼狈。原来，他们早已把路路通在孟买闯的那个乱子忘在了九霄云外，怎么也想不到今天会为此来加尔各答受审。

实际上，路路通碰上的这个倒霉事件，早已让密探菲克斯得到了好处。当时他就打算好了，自己推迟十二小时从孟买动身，先跑到玛勒巴山寺为僧侣们出主意，并说他们准能得到一大笔钱作为损害赔偿。因为像这一类罪行，英国政府是十分严厉的。于是，三个僧侣听从他的意见，坐上了下一班火车，一路追踪他们的犯人。

而菲利亚·福格主仆二人，却为了援救一个年轻寡妇而耽搁了一些时间。这样，菲克斯和这三个僧侣就比福格主仆们先到加尔各答。这时，电报通知已经下发到了加尔各答的法院，只等福格他们一下火车，就立即逮捕他们。

菲克斯到了加尔各答，发现福格先生根本没来加尔各答，不知道有多失望。他想，这个强盗准是在某一站下了车，然后躲在了印度北部的哪一个地区。不过，他还是焦急不安地在车站上等了二十四小时。今天早上，当他看见福格从火车上下来，身边还有一个不知道从哪儿来的年轻女人陪着时，别提有多高兴啦。他马上叫来一个警察，让他过去把他们抓起来。这就是福格他们三个人被带到法官这里来的全部经过。

路路通聚精会神地听着法官审问自己的案子，没有发现坐在旁听席后边角落里的菲克斯。菲克斯特别关心审问和答辩，这种心情我们是很容易理解的。因为，无论是在苏伊士、孟买，还是在加尔各答，他都没有接到从伦敦发来的拘票。

这时，路路通刚才脱口而出的那句“这双鞋是我的！”，已经被法官欧巴第亚作成了记录。路路通很为自己的失言后悔，要是能用钱赎回这句自己不小心溜出口的话，他愿意拿出全部家当。

“这些事情，您都承认了？”法官问。

“都承认了。”福格冷冰冰地回答。

于是，法官开始宣判：“本年10月20号发生的玷污孟买玛勒巴山寺

神殿事件，被告路路通先生已承认确有此事。根据——根据大英帝国对印度各种宗教一视同仁、严格保护的法律，本庭现作如下判决：禁闭被告路路通十五日，并处罚款三百英镑（合七千五百金法郎）。”

“三百英镑！？”路路通大声嚷嚷着问，他一听到罚款数目，就特别敏感。

“安静！”法警尖叫。

“另外，”欧巴第亚法官接着宣判，“由于福格先生不能证明主仆二人并非同谋，所以，福格先生无论如何都得担负起仆人的所有责任。据此，本庭判决禁闭福格先生八天，并处罚款一百五十英镑。书记官，现在，开始审理第二桩案件。”

这时，坐在角落里的菲克斯别提有多高兴了。如果菲利亚·福格被禁闭在加尔各答，那么八天内，伦敦的拘票无论多慢都能到这儿。

这个判决早就把路路通给吓傻了。他想，这一回，主人那两万英镑的赌注肯定会输掉的，这可坑死主人了。他不禁责怪起自己来，怪自己不应该东游西逛地跑到那个该死的破庙里看稀罕。

这时，菲利亚·福格先生仍旧不动声色，甚至没有皱一下眉头，好像这个判决跟他毫不相干似的。当书记官宣布要审理第二桩案件时，福格先生站了起来，说：“我交保。”

“您有权力这么做。”法官说。

菲克斯一听法官这么说，脊梁上像是突然被人泼了一盆凉水。但是接着，法官又说了下面一段话，这让菲克斯又安了心。

“由于福格先生主仆是外籍人，因此每人都要缴一千英镑（合两万五千金法郎）巨额保证金。”法官说。

这样，福格先生必须要缴两千英镑才能免于服刑。

“我照付。”说着，福格先生就从路路通背着的袋子里取出一包钞票，放在了书记官的桌子上。

“从现在开始，您就算交保获释了。等您什么时候来服刑并期满出狱时，再把这笔钱还给您。”法官说。

“走！”福格先生对路路通说。

“可是，”路路通愤怒地喊着说，“他们还没有还我鞋呢！”

于是，书记官把鞋还给了他。

“这双鞋可真贵！一只就要一千多英镑！这也就不说了，”他嘟哝着说，“它们可让我伤透了脑筋。”

福格先生让艾娥达夫人挽着自己的手臂，两个人一起走出了法庭。路路通垂头丧气地跟在后面。菲克斯还在钻牛角尖呢，他认为这个大盗一定舍不得这两千英镑，而宁愿坐八天禁闭。所以，他就继续尾随着菲利亚·福格。

福格先生雇了一辆马车，带着艾娥达夫人和路路通走了。菲克斯就跟着马车跑。过了不一会儿，马车就来到加尔各答的一个码头，然后停了下来。

开往香港的“仰光号”，在离码头半海里的海湾里停泊着，开船的信号旗已经飘扬在大桅顶上了。这时，钟敲了十一点，福格先生提前了一小时。

福格带着艾娥达夫人和路路通下了马车，然后上了一条小驳船。菲克斯在岸上气得直跺脚，也只好眼睁睁地看着他们离开。

“这个流氓真走了！两千英镑哪，就这样被他扔了！”菲克斯喊着说，“挥金如土，真是和强盗没两样！哼，就算你跑到天边去，我也要牢牢地盯住你！可是，他要是老这么挥霍下去，很快就会把偷来的钱花光的！”

菲克斯作为警察厅的密探，自然会考虑到赃款的问题。的确，福格先生自从离开伦敦，挥霍在旅费、奖金、买大象、保释和罚款上的钱，已经有五千多英镑了（合十二万五千金法郎）。这样一来，按追回赃款总数的比例发给密探的奖金，也就少了。

第十六章 菲克斯假装一无所知

“仰光号”隶属印度半岛和远东公司，经常航行在中国和日本的沿海上。这艘铁壳邮船总重达一千七百七十吨，有螺旋推进器，额定功率四百马力，航行速度和“蒙古号”商船差不多，只是设备不及“蒙古号”好。所以，艾娥达夫人所住的房舱，完全没有福格先生希望的那么舒服。不过，好在这条船的航程只有三千五百多海里，全程走完只要十一到十二天。何况，艾娥达夫人也不挑剔，不难伺候。

开船后的几天，艾娥达夫人更进一步地了解了福格先生，一再对他表示了衷心的感谢。这位沉默寡言的绅士，没有在语调、动作上表现出一点儿激情，只是冷冰冰地听她讲着。不过，艾娥达夫人的一切，都被福格先生准备得妥妥当当的。他定期去艾娥达夫人的房舱里看望一番，不是去聊天，至少是在听她讲话。他对艾娥达夫人，严格地遵守着一种礼节上的责任，在履行这种责任时，他的一切举止都表达了一个死板的绅士固有的那种关心，令人捉摸不透。

艾娥达夫人在面对这一切时，简直不知道该怎么想才好。路路通就他主人的古怪脾气，跟她谈了一些事情。他告诉她说，福格先生会做这次环球旅行，是因为跟人打了什么“赌”。艾娥达夫人听完就笑

了。但是无论如何，她很感激福格先生把她从死里救了出来。根据观察，她认为自己的救命恩人不会输掉这次的赌博。

关于她的那一段可怕经历，福格主仆是从帕西向导那里听说的，现在由艾娥达夫人证实了。在印度各族中，帕西人的地位最重要，有许多帕西商人都靠做棉花生意发了大财。英国政府还给其中一位名叫詹姆斯·杰吉伯伊的爵士，授予了贵族称号。这位富翁杰吉伯伊，现在住在孟买，艾娥达夫人跟他是亲戚。杰吉伯伊爵士有个堂兄弟叫杰吉，艾娥达夫人去香港，就是要去找这位尊贵的杰吉先生。但是，艾娥达夫人心里一点儿底也没有，她不知道能否从杰吉先生那里找个安身之地并得到帮助。福格先生简单地用一句老话答复了她。他说，一点儿都不用发愁，一切问题都会按部就班地得到解决的。

那个年轻女人，只是睁着那双喜马拉雅山圣湖水般清澈的大眼睛，凝视着福格先生，至于“按部就班地”这个副词的意思，也不知道她有没有理解。而这位绅士呢，永远都是那么规规矩矩、冷冷冰冰，根本没有掉进湖里。

“仰光号”行驶在被海员称为“双臂环抱的孟加拉”的辽阔海湾里，这时，风向也利于航行。所以，“仰光号”邮船的第一段路程，走得相当顺利。

不久之后，安达曼群岛的主岛大安达曼岛，就在“仰光号”上旅客们的视线中出现了。在这座岛上，坐落着美丽的鞍峰山。鞍峰山高达两千四百英尺，老远就给航海家们指明了前进的方向。“仰光号”飞速经过了大安达曼岛的海岸，旅客们没有看见岛上出现一个帕卜阿斯人。在人们的眼中，帕卜阿斯人是人类最不开化的民族。不过，他们吃人肉的说法，绝对是瞎扯。

安达曼群岛的风景相当优美。全岛的近海一面，遍布着一望无际的森林，森林中最多的植物，有棕树、槟榔、肉豆蔻、竹子、柏木、大含羞草和桫椤树。森林后面是俊秀的山峦。海滩上，珍贵的海燕成群地飞翔着。在中国，这种海燕的窝是一种珍贵的名菜，叫“燕窝”。

安达曼群岛的所有美丽景物，都随着飞驰而过的船，从旅客们眼前一闪而过。“仰光号”迅速地朝着通往中国领海门户的马六甲海峡进发。

在这段航程中，菲克斯这个被拖着环绕地球的倒霉蛋，又做了些什么呢？他在离开加尔各答时，已经把所有事情都交代好了。等伦敦的拘票一到，就让人马上转寄到香港去。然后，他尾随着路路通他们，偷偷地登上了“仰光号”。他已经预备好了，他先躲起来，等船到了香港时再出来。事实上，路路通还以为他正在孟买呢，要是路路通发现他也在这条船上，他要怎么解释才能不引起对方的怀疑呢？但是，他最终还是遇见了这个忠厚的小伙子，只是为了适应环境。下面，我们就说一说他们到底是怎么见面的。

现在，侦探菲克斯的全部希望和幻想，都集中在香港这一点上。因为，邮船在新加坡停留的时间非常短，在那儿不能解决问题。也正因为如此，在香港必须得成功地逮捕盗贼，否则，大盗从此就可以逍遥法外了。

香港是福格这次旅行中的最后一块英国地盘。过了香港，就是中国大陆、日本，然后是美洲。这些地方，都是福格的避难所。如果菲克斯到了香港就能拿到随后寄来的拘票，那么他就可以抓住福格，交给当地警察局处理。这样一来，一切都将不费吹灰之力。可是一旦过了香港，光有一张拘票是不顶事的，还必须得有引渡手续。要是办理引渡手续，就难免会遇到延迟、拖拉之类的各种阻碍。到了那时，这个流氓十拿九稳要逃之夭夭。所以说，假若不能在香港逮住他，以后就很难再找到这么好的机会了。

“对，”菲克斯自言自语地说，这时，他已经在自己的房舱里苦思冥想了老半天，“对，要是拘票到了香港，那就再好不过了，我可以

立刻逮住这家伙；万一拘票还没有寄来，我也决定不惜一切代价拖住他！在孟买和加尔各答，我都没有成功；要是在香港也让他溜掉，那我可就丢光了咱们侦探的脸！这一回，即使是拼上这条性命也得拖住他。可话又说回来了，万一真得拖住这个该死的福格，用什么办法才能不让他走呢？”

最后，菲克斯拿定了主意：直接跟路路通摊牌，叫他知道自己伺候的这位老爷是什么人。当然了，路路通不可能是福格的同谋，他要是明白了这件事，一定会害怕自己被连累的。到那时，他自然会站在自己这一边。可话又说回来了，这个办法到底是有风险的，只有在万不得已时才能使用。否则，只要路路通对主人走漏了半点风声，就会把整件事情都弄糟。

现在，这个警察厅密探相当地为难。但是，当他看见福格陪着艾娥达夫人散步时，他又看到了一线希望。这个女人是谁呢，她又是怎么跟福格搞在一起的呢？他们肯定是在从孟买到加尔各答的路上认识的。到底又是在哪儿认识的呢？是这个年轻的女人在旅途中碰巧认识了福格？难道会这么巧吗？反过来想，这趟穿越印度大陆的旅行会不会是福格预先计划好的，目的就是去找这个如花似玉的美人呢？菲克斯在加尔各答的法庭上，就见过这个女人了，她的确非常漂亮！

现在，我们可以想象这个密探有多伤脑筋。他挖空心思地想着这件事，猜想它会不会跟诱拐妇女有关。对！准是诱拐妇女！这样的话，自己就可以从这件事情上找到大便宜，菲克斯认定了这个想法。因为，无论这个女人是不是有夫之妇，都是这个得意忘形的骗子诱拐来的，这样，就有可能在香港制造一些困难来绊住这个骗子，叫他花多少钱都不能脱身。

但是，要动手就得快，如果等“仰光号”到香港之后再动手就迟了。因为，福格有一个可恶的习惯，他会刚跳下一条船就马上跳上另一条船。这样一来，在你动手之前，他就早早地远走高飞了。

现在最要紧的，是预先通知香港英国当局，并叫他们在福格下船之前就去“仰光号”的出口监视着。这事儿再容易不过了，因为“仰光号”先要停靠在新加坡，而在新加坡和中国海岸之间，有一条电报线可供联系。

但是，菲克斯为了更有把握地办好这件事，决定在动手之前先探一探路路通的口风。他知道，他可以很容易地叫这个小伙子打开话匣子。他从开船到现在都没在路路通眼前露过面，现在，他决定不再躲避路路通了。他不能再耽搁时间了，今天是10月30号，明天“仰光号”就到新加坡了。

菲克斯走出自己的房舱，来到了甲板上，装作相当惊奇地“主动”跟路路通打招呼。这时，路路通正在散步，菲克斯从他身后赶上来，对路路通大喊:“咦，你也上了‘仰光号’！”

“呃……菲克斯先生，怎么是您呀！”路路通惊奇至极地说，他已经认出了菲克斯这位“蒙古号”上的旅伴。

“这到底是怎么一回事呀？您已经被我甩在了孟买，怎么会在这条去香港的船上呢，难道您也要去环游地球？”路路通接着说。

“不，不，”菲克斯回答，“我打算在香港待一段时间，至少也会待几天吧。”

“奇怪了！”路路通惊奇地说，愣了一会儿，又接着说，“为什么我从加尔各答到这里，一直都没有看见您呢？”

“实话说吧，我这几天一直不太舒服，有点儿晕船……一直躺在房舱里……”菲克斯说，“在印度洋上我还受得了，可是一到孟加拉湾就不行了。你的主人福格先生怎么样，他还好吗？”

“他的身体棒极了，他的旅行计划也一样，没有拖延过一天，还是跟他的行程计划表一样准确！对了，菲克斯先生，有件事您还不知道吧。现在，我们多了一位年轻夫人做旅伴。”

“年轻夫人？”菲克斯问，他装出一副完全不知道的样子来回应路

路通。

于是，路路通立刻把故事的全部经过给菲克斯讲了一遍。路路通把自己在孟买庇拉吉庙闯祸、福格先生花两千英镑买一头大象、自己在火葬场解救艾娥达夫人，以及在加尔各答被判刑并交保获释的全部事实，都说了。关于后面的这几件事，菲克斯知道得一清二楚，却假装毫不知情。路路通兴高采烈地讲着，听的人似乎也听得津津有味。

“您的主人是不是打算带着这个年轻女人去欧洲？”菲克斯问。

“不，绝对不会的，菲克斯先生。我们只是送她去香港，她有个亲戚是香港的一位富商。”

“这可难办了！”菲克斯心想。

菲克斯掩饰住内心的失望，对路路通说：“路路通先生，咱们一起喝杯杜松子酒可好？”

“这真是太好了，菲克斯先生。能为咱们在‘仰光号’上重逢而碰杯，确实机会难得！”

第十七章 从新加坡到香港

从这一天起，路路通经常会碰见菲克斯。可是，菲克斯在面对他这位朋友时，谨慎得一句话也不多问。他和福格先生只碰了一两次面。他每次见到福格先生，都看见福格先生自由自在地待在大客厅里，不是陪艾娥达夫人，就是照例玩他的“惠司脱”。

可是这一回，路路通却仔细琢磨了这件事，他觉得有点儿奇怪，半天也想不出菲克斯为什么再次跟主人乘坐同一条船。这位菲克斯先生，不但非常体面，待人也相当殷勤。在苏伊士碰见他时，他上了“蒙古号”，然后又在孟买下了船，说要留在孟买；这一回呢，又在这条去香港的“仰光号”上碰见了他。如果是碰巧的话，也巧得太奇怪了。用一句话来说吧，他好像紧盯着福格先生不放似的。如果真是这样，这件事就得好好考虑一下了。到底是谁派这个菲克斯来的呢？现在，路路通断定菲克斯准会再次跟他们同时离开香港，也许还会跟他们同乘一条船。这一次，他敢拿他那双珍贵的拖鞋打赌。

路路通绝对想不到自己的主人会被别人当成窃贼盯着，还跟着他们满世界地兜圈子。所以，他就算想上一百年，也想不出这位侦探为什么要跟着他们。但是，像路路通这类人，对任何事情都非要找到答

案不可。现在，他忽然恍然大悟起来。他认为，菲克斯之所以一直盯住他们，就因为这个看起来合情合理的答案：菲克斯只是改良俱乐部的会员派来的，只有这一种可能。那些和福格打赌的同僚们，要确认福格先生有没有按照商定的路线老老实实地进行环球旅行，就派了菲克斯过来。

“没错儿，准是这么回事！”老实的小伙子自言自语地说，他很满意自己的这个判断，“他是密探！是那些老爷们派来跟踪我们的。瞧这事儿干得，真不体面！福格先生为人这么诚实守信，他们居然叫个密探来盯他的梢！唉，老爷们哪，你们做出这么一件事来，可不上算哟！”

路路通很得意自己的发现。但是，他决定不向福格先生透露半点口风。他担心主人，怕他知道这种不正当的怀疑后会伤自尊。他拿定主意了，先找个机会哄菲克斯开心，再旁敲侧击，却绝对不会说穿。

10月30日下午，“仰光号”进入马六甲海峡。马六甲海峡位于马六甲半岛和苏门答腊之间，四处分布着许多险峻秀丽的小岛。旅客们的注意力都被这些小岛吸引住了，根本顾不上欣赏苏门答腊的风光。

第二天早晨四点钟，“仰光号”提前半天到达新加坡，在这儿加煤。

这提早的半天时间，也被菲利亚·福格记在旅行日程表的“盈余”栏里。因为有几小时的富余时间，所以艾娥达夫人希望到岸上走走。福格先生陪她下了船。

福格的任何行动，都会引起菲克斯的怀疑。因此，菲克斯也跟着偷偷地下了船，刚好给路路通看见了。路路通忍不住偷偷嘲笑起这种鬼把戏来，随后也上岸买东西去了。

新加坡岛没有作为海岛背景的大山，所以从外貌上看，它既不广阔也不雄伟。但是，它非常清秀可爱，就像一座由公路交织而成的美丽花园。

艾娥达夫人和福格先生坐着一辆由两匹新荷兰进口骏马拖着的漂亮马车，奔驰在绿油油的棕榈和丁香树丛中。这些丁香树上半开的花心，可以加工成有名的丁香子。一丛丛的胡椒树篱笆，代替了欧洲农村用的带刺植物篱笆。茂密的椰子树和大棵的羊齿草，把这一片热带风景点缀得更加美丽。豆蔻树的深色绿叶，散发着浓郁的香气。成群的猴子，鬼鬼祟祟地出没在树林里。在这密茂的树林里，有时还会出现老虎的踪迹。这个岛并不算大，可为什么现在这种可怕的野兽还没有被消灭呢？你也许会因此而惊奇。这时，就会有人告诉你说，这些野兽来自马六甲，它们是自己泅水过来的。

他们坐着马车来到乡下，艾娥达夫人游览了两小时，福格先生却心不在焉地把周围的风光扫视了一下。然后，他们回到了挤满高楼大厦的城里。在城市周围，有很多美丽的花园，里面种着美味的芒果、菠萝等果树。

十点钟，他们回到了船上。跟着他们兜了一圈的菲克斯，没有发现任何情况，只好又自己付车钱回来了。

这时，路路通正在“仰光号”甲板上等他们呢。他买了几十个芒果，个头跟普通苹果差不多，绿色的外皮，橘黄色的果肉，雪白的核，放进嘴里鲜美无比。路路通兴高采烈地给艾娥达夫人送上这些芒果，艾娥达夫人亲切地表达了自己的感谢。

十一点钟，“仰光号”加好了煤，然后就开出了新加坡。几小时过后，那些长着密茂的树木、隐藏着美丽猛虎的马六甲高山，就在旅客们的视线中消失了。

香港这一小块英国领地，距离新加坡有一千三百海里，是从中国海岸分割出去的。菲利亚·福格希望，到达香港的时间最多不超过六天，这样才能赶上11月6日的那班客船，从那里到日本大商港横滨去。

“仰光号”上，旅客非常多，其中有很多都是在新加坡上的船，包括印度人、锡兰人、中国人、马来亚人和葡萄牙人，大多数都住在

二等舱。

在到达香港之前，天气一直相当好，但是，当东方出现半圆的月亮时，天气变坏了。海上，巨浪滚滚，海风时疏时密。幸运的是，风是从东南方向吹来的，对“仰光号”的航行有利。风向比较顺利时，所有船帆都张了起来。“仰光号”有双桅船的装备，所以经常张起前桅帆和两个角帆。邮船在海风和引擎的双重动力下，大大提高了速度，就这样辟开有时让人晕眩的急促海浪，行进在安南和交趾支那[1]的海岸线上。

由于船身不停地颠簸，大部分旅客都晕船了。这种情况之所以会出现，主要原因不是海浪，而是“仰光号”本身。

说句实在话，半岛公司这些航行在中国沿海的轮船，在构造方面的确有严重的缺点。它经不起海上的风浪，是由于空船和满载两种排水量的比例计算得极不正确。在这些船的底部，不透水的密封水舱没有足够大的容积，很容易“喝饱”。在这种情况下，只要船体再遭到几个大浪头的打击，船就不能正常航行了。

这种船要是和法国的“皇后号”和“柬埔寨号”相比，光是船型就差得很远，更不用说引擎和蒸汽机了。按照工程师的计算，“皇后号”这类法国邮船，舱底即使浸入与邮船本身重量相等的海水，也不会沉船。而半岛公司的船，不管是“加尔各答号”、“高丽号”，还是“仰光号”，只要浸入了达到船身重量六分之一的海水，船就会沉没。

所以，天气一变坏，航行时就得加倍小心，有时还必须把大帆也收起来，慢速前行。这样一来，时间就被浪费了。在这种情况下，福格先生没有表现出丝毫的烦恼情绪，倒是急坏了路路通。路路通把船长、大副、轮船公司和船上的全部工作人员，都骂了个遍。他会这么

[1]　译注：安南、交趾支那，都属于越南的一部分，与东京组成了越南三部分。1887年,法国殖民者将这三部分与柬埔寨联合，组成了法属印度支那联邦。

急躁不安，也许是因为白林顿花园洋房里的煤气炉子。那个没有关闭的煤气炉子，时时刻刻都在耗费他的钱。

有一天，菲克斯问路路通："你们真的急着去香港？"

"是的，急得很。"路路通回答。

"你说，福格先生会不会急着搭船去横滨？"

"会的，简直迫不及待。"

"到现在，你还认为这个奇怪的环球旅行是真的？"

"当然，菲克斯先生。难道您不信？"

"我？我不信。"

"你这个鬼家伙！"路路通一边笑着说，一边眨了眨眼。

这句话，弄得菲克斯莫名其妙，然后就惶惶不安起来。他也不明白自己为什么会这样，难道自己的身份已经被这个法国人猜透了？这样一来，他都不知道自己该怎么想了。他的侦探身份是秘密，只有他自己知道，路路通是不可能知道的。不过，看路路通说话的神气，显然是知道什么的。

还有一天，这个小伙子说话就更直白了。他从来不在肚子里藏话，比菲克斯心直口快多了。他狡黠地问菲克斯："菲克斯先生，您这一回会真的留在香港不走了吗？我们可不想跟您分手。"

"这个嘛……我也说不准……也许……"菲克斯窘迫地说。

"啊！您要是还能跟我们同路，"路路通说，"那我们可就太幸运了。您是东方半岛公司的代理人，怎么能半道儿留下呢！虽然您说过只到孟买的，可现在已经快到中国了。再往前走，美洲大陆近在眼前，欧洲也不远了！"

路路通摆出的这副嘴脸，极其讨人喜欢的。菲克斯注意地看了看他，也附和地哈哈大笑起来。笑了一阵之后，路路通高兴地问菲克斯："您这种职业，是不是有很大出息？"

"说大也不大吧，"菲克斯若无其事地说，"差事有好有坏。不过，

你也明白，我旅行不需要花自己的钱！”

“噢，我早就知道这一点了！”路路通说，然后又大笑起来。

结束这段谈话后，菲克斯回到了自己的房舱，开始琢磨起来。菲克斯知道，自己的密探身份已经被这个法国人看穿了，这是毫无疑问的。可是，这个法国人有没有把这个秘密告诉他的主人呢？他在这件盗窃案中，又扮演着什么角色呢，会是福格的同谋吗？这个秘密有没有露馅，整个案子会因此而告吹吗？好几个钟头过去了，菲克斯还在苦恼地想着，一会儿认为一切都完了，一会儿又觉得福格完全不了解情况。最后，他还是不知道该怎么办。

他定了定心神，决定直截了当地向路路通了解情况。如果到了最后一块英国地盘香港还逮捕不了福格，而福格真的预备离开，那么他菲克斯就跟路路通直说了。如果路路通跟福格是同谋，那么福格肯定也知道了所有的情况，这件事也就糟透了；要是路路通与这桩案子毫不相干，他就会为自保而撇开福格。

菲克斯和路路通之间，就是这样一种微妙的关系。而菲利亚·福格，则像高悬在他们头顶的一颗行星，漫不经心地沿着自己的轨道，运行在天空中。现在，他要环游地球了，也无视周围那些小行星。

但是现在，它旁边有一颗被天文学家称为“扰他”的“女星”。这位绅士的心，本来应该会被这颗“女星”扰乱的。然而，事实却不是这样。美丽的艾娥达夫人，丝毫没有对福格先生产生影响。这一点，让路路通相当奇怪。要推算这个“扰他”星会不会真的造成星辰错乱，将会比推算天王星星辰错乱的结果[1]更难。

是的，路路通天天都对这件事情感到奇怪。他看得出来，年轻的艾娥达夫人对主人充满了无限的感激。而他的主人菲利亚·福格呢，

---

[1]　作者注：天王星星辰错乱的结果，是让人们发现了海王星。

显然只是一心在英勇果敢地尽着自己的责任，从未显现出深情脉脉的眼神，也根本没有想到旅行中可能碰到的事，以及这些事可能对他产生的影响。

然而，路路通却一直心绪不宁。有一天，他伏在机车间的栏杆上，看着这架大机器飞快地转动。这时，船身剧烈地前后颠簸起来，使得推进器一露出水面就飞速空转，运动的活塞让蒸汽噼噼啪啪地爆响起来。看到这一情形，路路通感觉自己也快被气炸了。

“机器空转了！船不能走了！”他嚷着说，“瞧瞧，这些英国人哪！哎！要是美国人，肯定宁愿炸了这条船，也不会叫它这么慢菇下去。这样老牛拖破车似的走，不是干耗时间吗？”

第十八章 福格主仆、菲克斯都各忙各的

最后几天里，天气简直坏透了。西北风一直刮个不停，而且越刮越大，对航行非常不利。“仰光号”船身非常不稳，颠簸得相当厉害。因此，也难怪旅客们埋怨这海风掀起的恼人大浪了。

11月3号和4号这两天，暴风雨降临在海上，狂风大作，凶猛地卷着海浪前进。这时，“仰光号”只好收起大帆，斜顶着海浪航行，推进器的转动速度，在整整半天之内都只能保持着十转。虽然船帆已经被收起来了，其他船上用具却被暴风吹得尖锐地呼啸着。

显然，“仰光号”的航速大大降低了。照这种情况来看，到达香港的时间至少要推迟二十小时。要是暴风雨一直不停，推迟时间说不定还不止二十小时。

福格先生面对着这片波涛汹涌的汪洋大海，依然面不改色，甚至没有皱一下眉头。要是推迟二十小时到达香港，就赶不上开往横滨的客船了。这样一来，环球旅行的计划也就给破坏了。可是，这个人仍然像块木头似的，没有一点儿急躁和烦恼的表情，好像这场风暴早就在他的旅行计划中了。当艾娥达夫人对他谈起这个坏天气时，也觉得他平静得跟往常一模一样。

但是，菲克斯则跟别人正好相反，他很高兴能遇上这种坏天气。对他来说，这一场风暴意义完全不同。现在最让他快乐的事情，就是飓风能叫“仰光号”必须躲在靠岸的地方。不管什么样的耽搁，都有利于他。因为，这样才能拖住福格，让福格在香港多待几天。真是天公作美呀，连狂风巨浪都来帮助他了。现在，虽然他也有点儿晕船，不过这根本不算什么！就算是呕吐，他也不在乎。虽然他的肉体因晕船而痛苦，可是精神却极其兴奋。

至于路路通呢，则被这场恼人的暴风雨激怒了，他愤怒得简直都无法抑制了。这一点，我们绝对不难想象。到目前为止，这次旅行一直都是一帆风顺的！不管是陆地还是海洋，似乎都在为他的主人忠诚效力。一路走来，火车、轮船都对主人服服帖帖；海风和蒸汽也都齐心协力地给主人卖力。难道倒霉现在开始降临了？路路通一想到那两万英镑的赌注，就觉得它们好像要被人从自己的腰包里掏出去似的，让他忍无可忍。他简直快给狂风暴雨逼疯了，愤怒得想用鞭子痛揍这个桀骜不驯的大海！菲克斯在面对这个可怜的小伙子时，就谨慎地把自己的得意心情隐藏起来。这一点，菲克斯算是做好了。不然，路路通会看穿他的，准会让他吃不了兜着走。

从这场暴风雨开始到结束，路路通就没有在船舱里坐一会儿，一直待在甲板上。他像猴子一样灵活地爬上了桅杆顶，把船员们吓了一跳。他还爱管闲事，什么事都要去帮忙，还一再地提出各种问题，不管对方是水手、领班还是船长。人家一看他这么猴急，都忍不住笑起来。可是，路路通为了搞清楚这场暴风雨将会持续多久，还是不停地问。人家让他看晴雨表，他看见晴雨表上的水银柱丝毫没有往上升的意思，就抓起晴雨表摇了一阵。可是，无论路路通怎么摇晃或是咒骂这个无辜的晴雨表，水银柱依然动也不动一下。

11月4号，海上的情况有了好转，风浪最终平息了，海风也变得温顺多了。路路通的脸上，也跟天气似的晴朗起来了。“仰光号”又升起了大桅帆和小桅帆，重新飞速前进。但是，现在已经无法追回失去的时间，必须另外想办法才能如期到达目的地。因为，“仰光号”6号早晨五点钟才能望见陆地，比菲利亚·福格的旅行计划迟了二十四小时，这样一定赶不上开往横滨的船。

11月6号六点钟，引水员上了“仰光号”，准备引领这条船穿过航道，直到它到达香港港口。

路路通看见这个人，急得想问他知不知道去横滨的船现在有没有开，却又不敢问。他想，最好还是怀着一点儿希望，到香港再问吧。他向菲克斯诉说了自己的烦恼。菲克斯这个老狐狸说，福格先生肯定会乘下一班船去横滨的。菲克斯这么说，本来是想安慰路路通的，没想到他会为此而大发雷霆。

虽然路路通不敢向引水员打听香港开往横滨的船，福格先生却问了。福格先生是在翻了翻自己的《旅行指南》之后，若无其事地这么问的。

引水员告诉福格先生，明天（11月7号）早上涨潮时，香港有船开往横滨。

福格先生只是“噢”地应了一声，脸上仍然没有一点儿惊奇之情。

这时，一旁的路路通高兴坏了，简直都要拥抱这位引水员了。可是，菲克斯却恨不得当场掐死这个引水员。

“这条船的名字是什么？”福格先生问。

“卡尔纳迪克。”引水员回答。

“这条船昨天就应该开走了吧？”

“本来应该是这样的，先生。因为有一个锅炉坏了，需要花时间修理，就改成明天开了。”

“谢谢您。”福格先生说完，就踱着方步，走向“仰光号”客厅。

这时，路路通赶紧走上前去，用力地握了握引水员的手，说：“您真是个大好人！”

这个引水员只不过回答了这么几句话，就博得了这么热情的感激。很明显，他一辈子也不会明白这到底是为什么。

随着一声哨响，引水员上了舰桥，领着“仰光号”，穿行在拥挤的香港航道中。在这条航道中，充满了各种木船、汽艇、渔船及其他船只。

11月6号下午一点钟，仰光号停靠在码头，旅客们纷纷下了船。

实际上，这种意外情况特别有利于福格先生。假如“卡尔纳迪克号”不是有锅炉要修理，就会在11月5号如期开走。这样一来，要去日本的旅客们，就只有等八天之后的下一班船了。没错，福格先生是推迟了二十四小时到达香港，但是这次耽搁的后果，还不至于严重到影响后面的旅行计划。

实际上，香港去日本的客船，衔接着横滨横渡太平洋直达旧金山的客船。在香港的船到达横滨之前，横滨开往旧金山的船也不可能开，显然会相应地向后顺延二十四小时。虽然耽搁了二十四小时，也无大碍。因为，在横渡太平洋的二十二天时间里，很容易找回这二十四小时的损失。

在福格先生离开伦敦后的三十五天里，只有这二十四小时没有按计划完成。

明天早上五点钟时，“卡尔纳迪克号”才开。现在，福格先生有十六小时的时间来办事，也就是帮艾娥达夫人找亲戚。下了船，福格先生就让艾娥达夫人挽着自己的胳臂，带她一起走向一抬双人大轿，然后问轿夫有什么好旅馆。轿夫说有个俱乐部大饭店。于是，他们就坐进了双人大轿，后面还跟着路路通。二十分钟以后，他们在俱乐部大饭店前面停了下来。

福格先生为艾娥达夫人订了个套房，并且叫人预备了她所需要的所有东西。然后，他告诉艾娥达夫人，他马上就去找她那位亲戚，要是找到了这位亲戚，就把她留在香港，请那位亲戚照顾她。同时，他吩咐路路通不要离开俱乐部大饭店，直到他回来为止。这样，艾娥达夫人就不会没人照顾。

福格先生让人把他带到了交易所。在那里，肯定有人知道尊贵的香港富商杰吉。

福格先生向一位经纪人询问，果真得知了这位帕西富商的消息。不过这位经纪人说，两年之前，这位赚够了钱的帕西商人就离开中国，搬到欧洲去了。大概是搬到荷兰去了吧，因为这位富商在香港时，一直跟荷兰商人有来往。

菲利亚·福格只好赶回俱乐部大饭店，然后立即叫人传话给艾娥达夫人，说希望跟她谈一谈。他把尊贵的杰吉先生可能搬到荷兰的情况，简单地告诉了艾娥达夫人。

艾娥达夫人听完，刚开始时一声不响，然后摸了摸前额，又想了一会儿。最后，她轻声问了一句："福格先生，您说我该怎么办呢？"

"很简单，去欧洲。"福格说。

"可是，我怕这样会妨碍您的……"

"不会的。您跟我们一起走，"福格先生说，"丝毫也不会妨碍我的旅行计划。路路通！"

"请您吩咐，先生！"路路通回答。

"去'卡尔纳迪克号'订三个舱位。"

路路通立刻走出俱乐部大饭店。他心里特别高兴，因为他又可以跟待人很好的艾娥达夫人一块儿旅行了。

第十九章 路路通全力替主人辩护

香港这座小岛，是因为1842年鸦片战争后的《南京条约》才割让给英国的。没过几年，它就被英国殖民者建成了一座大城市，还多了一个维多利亚海港。这个位于珠江口上的小岛，距离对岸被葡萄牙占领的澳门仅六十英里。在商业竞争方面，香港自然位居澳门之上。目前，中国大部分的出口商品，都要经过香港。这里，有船坞、医院、码头、货栈；还有一座哥特式大教堂和一个总督府；到处可见碎石铺成的马路……这一切，都跟英国肯特郡或萨里郡的某个商业城市很相像，让人觉得来到了在地球另一面的英国。

路路通两手插在衣袋里，一边走向珠江口上的维多利亚港，一边欣赏着那些流行的轿子和带篷轿车。街上熙熙攘攘，成群的中国人、日本人和欧洲人正忙碌着。路路通看着这个城市，觉得它和沿途的孟买、加尔各答或新加坡差不多。这些地方，好像都是被一条环绕着地球的锁链拴着的英国城市。

路路通来到维多利亚港，看见这里聚集了各国的船只。其中有军舰、商船、日本或中国的小船，还有大帆船、汽艇和舢板，甚至是花坛似的“花船”。在路上，路路通还看见了一些年纪很大、身穿黄衣

服的本地人。路路通想照着中国人的习惯刮一次脸，就朝一家中国理发店走去。路路通从一位英语讲得非常好的理发师那里，知道了刚才那些穿黄衣服的老人，至少都在八十岁以上。他们只有到了这样的高龄，才有权利穿上那种代表着皇家色彩的黄色衣服。路路通不了解这是为什么，觉得很滑稽。

路路通刮完脸，就向“卡尔纳迪克号”停靠的码头走去。路路通到了码头，看见菲克斯正独自徘徊在河边，一点儿也没有觉得奇怪。看得出来，这位侦探相当失望。

“好！看样子，情况不利于改良俱乐部的那些老爷们！”路路通心想。

他走向烦恼的菲克斯，装作若无其事的样子，笑嘻嘻地跟他打招呼。

现在，拘票还是没有寄过来！也难怪菲克斯会咒骂自己一再碰上的坏运气。很显然，拘票正在后面追着他转寄呢，要是能在香港多待几天，准能收到。香港是这次旅行中的最后一个英国辖区，要是在这儿还没有逮捕福格的办法，这个贼就可以逃之夭夭了。

“菲克斯先生，您决定好了吗？是不是要跟我们一起去美洲？”路路通问。

“是啊。”菲克斯咬着牙回答。

“那咱们就快走吧，订船票去，”路路通一边说，一边哈哈大笑，“我就知道，您是不会跟我们分手的。”

他们一起走进海运售票处，总共订了四个舱位。这时，售票员对他们说，“卡尔纳迪克号”已经修好了，开船时间提前到了今天晚上八点钟。

“真是太好了，”路路通说，“提早开船更好，我这就去告诉我的主人。”

现在，菲克斯决定走最后一着棋了，他要把一切都告诉路路通。这也许是唯一拖住菲利亚·福格的办法了。于是，等他们一离开售票处，菲克斯就把路路通请到了酒店里，说是喝两杯。路路通看时间还早，就接受了这个邀请。

他们走进码头对面那家外表引人注目的酒店。这家酒店的大厅，的确装修得非常漂亮。靠里边有一张铺着垫子的板床，上面睡着一个挨一个的人。三十多个人散坐在大厅里那些用藤条编的桌子，有的喝着大杯或淡或浓的英国啤酒，有的喝着杜松子酒或白兰地等英国烧酒。不过，大部分人都叼着红陶土烧成的长杆大烟枪。大烟斗里装着的，是玫瑰露和鸦片制成的烟泡。吸烟的人接二连三地晕过去，倒在了桌子底下，被酒店的伙计拖住脚和脖子，搬到了靠里边的板床上。二十多个晕过去的烟鬼，就这样被一个一个地拖着排放到板床上，那副狼狈不堪的样儿，真叫人恶心。

现在，菲克斯和路路通才知道他们进的这家“酒店”，是一家专为无赖、白痴、荒唐鬼、糊涂虫“服务”的大烟馆。这种害死人的“鸦片”，都来自死命要钱的大英帝国。每年，大英帝国要卖出价值两亿六千万法郎的“鸦片”药膏给这些人！这笔利用人类最惨痛的恶习赚来的钱，不知道有多污秽！

中国政府为了禁绝这种恶习，也曾经采取过严厉的法律，却不见成效。起初，吸鸦片还只是富有阶级的恶习，后来就蔓延到了下层阶级。这样一来，中国政府就无法禁止这种灾祸了。很多人都被这种可悲的东西吸引着，一旦上了瘾就再也戒不掉了，否则，胃就会剧烈地疼痛。烟瘾大的人，一天能吸八筒，这样的人五年之内就会死去。在香港，这样的大烟馆还有很多，菲克斯和路路通他们误入的这个地方，只不过是其中的一家。

路路通虽然没钱，却非常乐意接受他朋友的“美意”。他还说，改天一定要回请菲克斯。两瓶有名的葡萄牙红酒刚送上来，法国小伙子就开怀畅饮起来，菲克斯却很有分寸地喝着，还一边留心地观察着路路通。两个人天南海北地闲聊开了，谈得特别起劲，这正是菲克斯的一个主意。菲克斯决定也搭乘“卡尔纳迪克号”去横滨。当他们谈到

要提前几小时上船时，路路通喝光了酒，站起身来，要回去通知他的主人提前上船，却被菲克斯一把给拖住了。

“等一会儿。”菲克斯说。

“怎么了，菲克斯先生？”

“我要跟你谈一件要紧事。”

“谈要紧事儿？”路路通一边大声说，一边喝干了酒杯里剩下的几滴酒，“这样吧，明天咱们再好好谈，我现在没时间。”

“别走！这件事是关于你主人的。”菲克斯说。

路路通听完这话，就注意地望着菲克斯，发现他的表情相当奇怪，又坐了下来。

“到底是什么事？”路路通问。

菲克斯把一只手往路路通的手臂上一放，低声问：“你早就猜出我是什么人了吧？”

“那当然！”路路通笑着回答。

“那好，我现在就把全部事实告诉你。”

“老兄，我现在什么都知道了！好吧，这也不妨事，你接着讲吧。不过在这之前，我要说那些老爷们算是白花钱了。”

“白花钱？”菲克斯说，“你就别瞎扯了。我一看就知道，你根本不了解这件事关系到多大一笔钱！”

“我当然知道，两万英镑！”路路通说。

“不对，是五万五千英镑！”菲克斯紧抓着路路通的手说。

“怎么？福格先生他……”路路通大叫起来，“他居然敢拿……五万五千英镑……这样的话，我就更不能耽误时间了。”说着，他又站了起来。

“没错，是五万五千英镑！”菲克斯把路路通强拉着又坐了下来，然后又叫了一瓶白兰地，“我要是办成了这件事，就会得到两千英镑的奖金。你要是肯帮我，我就分出五百英镑（合一万二千五百法郎）给你，你干不干？”

“你要我帮忙？”路路通大声说，他的两只眼睛，瞪得简直都要圆了。

“对，你帮我拖住福格先生，让他在香港多待几天！”

“嘻嘻！瞧你说的是什么话呀？”路路通说，“这些老爷们不相信我的主人是正人君子，就叫你来盯他的梢。这也就算了，没想到他们还要千方百计地阻挠我主人的行程。我一想到这些，就替他们难为情。”

“噢？这话又是从何说起呀？”

“我说他们太不光彩啦！这么做，简直是要挖光福格先生口袋里的钱，夺走他的全部财产！”

“对呀，咱们确实打算这么干。”

“可是，这是个阴谋！”路路通嚷着说，然后喝着菲克斯敬的酒。

路路通一杯接一杯地喝着，根本没注意自己喝了多少，现在被白兰地的酒劲一冲，就更生气了：“这是个不折不扣的阴谋！这些老爷们，算什么朋友！”

这时，菲克斯开始发觉路路通有点儿文不对题了。

“什么朋友？”路路通嚷着说，“亏他们还是改良俱乐部的会员呢！菲克斯先生，我的主人是个正派人，绝对说到做到。他既然说要跟人家打赌，就一定会规规矩矩地实践自己的诺言。”

“等一下，你到底把我当成了什么人？”菲克斯问，他的两只眼睛，直直地盯着路路通。

“这还用说吗？你是暗探，”路路通说，“改良俱乐部的那些老爷们派你来盯着我的主人，监视他沿途旅行的情况。这真是太不光彩了！你的身份，我早就看出来了。可是，我一直没有对福格先生说一个字。”

“这么说，他什么都不知道？”菲克斯激动地问。

“他半点儿也不知道。”说着，路路通又干了一杯。

菲克斯摸着自己的前额，犹豫着要不要接着谈下去，现在该怎么办呢？看样子，路路通的误会绝对不是装的。要是这样，他的计划就更难完成了。很明显，这个小伙子讲的全是老实话，他也绝对不可能跟福

格是同谋。在这之前，菲克斯最担心的就是路路通与福格是同谋。

“路路通既然不是同谋，他就肯定会帮我。”菲克斯心想，然后又重新拿定了主意。

现在，菲克斯无论如何都必须要在香港逮住福格，再也不能拖延时间了。于是，他直截了当地对路路通说：“你认真地听我说，我不是你猜想的那种人，不是改良俱乐部的会员们派来的暗探。”

“哦！”路路通回应了一声，同时表情滑稽地看着菲克斯。

“我是警察厅派来的侦探，受命于伦敦警察当局。”

“……警察厅的……侦探？”

“是的。我有出差证明书。”菲克斯说完，就从皮夹里拿出一张证件给路路通看。那是一张公差证明书，确实是由伦敦警察总局局长签署的。路路通被吓得两眼直瞪着菲克斯，说不出一句话来。

菲克斯接着说：“福格先生只是拿打赌当借口，他骗了你和改良俱乐部的那些会员们。因为这个花招儿，可以让你这个不自觉的同谋者为他服务。”

“为什么？”路路通大叫着问。

“你听我慢慢说。上个月，也就是9月28号那天，有人从英国国家银行偷走了五万五千英镑。这个人的外貌特征已经被查出来了，简直跟福格先生一模一样。”

“去你的吧！世上再也找不到像我主人这么正派的人啦！”路路通一边说，一边用自己的大拳头捶着桌子。

“你就这么肯定他是个正人君子？”菲克斯说，“你是在他动身那天才到他家工作的，当时你甚至还不认识他！他借着这个毫无意义的理由，急匆匆地带上一大口袋钞票离开了伦敦，甚至来不及带行李！这样的人，你也敢担保？”

“我敢！我就是敢担保！”路路通机械地重复着说。

“这么说，你是愿意做他的从犯，然后跟他一起被捕了？”

路路通的脸色全变了，只顾两手抱着脑袋，却不敢抬头看菲克斯。

福格先生救过艾娥达夫人一命，这么一个仁慈而又勇敢的人，怎么会是贼呢？可是，菲克斯的那些怀疑确实活灵活现。不过，路路通怎么也不相信福格先生会去做那桩盗窃案。

“你想叫我做什么？直说吧。”他鼓足勇气对菲克斯说。

“我一直在盯着福格先生，可是直到今天，”菲克斯说，“我还没有接到伦敦的拘票。所以，我想让你帮我拖住福格，让他留在香港。”

“你叫我——”

“我可以跟你平分那两千英镑的奖金。”

“我不干！”路路通说着，打算站起来，却感觉精神恍惚而浑身无力，于是又坐了下去。

“菲克斯先生，即使你刚才说的都是事实……”他结结巴巴地说，“即使我的主人……真的是你嘴里的那个贼……我也……不承认……我是他的仆人……我看他是个好人、正派人……我绝对不会出卖他……就是给我全世界的金子，我也不会那么干。”

“你真不干？”

“不干！”

“那好吧，你就当我什么也没说，来，继续喝酒。”菲克斯说。

“好，咱们继续喝！”

路路通已经喝得越来越醉了。菲克斯认为，现在必须不惜一切代价隔离路路通和他的主人。他决定来个一不做二不休，正好又看见桌上放着几支装好鸦片的大烟枪，就拿起一支来，放到了路路通的手上。这时，路路通还迷迷糊糊的，接过烟枪就放到嘴上吸了几口，却把自己的头麻醉得很沉重，然后就晕倒了。

“好了，‘卡尔纳迪克号’提前开船的消息，福格是不可能知道了，”菲克斯说，“就算他还能走，这个死不了的法国人也不会再跟着他了！”菲克斯付了账，然后扬长而去。

第二十章 菲克斯正面与福格打交道

当菲克斯和路路通在酒店里谈论要断送福格的前途时，福格正在英国侨民住宅区的大街上陪艾娥达夫人散步。自从艾娥达夫人答应跟福格先生一起去欧洲之后，福格先生就考虑到了一切需要准备的东西，因为这段旅程很长。像福格这样的英国人，就算只拿着一个旅行袋去环游世界也无所谓。如果叫一个妇女也这么做，可就行不通了。因此，他必须得购买一些旅途中需要的东西。

虽然艾娥达夫人一再恳切地表示反对和推辞，福格先生还是不声不响地完成了自己的任务。他总是用这两句老话来回答艾娥达夫人："我自己也要用，我本来就打算买。"

福格先生和艾娥达夫人买齐了所有东西，就回到了俱乐部大饭店，去享用他们预订的丰盛晚餐。饭后，艾娥达夫人有点儿疲倦了，就照着英国人的习惯，轻轻地握一握救命恩人的手，走回了自己的房舱。

整整一个晚上，这位尊贵的绅士都在专心阅读着《泰晤士报》和《伦敦新闻画报》。

到了睡觉的时候，路路通还没有回来。假如福格先生古怪而多

疑，就会为此而感到意外。但是，福格先生知道香港到横滨的船要到明天早晨才会开，所以也就没太注意路路通有没有回来。第二天早上，福格先生打完铃，却没见路路通过来。

福格这才知道，他的仆人根本就没有回旅馆。谁也不知道福格先生当时是怎样想的。接着，福格先生就自己提着旅行袋，一边叫人通知艾娥达夫人下来，一边叫人去雇轿子。

这时，已经八点钟了。“卡尔纳迪克号”要赶在满潮时出海。满潮的时间预计在九点半钟。

一顶轿子在俱乐部大饭店的门口停了下来，然后，这种舒适的交通工具就载着福格先生和艾娥达夫人上了路。轿子后面，紧跟着一辆拉行李的小车子。

半小时后，轿子停在了轮船码头。两个人下了轿子，福格先生才知道“卡尔纳迪克号”昨晚就开走了。

福格先生原本打算一举两得地找到船和路路通的，没想到两头儿都落空了。但是，他的脸上却没有现出一点儿失望，倒是艾娥达夫人因此而感到不安，一直盯着他看。于是，他这样安慰她说：“夫人，这没什么的，只是一个意外。”

这时候，旁边有一个人一直在留神地看着福格先生。现在，这个人走到了福格先生跟前，他就是警察厅的密探菲克斯。菲克斯跟福格先生打招呼说：“先生，您是不是昨天乘着‘仰光号’来香港的旅客？昨天，我也搭了这一班船。”

“是的，先生。请问您是哪位？”福格冷冰冰地说。

“请原谅，我只是希望能在这儿碰上您的仆人。”菲克斯回答。

“先生，您知不知道他在哪儿？”艾娥达夫人急切地问。

“怎么？”菲克斯问，同时装出一副吃惊的样子，“他没有跟你们在一起？”

“没有，他昨天就不见了，”艾娥达夫人说，“难道他会不等我们，自己上了船？”

“夫人，您认为他会这么做吗？”侦探问，“恕我冒昧，我想问你们是不是打算乘这条船走？”

“是的。”

“我也是。夫人您看，这一下可把我弄得狼狈极了。‘卡尔纳迪克号’修好锅炉，就提前十二小时离开了香港，也不通知旅客一声。现在，我们只好等着搭八天后的下一班船了！”

菲克斯说到“八天”这两个字时，心里痛快极了。八天呢！福格还得在香港多待八天！这八天时间，足够等来拘票了。今天，他这位代表着国家法律的密探，总算交上了好运。

可是接着，菲利亚·福格却镇静地说出了下面这句话：“可我觉得香港的港口上，还有别的船。”说完，福格先生就让艾娥达夫人挽起自己的手臂，带着她向船坞走去，去找其他即将开出的轮船。

菲克斯听完这句话，就像受到了狠狠的当头一棒！简直不知如何是好，只好紧紧地跟在福格先生后面，就像被福格用一根无形的线牵着似的。

福格先生自从离开伦敦以后，一直都在走好运，而现在，好运似乎真的走光了。他跑遍了整个港口，整整找了三小时，也没有找到去横滨的船。他决定了，如果真到了万不得已的地步，他就去租一条船。但是，他看到的一些船都不能马上开走，因为它们不是在装货就是在卸货。

但是，福格先生并没有慌乱，而是继续找船，甚至打算去澳门找。就在这时，一个海员从港口上迎面走来。

“先生，您是不是在找船？”海员问福格先生，同时取下帽子。

“有没有马上就开的船？”福格先生问。

“有，先生。四十三号引水船，它是我们最好的一条船。”

“走得快吗？”

“每小时跑八九海里肯定没问题。要不您过去看看？”

“好的。”

“您要是见了它，一定会满意的。先生，您是要去海上玩儿吗？”

“不，我在旅行。”

“旅行？”

“我要去横滨，你能送我吗？”

这句话让海员不自觉地晃动着两臂，睁圆了双眼。

“先生，您简直是在开玩笑。”海员问。

“我没开玩笑！我没赶上‘卡尔纳迪克号’，但是又必须在十四号之前到横滨，这样才能赶上开往旧金山的船。”

“实在抱歉，我也没有办法。”海员说。

“我每天付你一百英镑（合两千五百金法郎）。你要是能按时赶到横滨，还可以得到两百英镑的奖金。”

“真的？”海员问。

“当然。”福格先生回答。

海员走到一边，朝大海眺望。显然，他正在进行思想斗争，到底要不要冒险跑远路来赚这么一大笔钱呢？

这时，旁边的菲克斯心里七上八下的。

福格先生转身问艾娥达夫人：“夫人，坐这条船会不会让您害怕？”

“福格先生，只要跟您在一起，我就不会害怕。”艾娥达夫人回答。

海员一边两手转着帽子，一边走近福格先生。

“海员先生，你考虑得怎么样？”福格先生问。

“先生，我不能冒这个险。我不能不顾我的船员和我，还有您。路太远，时令不对，”海员说，“我这条船也只有二十吨重。再说了，我们也赶不上您的时间。香港距离横滨，足足有一千六百五十海里呢。”

“是一千六百海里。”福格先生说。

“没什么区别。”

这时，菲克斯大大地松了一口气。

“不过，也许还有别的办法。”海员接着说。

菲克斯再次紧张起来。

“别的办法？”福格先生问。

“这里离日本南端的长崎港只有一千一百海里，离上海只有八百海里。您要是去上海，我们就可以沿着中国的海岸线航行。而且，沿海岸往北是顺水，非常有利于航行。”

“海员先生，我是要去横滨搭从那里开往美国的船，”福格先生说，“不是要去上海或是长崎。”

“干吗不呢？”海员说，“开往旧金山的客船，本来就是从上海出发的，它中途会停靠在横滨和长崎。”

“你这么说，有把握吗？”

“有把握。”

“从上海到旧金山的船，什么时候开？”

“11号下午七点钟。我们还有四天时间，也就是九十六小时。只要抓紧时间，只要一直刮东南风，只要海上不起风暴，平均每小时走八海里，我们就能走完这八百海里，按时到达上海。”

“你的船什么时候开？”

“一个钟头之后。我现在要去买点儿粮食，再去为开船作准备。”

“好的，我们说定了……”福格先生说，“你是船主吗？”

“是的。我是约翰·班斯比，我的船是‘唐卡德尔号’。”

“我要不要付定金？”

“如果您愿意……”

“给，这是两百英镑，”菲利亚·福格说，然后又转身问菲克斯，“先生，您要是愿意跟我们一起——”

“先生，我正想请您帮忙呢。”菲克斯马上说。

“好吧，我们再过半个钟头就上船。”

“可是，路路通……”艾娥达夫人很不放心这个失踪的小伙子。

“我会想尽一切办法来安置他的。”福格先生说。

当菲克斯烦恼、焦虑、愤怒地走上这条引水船时，福格先生和艾娥达夫人正向香港警察局走去。福格先生向警方描述了一下路路通的外貌特征之后，留下一笔足够路路通回国的钱，接着又去法国领事馆做了同样的事情。然后，福格先生回到俱乐部大饭店，把刚刚送回去的行李重新取出来，又坐着轿子到了码头。

下午三点钟，四十三号引水船的人员已经到齐，粮食也买好了，一切准备工作都已做好，就等着开船了。

重二十吨的“唐卡德尔号”，是一条非常漂亮的机帆船。尖尖的船头，看上去相当利落；吃水很深，就像一条用来竞赛的游艇。船上，有闪闪发亮的铜具，还有电镀的铁器、干净得像象牙一样的甲板……这一切，都说明船主非常在意对船的保养。除了两只稍向后倾的大帆，还有后樯梯形帆、前中帆、前樯三角帆、外前帆和顶帆。在设备上，“唐卡德尔号”简直应有尽有。在顺风时，这些设备都可以用得上。光看这条船的样子，就知道它走起来一定会非常好；实际上，它确实曾在引水船竞赛上得过好多奖。

除了船主约翰·班斯比之外，“唐卡德尔号”上还有另外四名船员。这些勇敢的海员们，时常风雨无阻地搜寻着海上的船只并领它们进港。所以，他们对海上各处的情况，都极其熟悉。

约翰·班斯比是个中年人，看样子在四十五岁上下。他身体结实，肤色被晒得棕红，双眼神采奕奕。光看他的脸膛，就能看出他这个人很有魄力。而且，他老成持重，办事老练。即使是最不轻信人的人，也会完全信赖他。

福格先生和艾娥达夫人上了船。菲克斯呢，早就在船上了。他们三个人来到后舱口，走进一间正方形的房舱。房舱里的床铺，都是凹进去的，四周的墙壁上都是这样的床铺。半圆形的长凳子，放在床铺下面。桌子放在房舱中间，被一盏晃来晃去的挂灯照得亮堂堂的。房舱虽然小了点儿，却相当干净。

“非常抱歉，”福格先生对菲克斯说，“我没能为您准备一个更舒适的地方。”

菲克斯听完，没有说一句话，只是恭敬地点点头。这位警察厅侦探，好像因为接受了福格先生的款待而觉得特别委屈。

“这个流氓非常有礼貌，这是毫无疑问的，”菲克斯心想，“但是，他再怎么礼貌，终归还是个流氓。”

下午三点十分，“唐卡德尔号”的帆张起来了。号角一响，英国国旗也慢慢升起来了。旅客们都坐在甲板上。福格先生和艾娥达夫人最后眺望了一下码头，希望能忽然看到路路通，猜想路路通是不是真的失踪了。

这时，菲克斯心里还真有点儿害怕。他怕那个被他耍花招整垮了的倒霉小伙子，真的会忽然出现在这个码头上。到那时，一切都会暴露，形势就会对他非常不利了。万幸的是，码头上没有出现这个法国人。很明显，现在这个法国人还在被鸦片烟麻醉着呢。

“唐卡德尔号”，终于由约翰·班斯比船主驾驶着出海了。“唐卡德尔号”由兜着饱满海风的后樯梯形帆、前中帆和外前帆推动着，奔驰在一望无际的大海上。

第二十一章 班斯比船主差点儿没拿到奖金

对一条二十吨重的小船来说，在这种季节航行八百海里，确实是一次危险的远征。在中国沿海一带，经常会碰上剧烈的海风，尤其是在春分和秋分时。现在，还只是十一月上旬。

显然，船主如果把福格先生直接送到横滨，每天能得到一百英镑的船租，这样就能赚更多的钱。但是，要接受那样的航行任务，就得冒很大的风险。就算是像现在这样去上海，也算是勇于冒险了。然而，约翰·班斯比一想到自己的“唐卡德尔号”，就充满了信心。“唐卡德尔号”，可以像海鸥一样飞驰在海浪里。船主这么做，或许是对的。

当天傍晚，“唐卡德尔号”经过香港附近水流湍急的海面，然后就开足马力，再借着从后面吹来的东南风，顺利地飞驰在海面上。整个航行状况，非常令人满意。

“快点儿，船主，越快越好！”福格先生说，“这一点，以后就不用我再交代了。”

“放心吧，先生，您只管交给我好了，”约翰·班斯比回答，“所有能利用的帆面，我们都用上了，就是再加上那些顶帆，速度也提不上

去了，反而会增加船的负担。”

“我是外行，我完全相信你，你就看着办吧，船主。”

福格先生叉开两腿，笔直地站在甲板上，目不斜视地注视着汹涌的波涛。那副架势，就像个水手一样。艾娥达夫人坐在这条轻如树叶的小船船尾，若有所思地凝视着苍茫暮色下的辽阔海洋。在艾娥达夫人的头顶上空，片片白帆迎风招展，就像要用巨大的白色翅膀带她飞翔。被海风吹起的小船，就像航行在天空中一样。

天渐渐黑了。半圆形的月亮慢慢下坠，淡淡的月光马上就会消失。从东方卷来的乌云，遮住了秋夜的大片晴空。

夜航信号灯点上了。在靠近海岸的海面上，会频繁地有船只来往。为了安全起见，必须要点上夜航信号灯。在这一带，船只互撞事件并不少见。“唐卡德尔号”开得这样快，只要稍微碰一下别的船只，就会被撞得粉碎。

此时，菲克斯正在船头沉思。他知道福格不爱聊天，就远远地躲开了福格。再说了，他讨厌跟这个请他白坐船的流氓聊天。他在考虑接下来该怎么办。

菲克斯非常清楚地知道：福格一到横滨，就会登上开往旧金山的邮船，逃到美洲大陆去。在遥远的美洲大陆，他逍遥法外的把握就更大了。菲克斯认为，菲利亚·福格打的如意算盘是再简单不过了。

这个福格，跟那种最普通的坏蛋也没什么两样。本来，他可以直接从英国搭船去美国的，却要绕着大半个地球兜圈子，无非就是想安全到达美洲大陆。等他蒙过英国警察厅之后，就可以安静地在美洲坐享那笔偷来的巨款了。可是，一旦真的到了美国，他菲克斯又该拿这个贼怎么办呢？放弃这个贼？不，绝对不可能！他还要继续跟着这个贼，寸步也不离开，直到引渡手续办好为止。他一定要坚持到底，因为这是他的天职。何况，现在这个贼身边已经少了个路路通，这对菲克斯非常有利。路路通已经知道了菲克斯的秘密，所以，叫他们主仆二人永不再见是非常必要的。

福格先生也想过那个莫名其妙就失踪的仆人。他把各方面的情况都考虑了一遍，最后认为，这个倒霉的小伙子很可能误上了“卡尔纳迪克号”。艾娥达夫人也这么认为，她很感激这个救过她性命的忠仆，很为他的失踪而伤心。她想，他现在很可能在横滨，至于他有没有搭乘“卡尔纳迪克号”，以后也会很容易地打听到。

快到夜里十点钟时，海上的风势渐渐加强了。这时，应该谨慎地把船帆收小一些的。船主仔细地看了看天气形势，然后决定仍然张着得力的大帆前进。何况，“唐卡德尔号”的吃水量也很深。一切准备都作得很充足，就算在暴风雨中疾速航行也没有问题。

半夜十二点钟，福格先生和艾娥达夫人来到了船舱里。菲克斯也早就下来了，正睡在一个床铺上。五个海员呢，整夜都在甲板上待着。

第二天，也就是11月8号，当太阳升起来时，这条小船已经距离香港一百海里了。从时常被抛进海里测量航速的测速器来看，这条船的平均时速在八到九海里之间。“唐卡德尔号”张起了全部的篷帆，尽量借助侧面的海风行进。它目前的速度，已经快得不能再快了。如果风向保持不变，“唐卡德尔号”就可以准时到达上海。

一整天，“唐卡德尔号”都没有离开海岸太远，一直航行在适合小船航行的近岸海面，离海岸最多也就五海里。有时，还可以在云雾间隙里看见海岸参差不齐的侧影。即使有大陆吹来的风，海面依旧非常平静，有利于吨位很小的“唐卡德尔号”航行。因为，小吨位的船只在大浪中航行，会给大浪减低航速，用航海术语来说，就是会“煞船”。

快到中午时，风从东南方向吹来，风力稍微小了点儿，船主就叫人再加上顶帆。两小时以后，风势又大了起来，船主就再叫人卸下顶帆。

福格先生和艾娥达夫人已经不再晕船了。于是，他们拿出罐头、

饼干，非常高兴地饱餐了一顿。此外，他们还叫来了菲克斯一块儿吃。菲克斯接受了这个邀请，因为他清楚地知道，人的肚子得像船一样装满东西，这样才好走路。可是，他很为这件事恼火，感到面子上很没有光彩！因为，自己不但白坐了这个人租的船，而且分吃了他的食物。但他还是吃了，虽然相当仓促，终究还是吃了。

吃完饭，菲克斯觉得应该跟福格说几句话，就对福格先生说："先生……"

菲克斯吐出"先生"这两个字时，感到嘴唇都不舒服。他竭力地抑制住冲动，以免自己忍不住会抓住这个"小偷先生"的衣领。然后，他接着说，"先生，您让我坐您租的船，真是太慷慨大方了。我的经济条件不允许我跟您一样大方，但是，我也该付我应付的船费……"

"我们可以谈点儿别的，先生。"福格先生说。

"不。这是我应该付的，我一定要付。"

"先生，不用了。这是一项正常开支，已经被计算在我的预算总费用里了。"福格先生不容争辩地说。

菲克斯没有再争辩，只好憋着一肚子气跑到船头，就地躺在了甲板上。这一整天，他没有再说一句话。

"唐卡德尔号"迅速前进着，这让约翰·班斯比觉得马上就要成功了。他不止一次地告诉福格先生"咱们肯定能按时到达上海"。福格先生只是简单地用"但愿如此"来回答他。

"唐卡德尔号"能走得这么好，首要的原因是所有海员都工作得相当积极。这些能干的水手们，被福格先生许下的奖金鼓舞着，把每一根帆索都拉得笔直，绑得紧绷绷的！每一张篷帆都没有一点儿方向偏差，都被风吹得鼓鼓的。掌舵人做的活儿，更是让人无可挑剔！即使是去参加皇家游艇俱乐部的赛船大会，他们也没有这么认真过。

傍晚时分，船主看了看测程器，得知"唐卡德尔号"已经距离香港两百二十海里了。现在看来，福格先生还是有希望按时到达横滨的。这样一来，他的旅行计划就一点儿也没有被耽搁，还可能会毫无损失地渡过自离开伦敦以来碰上的第一次意外。

在天亮前的几小时里，“唐卡德尔号”越过北回归线，驶进了中国台湾岛和中国大陆之间的台湾海峡。台湾海峡水流湍急，到处可见逆流造成的漩涡。“唐卡德尔号”被急促的海浪阻碍着，走得非常吃力。现在，想要在甲板上站稳都很难。

当太阳升起来时，海风的威力就更大了。大风将至的迹象，显现在大海上空；天气即将变化的预告，也显示在晴雨表上。这一整天，晴雨表的水银柱都急剧地上升、下降，读数很不稳定。回首眺望东南方向，只见海面上已经卷起了滚滚巨浪，预示着暴风雨即将来临！

黑夜来临，海面上闪烁着迷人的光辉，夕阳消失在绯红色的薄雾里。这种景象，非常不利于航行。

船主仔细地对着大海上空看了半天，然后含糊不清地嘟囔了几句。过了一会儿，船主走到福格先生跟前，低声说：“先生，我想把实情告诉您。”

“你说吧。”福格先生说。

“马上要刮台风了。”船主说。

“南风还是北风？”福格先生简单地问了这么一句。

“南风。台风马上就会刮起来，您瞧。”

“让它刮好了。它从南边来，会让我们走得更快。”福格先生说。

“要是您都不在乎，那我也没什么。”

约翰·班斯比判断得完全正确。一位有名的气象学家曾经说过：深秋的台风像闪电，会“倏”地掠空而过；冬末和春分时的台风则非常可怕，威力极其凶猛。

船主马上开始行动，为预防工作作准备。他叫人绑紧所有的帆篷，再卸下帆架，放下顶帆的桅杆，去掉中前帆的附加尖桅。各个舱

口，都给盖了个严丝合缝，肯定不会漏进一滴水。舱面上，只留下了一张代替大帆的厚布三角帆，以借助背后的大风继续航行。现在，一切预防工作都做好了，就算台风来了也没有什么好怕的。

约翰·班斯比把旅客们都请进了房舱。但是，那间小客舱里几乎没有空气，再加上船体不住地颠簸，那滋味简直像是在关禁闭，极不舒服。所以，福格先生、艾娥达夫人，甚至是菲克斯，都不愿意离开甲板。

将近八点钟时，暴风骤雨降临，袭击着“唐卡德尔号”，似乎要把这条小船上唯一的一块小布帆吹成飘忽不定的鹅毛。小船在狂啸的暴风雨下，经历了无法描述的惊险。不过它前进的速度，保守地说也是开足马力的火车头的四倍。

一整天，“唐卡德尔号”都是在凶猛海浪的簇拥下前进的。它以惊人的速度向北疾驰，甚至不由自主地和飞滚而来的波涛保持了一致的步调。小船的甲板无数次地被排山倒海的巨浪袭击，可是每次都能马上转危为安，只要船主老练地转一下船舵就可以了。浪花翻腾着，有时还会倾盆大雨般粗暴地冲洗旅客全身。而旅客们呢，则丝毫也不动声色，就像逆来顺受的哲学家似的。

这时，菲克斯无疑会怨天尤人；但是艾娥达夫人，却勇敢地注视着福格先生，且完全被福格那非凡的镇静给吸引了。面对着这样一位旅伴，她表现出毫无愧色的样子，慨然承受着折磨人的暴风雨。福格先生好像早就料到了这场台风似的，丝毫也不惊奇。

到目前为止，“唐卡德尔号”一直在向北飞驰。但是，快到傍晚时，他们担心的情况终于出现了：风向整整转了两百七十度，刮起了西北风！海浪冲击着小船的侧翼，拼命地摇晃着船身。这样凶猛的海浪冲击着小船，要是叫不知道这条船的各个部分都很坚固的人看见，一定会吓得失魂丧胆。

随着黑夜的降临，暴风雨更加猖狂了。天越黑，航行也就越困难。约翰·班斯比非常忧虑，考虑着要不要在港口停一会儿，然后，他就去找他的船员们，跟他们商量一下这个想法。

他们一商量完，约翰·班斯比就来到福格先生跟前，对福格先生说：“先生，我们最好还是在岸边停一会儿再走。”

“我也是这么想的。”福格先生回答。

“好的。停在哪个港口呢？”船主问。

“我知道有一个港口可以停。”福格先生平静地说。

“是哪一个？”

“上海。”福格先生说。

船主听完这个回答，老半天弄不清其中的意思，也不知道这句话背后那坚定和顽强的决心。后来，他一下子明白过来，就大声地说：“您说的对，先生。好的，我们现在就前进，直达上海！”

于是，“唐卡德尔号”坚定不移地向着北方前进。

夜黑得确实很可怕！风浪曾经两次卷起了这条小船。甲板上的船具要不是都被绳子绑得牢牢的，肯定早就一股脑儿地给倒进大海了。如果这条小船不出乱子，就是奇迹。

艾娥达夫人虽然极度疲劳，却没有抱怨一声。福格先生多次跑过去保护她，使她免受海浪造成的危险。

渐渐地，东方开始发白。此时的暴风雨，就更像一匹脱缰的野马了，凶狂的程度简直无以复加。幸运的是，北风转成了有利于航行的东南风。带着滚滚波涛的东南风，阻击了西北风留下的逆浪。

“唐卡德尔号”踏着翻涌的狂澜，重新走上了征途。幸亏它足够坚固，否则，早就在这场波涛相互撞击的混战中粉身碎骨了。

站在甲板上，不时可以透过浓雾的间隙看到大陆海岸。但是在大海上，除了傲然奔驰着的“唐卡德尔号”，看不到一条船的影子。

中午，大海上空的景象，预示着暴风雨即将过去。夕阳西下时，暴风雨已经明显地过去了。这场暴风雨虽然持续了没多久，却

非常凶猛。

旅客们早就疲惫不堪了，现在总算可以吃点儿东西、休息一下了。

夜晚的海面，非常平静。于是，船主命令再次装起大帆，用最小的帆面航行。光是这样，“唐卡德尔号”就可以以非常可观的速度前进了。

第二天是11月11日。日出时，小船离上海已经不到一百海里了。

是的，不到一百海里。可是，预定的时间就在今天，他们必须要在今天走完这一百海里！只有今天晚上到达上海，福格先生才能赶上开往横滨的邮船。要不是这场暴风雨把时间给耽搁了，现在离上海港最多也就三十多海里。

风力已经大大减弱了。不幸的是，海浪也跟着变得软弱无力，不能有力地推动“唐卡德尔号”前进。小船上张满了帆。无论是顶帆、附加帆还是外前帆，都挂了起来。可是，在漂浮的杂草和碎木片底下，海水却轻轻地吐着泡沫。

中午，“唐卡德尔号”离上海港不到四十海里。还有六小时，上海开往横滨的邮船就启锚了，他们必须得在这之前赶到上海港口。“唐卡德尔号”上的每一个人，都相当担心，想着要尽一切可能地赶到上海。除了福格先生之外的所有人，都急得心脏直跳。照时间计算的话，小船的速度必须保持在每小时九海里。

可是，风却越来越小！这种从大陆上吹来的微风很不固定，它有一阵没一阵儿地掠过海面，又立刻飞向了远方，它吹起的波纹也立即跟着消失了。

“唐卡德尔号”群帆高挂，细密的布篷亲昵地拥吻着轻佻的海风，整条小船看上去轻盈潇洒，在顺流海水的推送下缓缓前进。

下午六点钟时，小船到达吴淞口。据约翰·班斯比估计，还有十来海里才到黄浦江，因为吴淞口离上海至少也有十二海里。

下午七点钟，“唐卡德尔号”还在距离上海三海里的地方。毫无疑问，两百英镑的奖金是拿不到了。船主一边愤懑地骂着老天爷，一边两眼直瞅着福格先生。这千钧一发的时刻，更关系到福格先生的整个命运，可福格先生仍旧面无表情。

这时，在浪花翻腾的河道上，出现了一个又长又黑、冒着滚滚浓烟的烟囱。这正是那条从上海开往美国的邮船，它准时出发了。

“该死！”约翰·班斯比绝望地叫着说，同时把舵盘一推。

“快发信号弹！”福格简单地说。

一架小铜炮架在了船头上。这架小铜炮，本来是在迷失在大雾中时用来发求救信号的。等小铜炮里装满火药之后，船主拿来一块通红的火炭，要点燃导火线。

就在这时，福格先生说：“下半旗！”

于是，船旗下降到了旗杆中部，表示求救。他们希望美国邮船能看到这个“求救”的信号，这样它说不定会改变航线，开向“唐卡德尔号”。

“开炮！”福格说。

于是，大海的上空就响彻了小铜炮惊人的轰鸣声。

第二十二章 路路通体会到钱在地球的另一边也很重要

11月7号下午六点半，“卡尔纳迪克号”邮船从香港开出，迅速朝日本前进。这条载满了货物和旅客的船，却在后舱里空了两间房舱。这两间空房舱，就是福格先生预订的那两个舱位。

第二天早上，旅客们惊讶地在前甲板上看见了一个奇怪的旅客。这个旅客眼神痴呆，走路东倒西歪，头发乱得像个鸡窝，他一爬出二等舱的出口，就踉踉跄跄地朝一根备用桅杆跑去，然后坐在了桅杆上。这位旅客，正是路路通。这到底是怎么一回事呢？

原来，在菲克斯离开那个大烟馆之后的一小会儿，这个昏睡如泥的小伙子就被烟馆里的两个伙计抬起来，放到了那张烟鬼们专用的板床上了。于是，一心一意要赶上船的路路通，就在噩梦中昏睡了三个钟头。他拼命抵抗着鸦片烟的麻醉作用，在没有完成任务的焦虑心情中清醒过来。他从醉烟鬼堆里爬起来，扶着墙壁东倒西歪地向外走，三番五次地跌倒了又重新爬起来，被一种本能顽强地推动着前进，终于走出了大烟馆。同时，他梦呓似的不停地大声叫喊：“‘卡尔纳迪克号’……”

这时，“卡尔纳迪克号”正要启程，烟囱里都已经冒起了浓烟。路

路通离跳板只有几步，他趁着这条船解缆的当儿，一头冲到跳板上，又连滚带爬地冲过了跳板入口，然后就晕倒了。

水手们对于这样的旅客，已经见怪不怪了。有几个水手走过来，七手八脚地抬起这个可怜的小伙子，再把他送到了二等舱的一间客房里。直到第二天早上，路路通才醒过来。这时，“卡尔纳迪克号”已经在离中国大陆一百五十海里的地方了。这就是11月8号早晨，路路通突然出现在甲板上的全部经过。

他来甲板上，是想呼吸几口新鲜空气，好早点儿清醒过来。他刚清醒过来，就开始聚精会神地把昨天的事仔细回想了一遍，费了好大劲儿，终于想起了昨天的情景。他想起了菲克斯的秘密、大烟馆，以及当时的种种情况。

“我明白了，”他自言自语地说，“我分明是给人灌醉了，还醉得像一摊烂泥！福格先生要是知道了，会怎么说我呢？不过，最要紧的是我没有误船。”

他又想起了菲克斯，就说：“这个家伙！这一回，我真希望我们能甩掉他。他既然跟我进行了那样的谈判，现在就一定不敢再跟着我们了。真没想到，他居然是警察厅的警官，是负责追踪我的主人的侦探，竟然还说福格先生偷窃了英国银行！说福格先生是贼，和说我是杀人犯一样，明显是胡扯！都去他的！”

路路通想，是否应该跟主人说说这些事情呢？要是福格先生现在就知道了菲克斯的身份，会怎么样呢？要是等福格先生到了伦敦，我再告诉他整件事情，这样岂不是更好？那时，当我告诉福格先生，曾经有个侦探追着他绕地球走了一圈，准会让人哄堂大笑。嗯，先这么办吧，无论怎样，我还是要再仔细想想这个问题。眼下最要紧的，是找到福格先生，请他原谅自己的不检点。

于是，路路通站了起来。这时，“卡尔纳迪克号”在大风浪的拍击下，凶猛地摇晃起来。直到现在，这个好小伙子还两腿发软，只好慢慢走着，总算凑合着走到了后甲板上。但是，甲板上的面孔，没有一个像他的主人或是艾娥达夫人。

“啊，对！”他说，“这时候，艾娥达夫人还在睡觉，福格先生一定在跟人玩‘惠司脱’，照老规矩……”

于是，路路通一边自言自语，一边走进“卡尔纳迪克号”的大菜间[1]。但是，那里也不见福格先生。路路通只有去找船上的事务长，向他打问福格先生的房舱号。可是事务长却回答说，没有一位叫菲利亚·福格的旅客。

“抱歉，福格先生是一位个子很高的绅士，”路路通继续说，“他外表非常冷静，不爱和别人说话，身边还跟着一位年轻的夫人。”

“这里根本没有什么年轻夫人，”事务长说，“你要是不信，可以自己查一查旅客名单。”

路路通把那份旅客名单都查了个遍，也没有找到他主人的名字，他一下子懵了。这时，他忽然想起一件事来，然后大嚷着问：“啊，坏了！这是不是‘卡尔纳迪克号’？”

“是的。”事务长回答。

“是开往横滨吗？”

“是啊。”

原来，路路通担心的是自己上错了船。现在，他确定自己在“卡尔纳迪克号”上，他的主人却不在这里。这个晴天霹雳一样的消息，让他不由自主地跌坐在单人沙发里。

忽然，他恍然大悟，想起“卡尔纳迪克号”提前开走了，想起自己本应通知主人却没有通知到！要是真让福格先生和艾娥达夫人误了船，他的过失可就大了。

[1] 译注：大菜间，轮船上专供有身份地位的人用的客厅。

是的，他确实有错。可是最大的错，在那个坏蛋菲克斯身上！菲克斯为了分开福格他们主仆，为了拖住福格先生，就灌醉了他路路通，以免自己的阴谋诡计被泄露出去。现在，福格先生肯定垮了，他不但输了赌注，还可能已经被捕，正关在牢里……想到这里，路路通恨得直揪头发。哼！要是哪天他路路通抓住了菲克斯，非得好好跟他算一算这笔账！

路路通苦恼了好一阵子之后，又冷静地考虑了自己当前的处境。情况不太妙啊！没错，他一定能到日本，可到了之后怎么办呢？他的口袋里空空如也，没有一个先令，也没有一个便士！所幸他的船费和饭费已经预付过了，还有五六天时间好想办法。

简直无法描述路路通在船上大吃大喝的情形。他吃了自己的一份还不算，又吃了艾娥达夫人和福格先生的，好像他要去的日本，是个没有任何东西可吃的不毛之地。

11月13号，“卡尔纳迪克号”趁着早潮，驶入横滨港。横滨港是太平洋上的一个重要港口，停泊着在北美洲、中国、日本和马来亚群岛之间往来的各种客货轮船。

横滨是日本帝国的第二大城市，和巨大的江户城[1]一样位于东京湾内，而且离江户很近。这个城市曾是昔日大君的驻地，当昔日大君这个民间统治者在位时，横滨可以和江户分庭抗礼。当时，天神的后裔“神圣的天皇”，就住在大京城江户里。

横滨码头附近，有无数挂着各国旗帜的船只。“卡尔纳迪克号”从这些船只中穿过，停靠在港口防波堤和海关仓库附近的横滨码头。

路路通无精打采地走下船，走上了太阳神子孙们的奇异土地。他什么办法都没有，只有听天由命了。于是，他走到城里的大街上，准

[1]　作者注：江户是东京的旧称。

备先碰碰运气再说。

路路通最先走进的地段，是一个完全欧洲化的区域。这儿的每一栋房子，都是低矮的门脸房。门脸房前部紧靠大街的地方，是一条条由一排漂亮柱子支撑着的回廊。从条约岬到整片海河地区，分布着街道、广场、船坞和货栈。

这儿和香港、加尔各答没什么两样，到处都乱哄哄地挤满了各个国家的商人，包括美国人、英国人、中国人、荷兰人等。其中，买卖任何东西的商人都有。这个法国小伙子走在人群里，就像走进了东南非的胡坦突人聚居地，觉得什么都新鲜出奇。

其实路路通还有一条出路，就是去找法国或英国驻横滨的领事馆。但是，他考虑到自己的来历跟主人密切相关，就没去领事馆，而是要另找机会。

他把横滨的欧洲区都跑了个遍，也没有找到好机会。于是，他就到了横滨当地人的居住区。他决定了，要是万不得已，他就去江户。

横滨当地人的居住区叫辨天[1]区。这儿，有青松翠柏掩映成荫的幽静小路，也有雕刻着奇异神像的门扇，还有深藏在竹林、芦苇丛中的小桥，更有遮蔽在幽暗的百年老杉树下的庵堂、寺院。在庵堂、寺院里，不知有多少礼佛高僧和孔门清客，他们伴着青灯，过着吃斋念佛的清苦生活。

在辨天区，还有几条见首不见尾的长街。长街上，到处可见成群的孩子，还有几只长毛短腿的狮子狗、一些懒洋洋却非常讨人喜欢的淡黄色无尾小猫。这些孩子个个面色红润，两颊红得像熟透的苹果，俊俏得活像从日本屏风上走出来的。

行人络绎不绝的大街上，人群来来往往。其中，有做法事的和

---

[1] 作者注：“辨天”是海上女神，附近岛屿的居民都供奉她的神像。

尚，他们敲着单调的手鼓列队走着；有政府官吏；有海关吏或警察官，他们头戴漆花尖帽、腰挂两把东洋刀；还有士兵，他们身穿蓝底白纹的棉军装、肩背前膛枪；也有天皇御林军，他们的紧身绸上衣外面还套着铠甲；还有许许多多各个等级的军人。在日本，当兵受人尊敬的程度和当兵在中国受人轻视的程度一样的惊人。

此外，街上还有化缘的僧侣、穿长袍的香客，以及普通的居民。这些人个个头发乌黑光滑，大头、细腿、长上身、矮个子。他们的肤色深浅不一，最深的像阴暗的青铜，最浅的像无光的白粉。但是，绝对没有一个人长着中国人那样的黄面孔，这也正是中国人和日本人的基本差别。

车辆是各式各样的，有轿子、马匹、驮夫、篷车。光是轿子就多种多样，比如漆着花纹的古轿、双人抬的软轿和竹子编成的床。

来来往往的，还有一些用小脚迈着小步的日本妇女。她们脚上穿的，有布鞋、草拖鞋，还有特制的木屐。她们一个个都用头巾吊着眼角，紧紧束起来的胸部就像一块平板，还赶时尚地把牙齿染成了黑色，整个人看上去并不漂亮。但是，她们穿着的民族服装“和服”，倒是非常别致。“和服”是一种家常的长服，上面有一条交织的缎带，还有一条在背后结成一朵大花的宽大腰巾。目前，巴黎妇女的最新式装束，就跟这些和服的风格很像。

路路通就混在这各色各样的人群中，游逛了好几个钟头。街上那些稀奇古怪而又富丽堂皇的店铺，他参观过了；那些堆满市场的光彩夺目的日本首饰，他欣赏过了；那些门前挂着花花绿绿的小旗子的日本饭店呢，他没钱进去，不过已经张望过了；还有那些清香扑鼻的茶馆，里面的人正端着满满一杯热气腾腾的、用发酵的大米做成的酒酿汤，他也瞧了瞧。此外，他还看了一些香烟馆，里面的人正吸着一种气味芬芳的烟草，而不是在吸鸦片。在日本，几乎没有人吸鸦片。

路路通渐渐地走到了郊外。

一眼望过去，四处都是一望无际的稻田，其间还夹杂了各色的鲜花。这些鲜花都即将凋谢，正散发着最后的香味。一棵棵大山茶树上，盛开着山茶花。它跟那种长在小山茶树丛里的山茶花，不是同一品种。

还有樱桃树、李子树和苹果树，它们都种在筑有竹篱笆围墙的果树园里。当地人栽种这些果树，主要是为了卖花，然后才卖果子。果园里还有一些装置，像怪模怪样的草人、不时响起尖锐声音的驱鸟机，以驱赶鸟类来啄食果子。麻雀、鸽子、乌鸦和其他贪食的鸟类，会啄食成熟的果子。

每一棵高大的杉树上，都有巨鹰的巢穴；每一棵垂杨柳的树荫下，都有单足独立的鹭鸶，而且它们好像都在忧郁地沉思着。到处可见小鸟、野鸭、山鹰和野雁。此外，还有很多被日本人当做神鸟的仙鹤。日本人认为，仙鹤象征着长命、富贵。

路路通就这样信步游逛着。忽然，路路通发现草丛里有几棵紫萝兰。

“太好了，我的晚饭有着落了。”他说，然后就凑过去闻了一下，却发现这些紫萝兰没有半点儿香味。

“真倒霉！”他心想。

说实在话，这个小伙子之所以会在“卡尔纳迪克号”上尽可能饱饱地大吃一顿，就是因为有这个先见之明。可他已经跑了这一整天，现在觉得肚子里简直空得要命。他已经特别留意了当地肉铺里的架子，上面根本就没有山羊肉、绵羊肉或是猪肉。他也知道，在日本杀牛是犯罪的，牛只能用来耕田。于是，他得出了这样一个结论：日本的肉食非常少。在这一点上，他确实没有看错。不过，这也不要紧，他不仅习惯于吃猪牛羊肉，也完全习惯于吃别的肉，像野猪肉、鹿肉、鹧鸪肉、鹌鹑肉，或是家禽肉、鱼类等。日本人吃米时，佐餐的几乎都是这些除了猪牛羊肉之外的肉类。但是对路路通来说，现在最

要紧的就是对自己当前的遭遇逆来顺受，至于如何搪塞肚子，只好推迟到明天再考虑了。

天黑了。路路通又走回辨天区，在大街上溜溜达达。街上到处都是五光十色的灯笼。他欣赏了闯江湖的艺人那惊人的绝技，还看见了许多被星象家招徕看望远镜的观众。最后，路路通回到了渔火点点的港口。港里那些渔火，是渔夫为了诱惑海上的鱼群，用树脂点燃的火光。

街上的行人渐渐少了，然后消失。跟着，就出现了查夜的警官。穿着漂亮制服的警官们，被一群侍从巡逻兵前后簇拥着，那副神气活现的样子，简直像出国的大使。路路通一碰到这种巡逻队，就会开玩笑地说："嗯，不错！又有一个日本使节团要去欧洲了。"

第二十三章 路路通的鼻子长得离谱

第二天，又饿又累的路路通对自己说，无论如何也得先吃了饭再说，而且越快越好！其实，他可以把他那只表卖了的，这也算是一条出路。但是，他宁愿饿死也不肯卖表。然而，对这个能干的小伙子来说，目前的状况或许正是一个机会，甚至是一个千载难逢的好机会：他可以靠沿街卖唱，一展他那虽不太优美动听却浑厚有力的歌喉。

路路通很会唱一些法国和英国的老歌，所以他决定试一试。看样子，日本人一定是喜欢音乐的。他们听惯了铙钹、铜锣和大鼓声，也一定会对一位欧洲声乐家的歌喉表示欣赏。

不过，现在时间好像还太早了一点儿，要是马上就拉开场子卖唱，就会吵醒那些歌迷，那他们八成也不会掏出铸着天皇肖像的钱币。

路路通决定过几个钟头再开场，然后就在路上迈步。忽然，他心血来潮地想：我要是再穿上一套江湖艺人的衣服，不是更好吗？这时，他就想着要用自己的西装换一套估衣[1]，因为估衣更适合他现在

[1] 译注：市场上出售的旧衣服，或是原料较次、加工较粗的新衣服。

的身份，还肯定能再找回一点儿钱，再用这些钱去饱餐一顿。

拿定主意之后，就剩下如何去做的问题了。路路通找了老半天，才找到一家估衣店。店主明白了他的来意之后，看了看他那套西装，很喜欢。不一会儿，路路通就走出了估衣店。他穿着一套旧和服，戴着一条陈旧得褪了色的花纹头巾，口袋里还有几块叮当作响的银币。

“太好了，我现在简直是在过节！”路路通心想。

这个日本人打扮的法国小伙子现在要做的头一桩事，就是走进一家小茶饭铺。他叫了一点儿零碎的鸡鸭肉，又叫了点儿米饭，凑合着吃完了早饭。他那省吃俭用的样子，完全像一个吃了上顿愁下顿的人。

他填饱了肚子，然后对自己说：“可不能稀里糊涂地过日子了。现在就剩下这一套估衣了，也不可能再拿它去换另一套更日本化的衣服了。所以，我必须尽快想办法离开这个‘太阳国度’。这个国度留给我的，只有倒霉的回忆！”

路路通一心想要找到一艘开往美洲的邮船，希望能在船上当个不要报酬的厨师或侍者。这样，他就可以白坐船，还能有饭吃。他决定到旧金山之后再作进一步的打算。他目前面前的主要问题，是想办法从太平洋上这四千七百海里的路程上跨过去，最终到达美洲大陆。

路路通计划好了以后，一点儿也没有优柔寡断，立即一步一步朝横滨港走去。码头越来越近，路路通却越来越觉得没有把握了。刚开始时，他还觉得这个计划简而易行呢。他想，人家看到我这样一个人，这么一身奇怪的打扮，凭什么叫我到美国人的船上当厨师或侍者呢？我没有值得人家相信的介绍信、证明文件或是保证人，凭什么叫人家相信我呢？

他正在苦思冥想时，忽然看见一张移动的特大海报。原来，有一个模样像马戏团小丑的人物，正背着这张海报在大街上走来走去。海报上面，用英文这样写着：

在天神佑护下的特别演出——鼻子长，长鼻子

尊贵的维廉·巴图尔卡先生的日本杂技团，赴美公演前的最后一场特别节目。

惊心动魄、精彩绝伦！

“去美国！我正是这么想的……”路路通叫着说。

于是，路路通就跟着这个背海报的人走了，一会儿之后，走回了辨天区，又过了一刻钟，他来到了一个马戏棚跟前。这是一个很大的马戏棚，棚上竖着一排又一排花花绿绿的小旗，棚壁外面画着毫无立体感的杂技演员肖像。这些毫无立体感的肖像，色彩都极其鲜明、醒目。

这个马戏棚，就是巴图尔卡先生的杂技剧场。尊贵的巴图尔卡先生，是美国巴尔努式杂技团的一位经理，手下有一大批演员。这些演员当中，有跳板演员、杂技演员、小丑、魔术师、平衡木演员，还有体操演员。照海报上说的话，他们表演了今天的最后一场演出之后，就会离开这个太阳帝国，去美国公演。

路路通来到马戏棚前面的圆形回廊，要求和巴图尔卡先生见一面。

“你有什么事？”巴图尔卡亲自走出来问，他还以为路路通是日本人。

“您需要用人？”路路通问。

“用人？”马戏团经理说，同时拈着下颚上那一撮毛茸茸的灰胡子，“我已经有两个用人了。他们都忠实而又听话，从来没离开过我，也不要工钱，只要有饭吃就行……瞧瞧！”经理说着，就举起两只青筋暴突的粗胳臂给路路通看。那些青筋，活像低音提琴上的粗弦。

“这么说，您一点儿也用不着我了？”

“完全用不着。”

“真倒霉！可是对我来说，跟您一起去美国倒挺合适。”

“哦，原来是这样啊！”巴图尔卡先生说，“瞧你这身行头！要是有人说你像个日本人的话，那我就可以当自己是猴子。你干吗穿成这样？”

“能穿什么穿什么喽！”

“这倒是句实在话。你是不是法国人？”

“是的，地地道道的巴黎人。”

“那您一定也会装腔作势啦？”

路路通一听这话，实在有点儿恼火。他没有想到，竟然有人会因为他是法国人而得出这样的结论，就说：“没错儿，有些法国人的确会装腔作势。可是，跟你们美国人一比，那就是小巫见大巫啦！”

“对！好吧，我就请你来我们杂技团当小丑。在法国国内，会有法国人扮演外国小丑；可是在外国，人们却都去扮演法国小丑。老兄，您明白我的意思吗？”

“哦！”

“你的身体看来也很棒，是不是？”

“是很棒，吃饱以后就更棒了。”

“你会不会唱歌？”

“会！”路路通说，他还曾经在街头卖唱呢。

“两脚朝天、左脚心上放一个滴溜溜转的响陀螺、右脚心上直立着一把军刀地唱，你会不会？”

“会！”路路通回答，他年轻时受过一些基本训练。

“这就是我要请你干的事！你看吧。”巴图尔卡先生说。

就这样，他们当场谈妥了雇用合同。

路路通总算是找到工作了。在这个有名的日本杂技团里，他什么都干，算是一个“百搭”吧，根本就不是什么好差事。不过他想，再过一个星期，他就可以坐船去旧金山了。

巴图尔卡先生的那场表演节目，经过大张旗鼓的宣传之后，将在下午三点钟开演。这时，在马戏棚的大门口，开始了日本乐队那锣鼓喧天的大合奏。

今天，路路通显然不可能立刻就扮演角色。但是，他那结实有力的双肩，需要助“叠罗汉”的演员们一臂之力。表演这个扣人心弦的精彩节目的，是“天狗神”长鼻演员们。这个节目，也是今天的压轴戏。

三点钟还没到，这座宽敞的马戏棚里就拥进了大批的观众。这些长幼都有的观众当中，有欧洲人、中国人、日本人，一个个都争先恐后地去坐狭长的椅子，或是走进舞台对面的包厢。这时，大门口的吹鼓手已经撤进来了，等乐队一到齐，铜锣、快板、竖笛、小铜鼓、大洋鼓什么的，都惊天动地地吹打起来。

这个杂技团演出的节目，跟一般杂技团演出的大致一样。但是，日本杂技演员的水准，绝对是世界一流的。这一点，人们不得不承认。第一个演员只拿了一把扇子和一些碎纸片，就能演出美妙动人的“群蝶花间舞”。第二个演员用烟斗里喷出来的烟雾，迅速地在空中写出了一句向观众致敬的青烟文字。第三个演员是耍抛物戏的，他可以轮流地抛起手里那几支点燃的蜡烛，同时还可以吹熄每一支经过他嘴前面的蜡烛，再陆续地重新点燃。在整个过程当中，他那神奇的抛掷动作没有中止一秒钟。第四个演员是耍弹簧地陀螺的，在他的操纵下，那些地陀螺配合得极其巧妙地滴溜溜转，叫人看了简直难以置信。这些地陀螺嗡嗡作响地转个不停，活像一个个有生命的小动物。它们能在烟斗杆上、军刀刀口上、细如发丝的钢丝上，不停地旋转；也能爬竹梯、四面八方地到处跑；还能围着几个大水晶瓶打圈转；同时还发出了各种和谐的响声。

还有一些表演陀螺的演员们，他们让陀螺飞舞在半空中，再用木制的球拍拍来拍去，好像这些陀螺都是羽毛球似的。陀螺一个劲儿地

旋转着，等演员们把它们装进衣袋再拿出来时，它们还在旋转，直到里面的发条完全松开为止。这时，陀螺就像一束又一束开放的纸花一样摊开来，不再动了。

对于杂技团演员们的各种绝技，我们无须多加描写。反正，无论是上转梯、爬高竿，还是玩大球、滚圆桶，每个表演都相当出色。但是，最引人入胜的节目，是惊心动魄的“长鼻子”表演。这种绝技，欧洲根本就没有。

这个特别的“长鼻子”班，是在天狗神的直接佑护之下组成的。这些“长鼻子”们身穿类似中世纪的英雄们穿的服装，肩上扛着两只华丽的假翅膀，脸上装了一只尤其特殊的长鼻子。当他们用这只长鼻子进行表演时，简直让人叹为观止。这些假鼻子，是用竹子做的，有五六英尺甚至十英尺那么长。它们形状各异，有笔直的、弯曲的、光滑整齐的、疙里疙瘩的。演员们把这些假鼻子牢牢地装在脸上，用来进行特技表演。

“长鼻子”表演开始了。首先，台上走来十二三个“天狗神派”的演员，他们仰卧在台上；接着，又来了一些长鼻子，跳到竖立得像避雷针一样的先前的长鼻子上，然后就在这个鼻子到那个鼻子之间来回地蹦跳、飞跃，表演着各种令人叫绝的绝技。

最后，是压轴节目“叠罗汉”。台上郑重其事地宣布完以后，“叠罗汉”演出开始了。表达“叠罗汉”节目的，有五十多个长鼻子演员。但这个“罗汉塔”，并不是由尊贵的巴图尔卡先生的演员们用双肩搭成的，而是用他们的假鼻子搭成的！这将是多么巨大的一座人体建筑！路路通也成了其中的一名演员。因为，最近走了一个垫在“罗汉塔”底的演员，要求接替的人要身体结实、头脑机灵，路路通刚好合适。

上台前，身穿一套中古服装、肩扛两只花花绿绿的假翅膀、脸上装了一个六英尺的长鼻子的路路通，一下子回想起自己年轻时经历的那些艰苦岁月，不禁感慨万分。可话又说回来了，他到底能靠着眼前这个长鼻子赚钱吃饭。于是，他决定当一个长鼻子演员。

路路通走上舞台，站在那些跟他一样为“罗汉塔”垫底的伙伴们旁边，然后跟他们一齐往地上一躺，半空中就有了一个个长鼻子。接着，第二层的演员走上台，躺在他们的鼻尖上。跟着，第三层的演员在第二层演员的鼻尖上躺了下来，第四层、第五层……也如法炮制。不大一会儿，就搭成了只靠鼻子尖支撑的、和台上的顶棚一样高的活人塔。

这时，台下响起暴风雨般的掌声，台上的音乐也雷鸣似的奏了起来。忽然，“罗汉塔”晃了一下，只见一个垫底的长鼻子爬了起来。这个垫底的长鼻子一离开岗位，“人塔”立即失去平衡，发出“扑通”一阵响声之后，像一座纸糊的古堡似的倒了下来。

这个擅自离开岗位的长鼻子，就是路路通！他丝毫没有展开自己的翅膀，就从舞台上的低栅栏上飞了过去，然后爬上舞台右面的包厢，趴在了一位观众的脚下，大嚷着说：“啊，主人哪，总算让我找到您了！”

“是你？！”

“是我！！”

“好吧，我的小伙子，快走，上船！”

路路通跟在福格先生和艾娥达夫人后面，迅速地穿过回廊，跑到了马戏棚外面。这时，迎面走来了巴图尔卡先生。他怒不可遏地要他们赔偿“罗汉塔”倒塌造成的损失。福格先生丢过去一把钞票，立刻浇灭了他的怒火。

六点半钟，路路通跟着福格先生和艾娥达夫人，走上了美国邮船。他肩上那两只翅膀、脸上那个六英尺的假鼻子，直到快要动身时还没来得及弄下来。

第二十四章 横渡太平洋

我们已经知道了在上海发生的事情。当时，开往横滨的邮船船长发现了“唐卡德尔号”发出的信号，又看见小船下了半旗，就命令邮船开向“唐卡德尔号”。

福格先生算清船费，给了约翰·班斯比船长五百英镑（合一万二千五百法郎）的钞票。然后，这个尊贵的绅士、艾娥达夫人、菲克斯，就一起上了这条正开往长崎和横滨的邮船。

11月14号早晨，邮船准时到达横滨。菲克斯得到福格先生的允许，去忙自己的事了。福格先生则去找“卡尔纳迪克号”，然后得知了路路通是前一天晚上到横滨的。艾娥达夫人听到这个消息，高兴极了。福格先生也许同样高兴吧，不过，他一点儿也没有把这种高兴表现在脸上。

去旧金山的船当天晚上开，所以福格先生就立即去找路路通。他去了法国和英国领事馆，却没有得到一点儿消息；然后，他跑遍了横滨的大街，还是一无所获。因此，他认为已经不可能再找回路路通了。就是这时，说是碰巧也罢，预感也好，他竟然走到了巴图尔卡先生的马戏棚里。当时，福格先生当然没有认出穿着奇怪古装的路路

通。可是，仰卧在台上的路路通，却在花楼上的包厢里看到了他的主人。这时，小伙子的长鼻子再也不能一动不动了，它离开了自己的岗位，这才使整个“罗汉塔”因为失去平衡而倒塌。

艾娥达夫人把过去几天发生的事情告诉了路路通。她把他们如何从香港到横滨、如何跟那位菲克斯先生一起乘坐“唐卡德尔号”等情况，都告诉了路路通。

路路通听到菲克斯这个名字时，并没有皱眉头。他认为，现在还没到把自己和菲克斯之间的纠葛告诉福格先生的时候。路路通在叙述自己的经历时，只是说自己进了香港的一个烟馆，吸大烟吸到醉倒。

路路通叙述时，福格先生只是冷静地听着，听完也没说一句话，只是给了他一笔钱。这笔钱，足够路路通在船上买一身更合适的衣服。一个钟头不到，这个刚才还装着假鼻子、花翅膀的正直小伙子身上，就找不到一点儿“天狗神派”的痕迹了。

由横滨开往旧金山的“格兰特将军号”邮船，是太平洋轮船公司的船。这条大轮船重两千五百吨，有非常好的设备，速度也很快。一根很长的蒸汽机杠杆，从甲板上露出来，两头一高一低地活动个不停。这根两端分别联接着活塞柄、轮机曲轴的杠杆，把直线推动力变成了直接推动轮机的动力，使得轮轴可以不停地旋转。“格兰特将军号”装了三张宽宽的大帆，这些大帆配合着发动机，有力地加快了航行速度。

按时速十二海里计算，这条邮船二十一天之内就能横渡太平洋。这样一来，福格先生相信自己12月2号就能在旧金山出现，11号就能抵达纽约，再在20号回到伦敦。这时，距离决定命运的12月21号还有几小时。这样，他就能提前完成这次旅行任务了。

旅客非常多，有一部分英国人，但大部分都是美国人，还有许多去美洲做苦力的移民。此外，还有一部分服役于印度军队的军官，现在是假期，他们正在进行世界旅行。

这次航行没有遇到任何航海事故。“格兰特将军号”借助于巨大的轮机和全面展开的大帆，四平八稳地前进着。看来，太平洋真是名副其实地“太平”。

虽然福格先生依然沉默寡言，可他在那位年轻的旅伴艾娥达夫人眼里，则变得日益亲切了。而且，这种亲切已经超越了感激。在艾娥达夫人心中，他那沉静的性格非常和蔼可亲。他对她的影响，连她自己都想象不到，甚至还让她不知不觉地堕入了一种微妙的幻想中。可是，艾娥达夫人的这种心情，福格先生却好像一无所知，真是令人难以捉摸。

现在，关于福格先生的旅行计划，艾娥达夫人也显得特别关心。她希望他们可以顺利地完成这个旅行计划，所以老是担心会发生什么阻碍这个计划的意外事故。路路通在和她的闲谈中，通过她谈话的语气，猜透了她的心事。

现在，他对自己的主人充满了的崇拜之情。这种崇拜之情，简直盲目到了像迷信的人敬神一样。他滔滔不绝地夸赞福格先生，说福格先生如何诚实、宽厚，又是如何热心待人。然后，他说这次旅行一定会成功的，以安慰艾娥达夫人。他再三说，我们已经过了最困难的阶段。我们已经远离了神奇莫测的中国和日本，现在正待在文明的国度里，然后，只要从旧金山坐火车去纽约，再坐上轮船横渡大西洋到伦敦。如果不出事故，我们毫无疑问能够按时完成这个环球旅行，打破人们“不可能环球旅行”的说法。

从横滨离开之后的第十天，福格先生正好绕着地球走了半圈。

11月23号，“格兰特将军号”越过了南半球的一百八十度子午线，正好垂直于北半球的伦敦所在的经线。现在，福格先生已经用去了预定期限中的五十二天，只剩下二十八天时间了。虽然按照地球经度子午线来计算，这位绅士才走完一半的路程。但是，他的旅行计划实际上已经完成了三分之二以上。因为，他不得不走伦敦—亚丁—孟买—

加尔各答—新加坡—横滨这条路线。这么走，绕了多大一个圈子！

要是沿着伦敦所在的五十度纬线直线环绕地球一周，全程也就一万二千英里左右。但是，受交通条件所限，必须要绕道，走完两万六千英里之后再回伦敦。到今天的11月23号，福格先生走了大约一万七千五百英里。此后，从这里到伦敦就都是直路了，那个专门制造困难的菲克斯也离开了。

11月23号，还发生了一件叫路路通特别高兴的事。大家一定还记得这个顽固的小伙子有一块家传的大银表，他曾经一直让这块传家之宝保持着伦敦时间不变，并认为沿途各地人们的钟表指示的时间都是错误的。今天，他却发现它走得和船上的大钟完全一样，而他并没有拔快或倒拔表。

让路路通感到喜悦的另外一个原因，是假如菲克斯也在的话，不知道这家伙会对自己的表说些什么。

“这个浑球儿，他给我说什么子午线、太阳、月亮啦，啰嗦了一大堆！”路路通说，“哎！你要是听了这种人的话，就别想有一个准钟点。我早知道了，太阳总有一天会照着我的表走的……”

但是，有一点路路通根本就不了解：如果他的表盘也像船上那一个分作二十四个小时的意大利钟钟面一样，他就不会这么扬扬得意了。因为，当船上的大钟指向早晨九点时，路路通表上的时针则是指向晚上九点的，也就是指向二十一点。经过计算，他的表和船上的大钟相差的小时数，正好与一百八十度子午线和伦敦的时差数相等。

关于这个道理，即使菲克斯能够讲清楚，路路通也不一定能理解。就算路路通理解了，他也不会赞同菲克斯的说法。可是，假如这个侦探现在真的突然出现，路路通也绝对不会跟他谈论大银表，而是用另外一种态度来对待他。现在，理直气壮的路路通，简直恨透了这个侦探。

那么，菲克斯到底在哪儿呢？他没去别的地方，正在“格兰特将军号”!

事实上，这位密探一到横滨就去找英国领事馆，打算当天再回去找福格先生。他终于在领事馆里领到了拘票。这张拘票从孟买开始，一直跟在他后面转寄，转到横滨时，已经过了四十天了。有关当局猜想菲克斯一定会搭乘“卡尔纳迪克号”，就把这张拘票交给了“卡尔纳迪克号”，请人由香港寄到横滨去。可是现在，拘票已经成了一张没用的废纸！因为，福格先生已经不在英国的势力范围内了，菲克斯必须要去当地政府办理引渡手续，才可以逮捕他。此事让侦探伤了多少脑筋，我们是可以想见的。

“算了！”菲克斯对自己说，此时，他已经平息了怒气，“在这儿，拘票算是派不上用场了。不过，它在英国本土上，还照样管事儿。看样子，福格这个流氓还真是要回英国，他肯定以为自己已经蒙过了警察厅。哼！好啊，我就一直盯着他。不过，天知道还剩下多少赃款！这一路上，包括旅费、奖金、诉讼费、保释金、买大象以及其他种种支出在内，已经有五千多英镑了。不过，反正银行多的是钱！”

他一拿定主意，就立即走上了“格兰特将军号”，比福格先生和艾娥达夫人他们还早到船上。这时，他忽然看见了身穿日本古装的路路通。这是他万万没有想到的，于是，他立刻躲进了自己的房舱，以免因为争辩而把事情弄糟。一天，菲克斯看旅客很多，就认为自己绝对不会碰上路路通，就出来了。可就在这时，他竟然无巧不巧地在前甲板上碰到了路路通，真是冤家路窄。

这个法国小伙子一看见菲克斯，二话没说就冲上去掐住了菲克斯的脖子。这下子，可高兴坏了一些围观的美国佬，他们立刻分成两派，以路路通和菲克斯的胜败来赌钱。小伙子左右开弓，结结实实地揍了这个倒霉家伙一顿。从这一点来看，法国拳击要高过英国把式许多。

路路通狠揍了一顿菲克斯之后，像是得到了一点儿心理安慰，火气也小了些。这时，仪表非常不像话的菲克斯爬起来，冷冷地望着路

路通说："打够没有？"

"暂时打够了。"

"那好，咱们走，谈一谈。"

"我还敢跟你走？"

"对你主人有好处的。"菲克斯沉静地说。

路路通就像一个被敌手降服的人似的，听话地跟着他来到船头，坐在了甲板上。

"虽然你揍了我，可是也没什么，"菲克斯说，"我早就在等着你了。我一向都在和福格先生作对，可从今往后，我要帮助他。"

"哈！现在，你也相信他是正人君子了吗？"路路通叫着说。

"不相信。他还是一个流氓！"菲克斯冷冰冰地说，"噢！你先听我说完，别急着动手！当福格在英国的势力范围之内时，我就可以用伦敦寄来的拘票搜捕他。所以，拖住福格对我有好处。我为了达到这个目的，简直都快不择手段了。我曾唆使孟买的僧侣，叫他们去加尔各答起诉福格；我还在香港弄醉了你，好分开你们，叫他不能及时搭船去横滨……"

路路通一边听着，一边紧紧地握住两只大拳头。

"可是，福格好像真的要回英国了，是不是？"菲克斯接着说，"那么，我就一直跟着他，回英国去。不过从现在起，我要帮助他，帮他扫除旅途上的一切障碍，直到他回到英国。我帮助他扫除障碍的心情和积极性，一定会和我设法阻碍他旅行的心情和积极性一样。现在你听明白了吧！我的作用之所以会改变，是因为这样做有利于我的工作。我再重复一遍，现在，我们俩的利益是相互依存的。因为，你只有到了英国，才会明白你现在侍候的那个人，到底是好人还是罪犯。"

路路通相当仔细地听完了这一段话，他确信这些都是菲克斯的心里话。

“我们算是朋友了？”菲克斯问。

“朋友？不是，只能算作同盟者，”路路通回答，“同盟的条件是保证福格先生的利益。也就是说，要是你敢再耍一点儿花招，我就掐死你！”

“没问题。”菲克斯不动声色地说。

十一天之后的12月3号，“格兰特将军号”驶入金门港，宣告着旧金山到了。

福格先生如期到达了旧金山，没有推迟或提前一天。

第二十五章 旧金山群众选举一幕

旧金山港口有许多浮码头，这种浮码头可以随着潮水或升或降，非常便利于来往船只装卸货物。上午七点钟，福格先生、艾娥达夫人和路路通踏上了浮码头，也算是踏上美洲大陆了。在这些浮码头旁边，停泊着许多船，有各种吨位的快帆船、不同国籍的轮船，还有汽艇。这些汽艇都有好几层甲板，专门航行于萨克拉门托河及其支流。在浮码头上，还有许多货物堆积着。这些货物将运往世界各地，比如墨西哥、秘鲁、智利、巴西、欧洲及亚洲部分国家，还有太平洋上的各个岛屿。

终于到美洲大陆了！为此，路路通特别高兴。他觉得，现在要想把自己内心的喜悦之情表达出来，就必须得用最漂亮的鹞子翻身动作跳下船，他还真跳了。但是，当他两脚踏上那个烂糟了的浮码头时，差点儿没栽跟头。这个法国小伙子踏上美洲大陆的姿势，确实够狼狈的！这时，他扯开嗓门惊人地欢呼起来，吓得经常停栖在码头的一大群鸬鹚、塘鹅一哄而散。

福格先生一下船，就去打听到纽约的火车什么时间开，并得知下一班火车下午六点钟开。这样的话，福格先生待在旧金山的时间还有

一整天。旧金山是加利福尼亚州最大的城市。福格先生花三美元雇了一辆马车，他和艾娥达夫人坐在马车里，路路通坐在马车前头的座位上。等他们一坐好，马车就立即驶向国际饭店。

满心好奇的路路通，居高临下地欣赏着这个美国大城。宽阔的大街两旁，排列着低矮却整齐的房屋；盎格鲁－撒克逊风格、哥特式的大教堂和礼拜堂；巨大的船坞；用木板或砖瓦建成的宫殿似的货栈……车辆很多，有四轮马车、卡车、电车，在大街上来来往往。人行道上全是行人，有美国人、欧洲人、中国人和印第安人。旧金山的二十万居民，就是由他们组成的。

路路通看到这一切，觉得特别奇怪。他想，这个地方在1849年时，还只是一个传奇式的城市，聚集了好些找寻生金矿的亡命之徒和江洋大盗，人们手拿刀枪来赌金沙。当时，这里成了人渣的聚居地。

但是现在，这样的“黄金时代”已经一去不复返了。显然，今天的旧金山已经是一座巨大的商业城市了。站在那座设有警卫的市府大厦上，就可以把全城的大街小巷尽收眼底。所有的街道都整整齐齐，直角转弯，简直像刀切的一样。满眼翠绿的街心公园，点缀在马路中间。再往前走，就到华人区了。这片华人区，真像是用玩具包装盒从中华帝国装着运过来的。如今，那些头戴宽边大毡帽的西班牙人、爱穿红衬衫的淘金者、带着羽毛装饰品的印第安人，都统统从旧金山消失了。代替他们的，是不计其数的绅士，这些绅士身穿黑礼服、头戴丝织帽，拼命地追名逐利。有几条街的两旁，开着豪华的商店，里面的货架上陈列着的商品，来自世界各地。蒙哥马利大街，就是这样一条有名的大街，把它和伦敦的瑞金大街、巴黎的意大利人街、纽约的百老汇大街相提并论，一点儿也不为过。

路路通走进国际饭店时，觉得自己好像是到了英国。

饭店的楼下，有一个宽大的酒吧间，主要是“免费”向顾客供应冷食。顾客不用花一分钱，就可以吃到肉干、牡蛎汤、饼干和干酪。

这里还供应饮料，像是英国啤酒、葡萄牙红酒、西班牙葡萄酒啦……各种饮料都有。如果顾客高兴，就可以进来舒服舒服地喝两杯，再给酒钱。这种生意经在路路通看来，非常美国化。

国际饭店的餐厅，也特别舒适。福格先生和艾娥达夫人刚坐在一张餐桌旁，马上就走过来几个眉清目秀的黑人，给他们端来了吃的。他们就着一小盘一小盘的菜，饱餐了一顿。

吃完饭，艾娥达夫人和福格先生一起离开饭店，去英国领事馆办理护照签证手续。去英国领事馆的路上，他们在人行道上遇见了路路通。路路通问福格先生，要不要在上火车之前买几支枪防身，是买安菲牌马枪还是寇尔特牌手枪呢。因为，路路通听说这段铁路线不安全，常常有西乌人和包尼斯人劫火车。这些家伙抢劫火车，就像普通的西班牙小偷一样平常。对福格先生来说，这种顾虑完全是多余的。不过，他叫路路通看着办，想买就买。然后，福格先生就继续朝英国领事馆走去。

福格先生走了还不到两百步，就迎面碰上了菲克斯，这是福格先生做梦也没有想到的。同样地，这位侦探看上去也特别惊奇。真没想到啊！虽然他跟福格坐同一条船横渡太平洋，却从未在船上相遇过。总之，菲克斯感到特别荣幸，因为他在异地重逢了这位给过自己很多好处的绅士。因为工作需要，他现在得回欧洲，他非常高兴在这段路上碰到一位这么好的旅伴。福格先生说自己也觉得非常荣幸。如今，菲克斯是再也不肯离开福格先生了，他还向福格先生提出了请求，请求福格先生允许他陪着他们一起参观旧金山这座五花八门的城市。福格先生面对这样的一个请求，当然会同意了。

于是，菲克斯就陪同艾娥达夫人、福格先生，一起逛起了大街。不久之后，他们就走到了熙熙攘攘的蒙哥马利大街。这条街上，有穿梭不息的轿式马车和四轮马车，遍布着潮水似的人流。人行道上、马路当中、电车轨上，都充斥着人流；甚至在各家店铺门口、每一座房

子的窗口、屋顶上，也有无数的人。人丛中，有人背着宣传广告牌走来走去；人头上，各色旗帜和标语迎风招展。人声鼎沸，四面八方都有人在喊："拥护卡梅尔菲尔德！""支持曼迪拜！"

菲克斯想，原来这是在开群众大会啊。于是，他把这个想法告诉了福格先生，并且说："先生，这都是些乱七八糟的人，咱们千万别跟他们搞在一块儿，不然就只有挨揍。"

"说实话，搞政治时，难免会动重拳。"福格先生说。

听了福格先生的论断，菲克斯认为自己应该笑一下，于是就笑了。然后，艾娥达夫人、福格先生和菲克斯走上一个台阶，直到走到最上一层，以免卷入这场混战。这里跟一个高岗是相通的，要是站上那个高岗，就可以把蒙哥马利大街尽收眼底。马路对面，有一个煤炭公司和一家石油商行，它们中间隔着一块空地，空地上有一座大讲台。人群正从四面八方拥向那块空地。

福格先生完全不了解什么是群众大会、为什么要开这个大会。是要选举一位高级官员，还是选择政府首脑或国会议员呢？人们看了这种全城人都异常激动的场面，可以作出种种推测。

这时，一阵惊人的骚动从人群中传出，然后有无数只手举了起来，叫嚣声连成了一片。有些人高举着紧握的拳头，像是要一下子打下去一样。而这种姿势，实际上也大概只是表示要坚决地投某人一票。

人群被骚动激荡着，然后又激起了新的骚动。在人头上空，飞舞着无数的旗帜。旗帜时而隐没在人群中，时而又给举了起来，不过这时，它已经是一个破烂纸片了。突然，汹涌的人海朝四面扩展开来，一直扩张到了福格他们站的台阶前面。一眼望过去，四面八方都蠕动着无数的人头，那场面，就像辽阔无边的海面正在被一阵狂风骤雨击打着。

"一定是在开群众大会，讨论一个激动人心的问题，"菲克斯说，

“可能还是因为早已解决的亚拉巴马事件吧，这太正常了。”

“也许是吧。”福格先生回答。

“看现在的情形，显然是卡梅尔菲尔德和曼迪拜这两位竞选对手碰面了。”菲克斯说。

艾娥达夫人被眼前动乱的人群给吓住了，惊慌地挽着福格先生的手臂，看着这群人。菲克斯想知道为什么群情会这样激动，正预备向旁边站着的人打听一下，人群又传出了一阵更剧烈的骚动，欢呼声和咒骂声简直是震耳欲聋。现在，人们都把手里的旗杆变成了武器，攻击起对方来；刚才还举着的手，现在全都变成了拳头。人们在四轮马车的车顶上激烈地互相殴打，马车再也没法儿动了。靴子、鞋子，不管什么，都被拿来当做投掷武器，像枪弹一样飞舞在空中。人群叫骂着，叫骂声中好像还夹杂着枪声。

骚动的人群走近福格先生他们站的台阶，渐渐地拥上了台阶的头几层！很显然，现在敌对双方中的一方已经被迫后退了。但是旁观的人们，却分辨不出占上风的哪一方。

“咱们还是走吧！”菲克斯说，他怕“他的”福格先生受到攻击或者出了事儿。要是福格先生真的出了事儿，他可负不起这个责任。

“万一这些人是因为英国问题而打架，而他们又认出了我们，他们准会让我们狼狈不堪。”菲克斯解释说。

“我作为英国公民——”福格先生说。

但是，还没等这位绅士把话说完，一阵可怕的喊叫声就从他身后那个台阶前边的高岗上传过来。原来，这是一群选民正在支援他们的伙伴，选民们喊着：“哦！哦！支持曼迪拜！”从侧面进攻着卡梅尔菲尔德的支持者。

福格他们三个人正好夹在敌对双方中间，走也来不及了。人群像潮水一样拥来拥去，人们一个个都手拿尖端裹着铁的棍子和大头棒，简直势不可当。福格先生和菲克斯极力保护艾娥达夫人，却被撞得东

倒西歪。沉着如故的福格先生，想用大自然赋予的双手进行自卫，却于事无补。

一个红脸宽肩、下颌上生着一撮红胡子的大个子，神气活现地出现了。看样子，他是这群人的头儿。他举起吓人的拳头就朝福格先生打过去，这时，菲克斯忠心耿耿地抢上前去，替福格先生挡了这一拳，连他的丝织高帽都给打扁了，头上霎时肿起了一个大疙瘩。福格先生要是挨了这一拳，准会被揍垮的。

“美国佬！”福格先生鄙视地望着他的敌人说。

“英国佬！”对方回答。

“我们会再见的！”

“我随时恭候！您叫什么？”

“菲利亚·福格。您呢？”

“斯坦普·普洛克特上校。”

等他们说完这几句话，人潮就拥到旁边去了。菲克斯还被撞倒在地，这时，他立刻从地上爬起来，才发现自己的衣裳已经全破了，幸好他的伤并不重。他的风衣给撕成了两半，裤子变成了裤衩，很像有些印第安人穿的那种剪下后裆的套裤。

不过，艾娥达夫人总算安然无恙。他们三个人刚离开人群，福格先生就向这位替他吃拳头的侦探表示了感谢。

“不值一提的，走吧。”菲克斯回答。

“去哪儿？”

“服装店。”

确实，他们现在还真得去服装店。福格先生和菲克斯的衣服都已经破得不成样子了，好像他们是被对手狠揍了一顿的选民似的。

一个钟头之后，他们又恢复了整洁的仪表。他们一办完签证手续，就往国际饭店走去。他们到国际饭店门口时，看见路路通正在等他们。小伙子身上，背着六七支带匕首的手枪。这是一种使用中心撞针发火的手枪，能连发六颗子弹。

路路通一看见跟在福格先生后面的菲克斯，就一脸的不高兴。可是，等他从艾娥达夫人那里得知了刚才那件事的大致情况时，立刻又眉开眼笑起来。看来，菲克斯还真是个说话算话的人，算得上盟友，而不再是他们的敌人了。

吃过晚饭，福格先生叫人找来了一辆轿式马车，等装完行李后再坐着去火车站。上马时，福格先生问菲克斯："那个叫普洛克特的上校，您有没有再看见过？"

"没有。"菲克斯回答。

"我一定还会回美洲来的，找他算账。他竟敢这样欺侮一个英国公民，真是太不像话了。"福格先生冷冰冰地说。

菲克斯没有答话，只是微微笑了一下。他看得出来，像福格先生这样的英国人，在外国和在国内都不能容忍任何挑衅，一定会为了荣誉不惜与人斗争。

他们到车站时，六点差一刻，火车就要开了。

上火车时，福格先生问一个铁路职员："请问，旧金山今天是不是出了什么乱子？"

"在开群众大会。"职员回答。

"可是，大街上好像都快闹翻了。"

"也不过是个群众选举大会。"

"看样子，八成是在选举武装部队的总司令。"福格先生说。

"不，先生，在选治安法官。"

福格先生听完这句话，就上了火车。开足马力的火车，飞快地驶出了车站。

第二十六章 搭上太平洋铁路公司的特快列车

从太平洋到大西洋，有一条横贯美洲腹地的铁路干线，美国人把它总称为“一线通两洋”。太平洋铁路实际上分成了两个不同的线段。第一段从旧金山到奥格登，由中央太平洋铁路公司管理。第二段从奥格登到奥马哈，由合众太平洋铁路公司管理。从奥马哈到纽约，有五条往来频繁的路线。所以目前，从旧金山到纽约这段至少三千七百八十六英里的路程，可以由一条完整的铁路线连接起来。

从奥马哈到太平洋海岸的这段铁路，要穿过一片蛮荒之地。这里在1845年左右时，成了被赶出伊利诺斯州的摩门教徒的定居点，至今还经常有印第安人和野兽出没。

从纽约到旧金山，过去最快也要六个月，现在却只需要七天。

这条位于北纬四十一度和四十二度之间的铁路，修建于1862年。当时，在选定这个地理位置时，南方议员表达反对，他们要求把铁路建筑在更靠南部的地方。然后，那位令人永远怀念的林肯总统亲自出面了，他把这一新铁路网的起点定在了内布拉斯加州的奥马哈城。于是，铁路工程立即动工了。这就是美国人的实干精神，既没有文牍主义，也没有官僚主义。虽然工人们的施工速度很高，在草原地区的施

工进度甚至达到了每天一英里半，却丝毫也没有影响铁路的质量。头一天铺起的路轨，第二天就可以跑运送钢轨的机车，就这样，一节节新轨陆续铺成，不停地向前方伸展。

太平洋铁路的沿途，还附设了很多支线。乘上这些支线，可以到达依阿华、堪萨斯、科罗拉多、俄勒冈等州。铁路从奥马哈一路向西，然后沿着普拉特河北岸行驶到北部支流的入口，在入口处转向西南沿岸，顺着这条河的南部支流前进至拉拉岷地区，再往前是瓦萨策山山脉。过了瓦萨策山脉之后，绕着大咸湖到达摩尔蒙首府咸湖城，继续前进至图拉山谷、美洲大沙漠。出了美洲大沙漠，再穿过赛达和亨堡尔特山区，之后横跨亨堡尔特河、西拉内华达河，向南穿过萨克拉门托，然后直到太平洋岸。这条大铁路即使是在穿越落基山时，每英里的上下坡度也在一百十二英尺以内。

这就是这条需要七日车程的大铁路。正是因为有了它，福格先生才有可能也才有希望12月11号到达纽约，顺利搭上纽约到英国利物浦的船。

福格先生坐在一种加长的车厢里。这节车厢的底盘，由两节各有四个车轮的车架联结而成。这样的装置，能使列车顺利地行驶在转角较小的铁轨上。车厢内部，根本没有邮船房舱似的单独的旅客房间，只有由过道隔开的两行多列的整齐靠背椅；靠背椅中间的过道，通向盥洗室和其他车厢。每一节客车上的设备都是这样的。两节车厢之间靠车桥互相连接，每个车厢之间都是前后贯通的。第一节车厢上的旅客，可以顺着过道走到最后一节车。此外，列车上还附设了客厅、眺望车、餐车、喝咖啡车。说不定将来的某一天，还会有观剧车。

过道上，有几个出售书报、酒类、食品和雪茄烟的小贩来往。看样子，他们的生意还挺兴隆。

晚上六点钟，火车开出了奥克兰车站。窗外黑糊糊的，大地笼罩在寒冷和黑暗之下，天空乌云密布。看样子，是要下雪了。火车的速度并不算太快，算上停在站上的时间，时速才二十英里不到。但是，就算以这样的速度前进，列车也能够在预定的时间内横贯美国大陆。

旅客们都很少交谈，很快地，大家都打起了盹儿。路路通虽然跟密探菲克斯坐在一起，却没跟他说话。他们的关系，自从那次交手和谈判之后就大大地疏远了，再也不能像以前那样友好、亲善了。其实，菲克斯对路路通的态度一点儿也没有改变，只是路路通变了。在菲克斯面前，路路通完全变成了另外一个人，他对这位侦探一直保持着高度的警惕。路路通只要发现这位侦探有一点儿可疑的行动，就会立刻过去掐死他。

火车离开奥克兰之后一小时，天上飘起了雪花。不过，火车的前进并不会因为这样的小雪而受到阻碍。车窗外面，白雪茫茫，雪野里飞舞着机车喷出的灰色烟雾。

八点钟，车厢里进来一位列车员，来通知旅客们睡觉。原来这是一节卧车。车厢一会儿就给改装成了宿舍。旅客们放平了座椅的靠背，靠背就巧妙地变成了相当舒适的卧铺，同时把空间分隔成了一个个小房间。马上，舒适的床位出现了，再拉上厚布的帷幔，一切漫不经心的视线就都射不进来了。等铺好雪白的被单，放好柔软的枕头，就可以躺着睡觉了。在这里，每一个旅客都可以舒服得像是躺在邮船的房舱里一样。这时，火车正全速飞驰在加利福尼亚州。

旧金山和萨克拉门托之间的这一地区，地势起伏不大。火车以萨克拉门托为起点，向东行驶在这段中央太平洋铁路线上，再中途错开从奥马哈开出的火车。火车从旧金山开出，沿着汇入圣巴布洛湾的美洲河朝东北方向行驶，直达加利福尼亚首府。联系着两座大城市的这一段铁路，长约一百二十英里，走完全程只要六小时就足够了。

午夜十二点钟时，火车就驶出了萨克拉门托。这时候，旅客们刚进入梦乡不久，所以没有看见大城市加利福尼亚州。他们既没有看见全州的立法议会所在地，也没有看见美丽车站和码头、宽阔的大街、

豪华的旅馆，更没看见教堂和街心公园。

火车继续前进，先后经过了江克欣、洛克林、奥本和科尔法克斯站，然后穿过西拉内华达山区，开进西斯科。上午七点钟时，火车离开西斯科地界。又过了一小时，车厢里的卧铺又还原成了普通座椅。窗外，山区的美景透过玻璃来吸引旅客们的眼球。铁路顺着西埃拉山脉崎岖的山路蜿蜒前行，时而贴在山腰；时而跑到悬崖上；时而为了避免急转弯而绕出大得惊人的曲度；时而又伸进两山对峙的峡谷，叫人不由自主地起了“山穷水尽”之感。那黑里透光的火车头，远看像一具灵柩；近看，车头顶上，那盏照明灯射出的光芒雪亮而且刺眼，还附装了一个银色警钟和一个“驱牛排障器”。“驱牛排障器”伸在车头前，就像一个猪嘴似的。这时，火车驶进了漆黑的松林，汽笛发出的怒吼和奔流的瀑布共鸣起来，火车吐出的黑烟缭绕在松林上空。

火车继续前进，来到了一个几乎没有山洞和桥梁的地区，行驶在盘山铁路上。这一段铁路，从这座山顺着自然地势铺设到了那座山，没有走一点儿捷径和直路。

将近九点钟时，火车开出卡尔松山谷，驶入内华达州，然后继续朝东北方向奔驰，直到雷诺地界才停下来。旅客们开始吃午饭，二十分钟后，十二点整，火车开出了雷诺。

从这里开始，铁路线将沿着亨堡尔特河北好几英里，再转向东，一直沿着这条河的河岸前进，直到过了亨博尔特山脉为止。亨博尔特山脉地处内华达州东部边缘，是亨博尔特河的源头所在地。

饭后，福格先生他们四人回到车厢，分别坐在两张双人椅上，舒舒服服地欣赏着掠过眼前的万千景象：广袤无边的草原、浮现在天边的群山、潺潺流动的小河、排成大队的野牛……

说到野牛大队，这是一支由无数反刍动物组成的大军，这支大军活像一座活动堤坝的，经常给来往于这段铁路的火车造成障碍，而且是无法克服的障碍。原来，野牛会成千上万地结队穿过铁路，它们一队紧接着一队地穿行，往往好几个钟头也过不完。这时，火车只好给野牛们让路，等它们过完了再重新上路。

今天，火车碰巧赶上了这样的事。下午快三点钟时，前面的路轨上出现了一万两三千头野牛。机车放慢速度，开启车头前面的“驱牛排障器”，想冲入牛群强行通过，却没有成功，只好停在了这个攻不下的牛群跟前。

于是，当这些反刍的野兽们不慌不忙地穿过铁路时，人们也只好眼睁睁地看着。这些被美国人误叫做“水牛”的野兽们一边走，一边不时地发出惊人的吼叫。这些野牛，个头比欧洲牦牛大，长着特别短的腿和尾巴、高耸着一个肉峰的前肩、分别朝外向下弯曲的两角、布满了长鬃毛的头颈和双肩。这种牛群，活像活肉形成的河流，一旦朝着某一个方向移动时，是任何堤坝也挡不住的，谁也不能叫它们停止或者改变方向。

旅客们为了看这个奇怪的场面，都跑到了车桥上。福格先生本来应该比别人更着急的，可他依然稳坐不动，像个哲学家似的，用“以不变应万变”的状态等待野牛通过。路路通自然是异常愤怒。他看见这一大群野兽拦住火车，白白地耗费了那么多时间，简直想把他那几支手枪全都拿出来，狠狠地对着这群畜生来一阵射击。

“火车竟然能被一群死牛拦住，这个鬼地方！”路路通叫着，“这群死牛，竟然结队过铁路，还不紧不慢地过，好像不知道什么叫妨碍交通！天哪！这件意外的事，不知道有没有被福格先生也预定在计划里。还有这个火车司机，他为什么不开车从野牛群中冲过去呢？这有什么好怕的！”

的确，司机非常谨慎，他一点儿也没有打算从前面的障碍中冲过去。如果他冲过去的话，其中几头野牛毫无疑问会被排障器辗碎。但是有那么多野牛，机车不管有多大的动力，也会很快地被迫停下来，说不准还会出轨。要是真的出了轨，那就真的抛锚了。司机的谨慎是

对的。面对这种情况，最好的办法就是耐心等待，等野牛们过去之后再加快速度，补偿被耽搁的时间。

足足三小时之后，野牛大队才过完，铁路才终于给让出来。这时，天已经黑了。当最后一批牛群从铁路上跨过时，先头部队已经消失在了地平线上。

直到晚上八点钟时，火车才驶过亨博尔特山脉的狭窄山道。九点半钟，火车驶入摩门教徒的世外桃源——大咸湖区域的犹他州。

第二十七章 路路通听火车上的摩门教士说法

12月5号夜里，火车朝东南方向行驶，奔驰在一块方圆五十英里左右的地区，然后朝着东北方向的大咸湖前进。

12月6号上午快九点钟时，路路通走出车厢，来车桥上透了透气。这时，雪已经停了，天气依然很冷，天色灰暗，云雾里显出大金币似的太阳轮廓。路路通看着这个大金币，正聚精会神地计算着它能折合成多少先令，却突然被一个怪模怪样的人分散了注意力。

这人是个高个子，他长着深褐色的面孔，留着黑胡子，穿着黑袜子、黑丝帽、黑上衣、黑裤子，系着一条白领带，戴着一双狗皮手套，看起来像个神甫。这个人要去埃尔科车站，他带着糨糊从车头走到车尾，把每一节车厢的门口都贴上了一张用笔写的告示。

路路通走过去看了看告示，只见上面写着：

十一点至十二点钟，第117号车厢将举行一场名为“摩门圣教徒灵秘”的布道会。这是一场有关摩门教教义的布道会，主讲人摩门传教士维廉赫奇长老这次是第四十八次乘客车旅行。敦请有心绅士前来听讲！

“不用叫我也会去。”路路通自言自语地说。说实在的，路路通对

这个教派的了解，也只限于知道它有个“一夫多妻”的风俗。

很快地，车上的百十来个旅客就都知道了演讲传教的消息，其中至多有三十个人对此感兴趣。这三十来个人，都被吸引到了117号车厢。十一点钟时，他们就已经在椅子上坐好了，坐在第一排的是路路通。至于福格先生和菲克斯，则认为来听布道会是自找麻烦。

十一点钟一到，维廉赫奇长老就站了起来，开始演讲。听声音，他好像特别激动，就像被人反驳了似的。他叫喊着说：“你们都听我说，琼·史密斯和他的兄弟都是殉教者。这些先知圣人，是被美利坚合众国的政府迫害的。现在，另一个受难的圣徒小布里翰也将面临危险！在座的各位，你们谁有胆子敢提出反对意见？”

没有一个听众提出反对意见，他们可不愿意冒险。这时的维廉赫奇长老，激愤的情绪和他那副天生沉静的面貌形成了一种强烈的对比。人们显然可以理解他为什么愤怒。因为，当时摩门教正在被严重地摧残。事实上，美国政府为了压制这些热爱独立的摩门教信徒，可真是费了九牛二虎之力。政府为了获得犹他州的管辖权，对小布里翰提起了公诉，罪名是暴乱和重婚。然后，小布里翰被关进了监牢，政府变成了犹他州的主人。小布里翰先知一被捕，他的门徒们就加强了活动的力度，一边等待时机采取行动，一边不停地进行演讲、宣教等活动，用各种方式抗议国会的决定。

维廉赫奇长老在这些门徒中，显然是尽心尽力的一位，他随时随地都在积极地宣传着自己的宗教，连乘火车时都不肯休息。

维廉赫奇长老从圣经纪事的年代开始讲起，把摩门教的历史阐述了一遍。他手势有力，声音响亮，叙述得绘声绘色。当时，以色列的约瑟部落有一位摩门教先知，公布了新教年史之后，然后把它传给了自己的儿子摩门。很多个世纪之后，这本珍贵的年史被小约瑟·史密斯译成了英文。小约瑟·史密斯原本是弗蒙特州的一个司税官，直到1825年才被发现是神奇的先知。这本新教年史，是一位天使交给小约瑟的。小约瑟是在一个金光四射的森林里遇见天使的。

这时，有些人离开了这节车厢，不愿意再听传教士这样追述历史。但是，维廉赫奇仍然继续讲述着，讲到了小约瑟·史密斯父子四人及一些门徒创立摩门圣教的过程。现在，摩门圣教的教徒遍布了美洲、英国、斯堪的纳维亚和德国，其中有许多是手工业工人、自由职业者。接着，传教士又从俄亥俄州根据地的建立情况谈起，一直谈到了怎么用二十万美元修建一座教堂、如何建立了柯克兰城。然后，传教士把史密斯如何成为一位出色的银行家、如何得到手稿本圣书的过程，都讲了一遍。这些由亚伯拉罕和其他有名的埃及先人写的圣书的手稿本，之前在一个木乃伊展览馆的看守手上。

他的故事越讲越长，耐心听下去的人也越来越少。现在，听众已经不足二十个了。

但是，这位长老并没有为此而难受，仍然不嫌啰唆地详细介绍着。1837年，史密斯破产了，身上被股东们涂满了沥青，又被强迫着在羽毛上打滚。又过了几年，史密斯东山再起，而且名望比过去更高，势力比过去更大。然后，他在密苏里州建立了朝气蓬勃的独立教团，担任集团领袖，手下至少有三千个门徒。但是，这引起了那些异教徒的愤恨，他们迫害他，逼得他逃到了美洲西部。

现在，只剩下十个人在听了，其中一位就是路路通。这个老实的小伙子，真是一心一意在听。接着，他知道了更多的事情的经过。

史密斯经过了无数次的迫害之后，又出现在了伊利诺伊州，并于1839年在密西西比河沿岸建立了一座新城。这座新城，就是居民多达两万五千人的诺伍拉贝尔城。接着，史密斯成了这个城市的市长、最高法官和军队统帅。1843年，史密斯提出要参加美利坚合众国总统的竞选。后来，他到了迦太基，因为受人陷害而进了监狱，最终被一帮蒙面人给杀害了。

这时，117号车厢里就剩下一个听众了，他就是路路通。维廉赫奇

长老想用言语开导他信教，就一边目不转睛地注视着他，一边继续说下去。

史密斯被害之后两年，他的继承者小布里翰先知就受到真主的感召，从诺伍拉贝尔来到了这咸湖沿岸一带，定居在这片美丽的土地上。这片土地的周围，也全都是肥沃的良田，是人们从犹他州方向移民到加利福尼亚的阳关道。先知小布里翰到了这里，就建立了新的根据地。这个根据地因为有着一夫多妻制的摩门教风俗，得到了大大的发展。

“全部事实就是这样，”维廉赫奇接着说，“然后，我们遭到了美国国会的仇恨、迫害；我们犹他州的土地被合众国的士兵们蹂躏；我们的先知小布里翰被蛮不讲理地关进了监狱。这些到底都是为什么呢？难道暴力就能让我们屈服吗？绝对不可能！他们不让我们待在弗蒙特，还把我们赶出了伊利诺伊、俄亥俄、密苏里、犹他州。但是，总有一片土地是不受约束的，我们要在这片新土地上架起帐篷来……”维廉赫奇长老说，接着，他虎视眈眈地盯着唯一的听众说，“你呢，我虔诚的弟兄，你是否愿意把你的帐篷也搭在我们摩门教的旗帜下面？”

“我可不干！”路路通回答得非常干脆，然后就溜走了。现在，117号车厢里就剩下那位好像中了魔的传教士和空椅子了。

火车飞速前进着，不到中午十二点半钟就到了大咸湖西北角。大咸湖是个内陆海，周边视野开阔，旅客可以尽情地观赏它的全貌。大咸湖又叫“死海”，不过，它不是位于巴勒斯坦西南、吸收约旦河河水的那个死海（又叫阿斯伐尔梯特）。大咸湖的水源中，有一条就是美洲的约旦河。这个大咸湖很美丽，湖面辽阔无边，十分沉静；湖底有许多底座宽大且光怪陆离的礁石，礁石上面还盖着厚厚一层雪白的海盐。随着岁月的增长，大咸湖沿岸的陆地日益扩大，湖面缩小得比以前小多了，湖底却越来越深。

大咸湖长约七十多英里，宽三十五英里，海拔三千八百英尺，完全不同于亚洲西部那个低于海面一千二百英尺的死海。大咸湖湖水的盐分非常高，固体盐质重一百七十，占湖水总重量一千一百七十的四分之一。所以，鱼是无法在这样的湖水里生存的，流入大咸湖的鱼类，包括随着约旦河、威伯尔河以及其他河的河水流入大咸湖的所有鱼类，都会很快地死掉。但是，湖水的含盐量还不至于大到连人也沉不下去。

大咸湖四周都是土地。这些土地经过劳动能手摩门教徒的精耕细作，都成了肥沃的土地。现在的大咸湖，整个大地都被一层薄薄的白雪覆盖着。但是六个月之后，这里就是另一派景象了。饲养家畜的厂棚和牲口圈一个个地搭起来了，田野上种上了麦子、玉米和高粱，牧场上水草茂盛，野玫瑰树形成的篱笆到处可见，皂角树、大戟树丛生。

下午两点钟，火车停在了奥格登，到六点钟时再继续前进，所以旅客们有充足的时间下车浏览一下这座完全美国式的城市。于是，福格先生、艾娥达夫人和他们的同伴们就顺着从车站分出去的一条铁路支线走，走到了城里。他们浏览一次，只花了两小时的时间。这座城市的街道又直又长，街口的转角会让人想起维克多·雨果，看上去忧郁而悲怆。整个城市设计得就像一个方方正正的大棋盘，建筑风格与其他的美国城市完全相同。

这座城市的建筑特点是追求“线条对称”，随处可见盎格鲁－撒克逊风格。但在这个奇怪的地方，人们的文化修养显然还没有达到英国那样的高度。他们把一切建筑都统统弄成了“四方块”，无论是城市、房屋，还是其他杂七杂八的东西。

下午三点钟时，福格先生一行人正漫步在城里的大街上。这座城市位于约旦河和高低起伏的瓦萨奇山峦之间，只有极少的几座教堂，也很少能见到有名的建筑物。除了摩门先知祠、法院和兵工厂这几座

还算有名的建筑物，就是淡青色的砖房了。这些砖房都带着前檐和长廊，四周是长着皂角树、棕榈树和小红果树的花园。城四周还围着一道城墙。这道用黏土和碎石筑成的城墙，筑于1853年。在城内一条主要的大街上，有一个市场，还有几家插着旗帜的旅馆，其中就有著名的咸湖饭店。

福格先生和他的同伴们走在城里，发现这里的人口并不多，街上也几乎看不见什么行人。但是，当他们穿过很多围着栅栏的城区，到达了摩门教堂所在地之后，却发现了很多人，而且多数是妇女。这一现象，表明了摩门教徒家庭组织的特点——一夫多妻。但是，这并不表示每一个摩门教的男人都有好几个妻子，男人们可以自由决定是娶一个还是多个妻子。但是，这里有一点应当说明，那就是犹他州的女公民们都非常愿意结婚。因为，当地宗教有个规矩，独身女子是绝对不可能从摩门教教神那里获得福祉的。看样子，这些女人生活得既不舒服也不幸福。有些妇女身穿黑色的绸子，胸前敞着短袖上衣，头戴相当朴素的风兜或头巾，看上去显然是有钱人；其他妇女，却都只穿着印第安人的服装。

几个女人共同负担一个男人的幸福的现象，不禁让心甘情愿独身的路路通有点儿吃惊。在路路通看来，做一个这样的丈夫，一定会让人叫苦连天。因为，这样的男人，必须同时辛辛苦苦地领着这么多妻子一起过日子，然后跟她们一块儿进摩门教徒的天堂，再在天堂里跟她们永远地生活下去。在那个幸福的极乐世界里，陪伴他们的还有享有最高荣誉的史密斯先知，这将是多么光荣的事情！可是对路路通来说，这些事情简直太可怕了，他显然一点儿也不准备接受摩门教先知的感召。他看着咸湖城的这些妇女们，觉得她们看他的目光多少都有点儿忧郁。当然，这也可能只是他的误解。

四点差几分的时候，他们就回到了车站。路路通庆幸没有在这座圣城待很久，他走进车厢，坐在自己原来的座位上。

汽笛响了，机车车轮开始在铁轨上滑动，正准备以更快的速度前进。这时，旅客们却听见有人在车下大喊：“停！停一停！”

火车正走着，当然没法停住。这位叫喊的人，正在车下上气不接下气地一路跑着追过来。看样子，他显然是误了上车钟点的摩门教徒。幸亏车站上既没有门也没有栅栏，他才可以跑着冲上最后那一节车的踏板，连滚带爬地倒在车厢里的一个座位上，然后大口地喘着粗气。

路路通全神贯注地看着这一场运动表演，直到看完为止。这位犹他州居民之所以会这么跑出来，都是因为刚才跟妻子吵了架。路路通对这件事很感兴趣，就走过去拜访了这位迟到的旅客。

路路通想到他刚才那种拼命逃走的狼狈相，估计他至少也有二十几个妻子。所以，等这位摩门教徒刚歇过气，路路通就非常有礼貌地走了过去，然后问他有几位妻子。

“一个，先生，一个就已经够我受的了！”摩门教徒说，同时举起了双手。

第二十八章 人们无法了解路路通的道理

火车开出大咸湖和奥格登车站，继续北上，一小时之后，到达了离旧金山差不多九百英里的威伯尔河。从这里开始，火车要向东行驶，从险峻的瓦萨奇群山中穿过。

在修筑瓦萨奇群山和落基山脉这一段铁路时，美国的筑路工程师们遇到了严重的困难。因此，这一段工程花费的美利坚合众国政府的辅助金，竟达每英里四万八千美元，比平原地区足足多了三万二千美元。那些工程师在修筑这段铁路时，并没有强行改变自然的地势，而是巧妙地绕过那些难以通过的大山，把铁路铺在辽阔的平原上。在这种地形情况下，整个路段上只钻了一个长一万四千英尺的山洞。

大咸湖地区的那段铁路，是全线标高的顶点。从大咸湖再向前，就是很长的一段斜坡，这段斜坡的坡底，就是比特尔河盆地，然后再上行，直到美洲大陆的中央地区。美洲大陆的中央地区距离大西洋的距离，和距离太平洋一样。

然后，火车来到了河川很多的山区，穿过了许多小桥。这些小桥下面，流的有污水也有清水。随着火车靠近目的地，路路通显得不耐烦起来。菲克斯担心会出什么岔子而耽搁时间，恨不得立刻从这个让

人不舒服的地区飞过去。他甚至比福格先生还着急，巴不得能提前回到英国去！

晚上十点钟，火车来到布里吉尔堡站，然后又立即前进，跑到了二十英里之外的怀俄明州（原名达科他州），接着在比特尔河盆地上行驶。比特尔河的水力很丰富，人们还利用其中的一部分建成了科罗拉多的水力发电系统。

第二天（12月7号），火车停在了清水河车站，一刻钟之后又继续前进了，一点儿也没有因为雨雪而受阻。头一天夜里还雨雪交加的，今天积雪就化了一半。但无论如何，路路通还是会为这种坏天气发愁。因为，车轮会泡在泥雪水里，不利于他们的旅行。

“真不明白我这位主人，”路路通心想，“他为什么要选择冬天去旅行呢？在暖和的天气里旅行不是更好！”这个老实的小伙子，只顾担心温度下降和天气变化。

这时，艾娥达夫人也感到了焦虑不安。不过，她是因为另一件事而不安的。

事情是这样的。当火车停在清水河车站时，有些旅客从火车上走到了月台上，一边散步一边等着车开。艾娥达夫人透过玻璃窗，认出了这些旅客中的一个人，他就是斯坦普·普洛克特上校。这位上校，曾经在旧金山侮辱过福格先生。艾娥达夫人不愿意这位上校看见自己，就把身子转了过去，背对着车窗。当时，艾娥达夫人非常担心福格先生，怕他会去找这位上校算账。福格先生虽然外表冷静，却无微不至地关心艾娥达夫人。艾娥达夫人对她这位救命恩人的感情到底有多深厚，或许连她自己也不太清楚，她只能称这种感情为“感激”。但是，这中间还有比“感激”更进一步的情感，只是她自己不知道而已。所以，她一发现这个粗暴的上校，就特别紧张，担心福格先生早晚会去找他算账。普洛克特上校跟他们乘同一班火车，完全是巧合。但是，他已经在这个火车上了，这个事实是改变不了的。现在，只有想尽一切办法不叫福格先生发现他的仇人了。

火车开动后，艾娥达夫人趁着福格先生打盹的工夫，跟菲克斯和路路通说了刚才看见普洛克特上校的情形。

“什么？普洛克特！”菲克斯叫着说，“不过不要紧，夫人，你放心好了，他要是真来找先生——找福格先生的麻烦，也一定会先来找我！在这件事上，我才是吃亏的人！”

“再说了，就算他是个上校，我也对付得了他。”路路通说。

“菲克斯先生，您也知道福格先生，”艾娥达夫人说，“他不会让别人给他出头，他说过他会再去美洲找这个人算账的。这会儿，要是给他看见普洛克特上校，我们就控制不了事态的发展了，这样也就糟了。所以，现在不能叫福格先生看见他，哪怕是想尽一切办法。”

“您说得对，夫人，”菲克斯说，“他们要是见面就完了。无论福格先生是胜是败，都会耽搁时间，而且——”

“要是那样的话，”路路通说，“改良俱乐部的那些老爷们可就占尽便宜了。我们还要四天就到纽约了！如果福格先生这四天里都不走出这个车厢，或许碰不上这个该死的美国佬！对，我们完全可以不叫他们碰头！”

这时，福格先生醒了，他正欣赏着结冰的窗玻璃外面的风光。他们的谈话也就此中断了。过了一会儿，路路通低声问菲克斯：“您真愿意替福格先生出头跟那家伙干吗？”他的声音低得只有菲克斯能够听见。

“为了让福格先生活着回欧洲，我会尽一切力量的！”菲克斯简单地回答。听他的口气，他已经下定了决心。

路路通听完这句话，全身好像打了一个冷战。不过，他丝毫也没有动摇对福格先生的信心。现在的问题是，用什么办法把福格先生留在车厢里呢？办法或许不难想，因为这位绅士生性不爱活动，也不爱看热闹。

最后，菲克斯自认为有了一个好办法。过了不一会儿，他就对福格先生说："先生，坐在火车上时，时间过得真是漫长啊。"

"是啊。不过，时间虽然过得慢，也还是在过啊！"福格先生说。

"在船上时，我经常看见您打'惠司脱'。"菲克斯说。

"是啊。不过，想在这儿打可就难办了，没牌也没对手。"福格先生说。

"哦。说到牌嘛，美国火车上什么都卖，咱们准能买到牌；至于对手呢……夫人，您碰巧也会吧？"

"是的，先生，我会打'惠司脱'，我在英国学校里学过。"艾娥达夫人说，她看上去特别高兴。

"说到我嘛，我很希望能有个提高'惠司脱'技巧的机会。这样吧，咱们三个人就这样来好了。"菲克斯说。

"既然您愿意，咱们就这样来吧。"福格先生说。福格先生特别喜欢玩"惠司脱"，就算在火车上也兴致不减。

路路通急忙从乘务员那里弄来了两副牌、一些计分筹码、一张铺着台布的小桌子。等一切都准备好以后，他们就玩了起来。艾娥达夫人打得相当好，技巧高明得甚至得到了一本正经的福格先生的称赞。至于菲克斯，他简直就是玩"惠司脱"的头等高手，跟这位绅士是棋逢对手。旁边的路路通看了，心想："主人现在是不会从牌桌上离开的，我们可算是拖住他了。"

上午十一点钟，火车到了布里基尔关，这个地方位于太平洋和大西洋的中点，海拔七千五百二十四英尺，是落基山脉铁路线上地势较高的几个山冈之一。从这里再向前走两百英里，就是一片辽阔的平原。这个平原一直延展到大西洋海岸，在上面修筑铁路实在是太方便了。

大西洋盆地的山坡地区，也分布着一些小河。这些小河都是北普拉特河的支流。落基山脉北部的群山，构成了一个半侧形的"大帷幕”，把整个北方和东方的地平线都给遮盖了。群山中，拉拉米峰是最高的山峰。那座半圆形大山脚下，有一片河川纵横的大平原，铁路就是从这片大平原中穿过的。铁路的另一边是接近群山的斜坡。群山的余脉向南延伸，一直延伸到阿肯色河的发源地。阿肯色河是密苏里河的重要支流之一。

十二点半，火车到了哈莱克堡。站在这座哈莱克堡上，可以俯瞰整个这一地区。再过几个钟头，就可以穿越落基山脉了。于是，人们有望顺利地通过这个充满了艰难险阻的山区了。雪停了，天气也更冷了。一眼望去，平原上一片荒凉，旷野里没有任何熊、狼之类的野兽。这时，奔驰的机车把几只巨大的秃鹫吓得急忙飞向了远处。

中午，福格先生和同伴们舒服地在自己的车厢里吃了午饭，然后又立刻继续打起“惠司脱”来，好像永无休止似的。这时，突然传来一阵哨子声，火车跟着就停了下来。

路路通把头伸出窗外，却没看到有什么东西阻止了火车的前进，火车也没有到车站。

福格先生对仆人说：“去看看怎么回事。”

听他这么一说，艾娥达夫人和菲克斯也就放心了。他们刚才还担心福格先生会下车去看看呢。

路路通立即从车厢里跑了出去。这时，从车上出来的旅客已经有四十多个了，其中一个人就是斯坦普·普洛克特上校。

火车前面有一个禁止通行的红灯。火车司机和列车员正在跟一个守路员激烈地争论着什么。这个守路员是前面的梅迪西弯车站站长特派过来的，在这里等这一趟火车。这一场争论吸引了旅客们，其中自然少不了那位普洛克特上校。上校一边扯开嗓门儿大声嚷嚷，一边指手画脚，一副神气活现的样子。

路路通朝这一群人走去，听见守路员说：“不行，摇晃的梅迪西弯大桥是经不起火车重压的，火车确实不能通过！”

梅迪西弯大桥是一座空悬在激流上的吊桥，就在前面一英里的地方。守路员说，这座桥的很多铁索都断了，马上就要垮了，不能冒险通过。守路员的说法，确实一点也不夸张。因为，美国人一向都是冒冒失失、满不在乎的样子，要是他们在意什么，那它就一定值得在意。现在这种情形，只有疯子才敢去冒险。

这样一件事，路路通是不敢告诉主人的。他雕塑似的站着，咬着牙一动不动地听着人家争论。

“啊，原来是这样！现在走不成了，”普洛克特上校叫着说，“我看哪，咱们只好把根儿扎在这雪地上了！”

“上校先生，已经打电报给奥马哈车站了，要他们派一列火车过来。不过，”列车员说，“还说不准它能不能在六点钟以前赶到梅迪西湾。”

“六点钟？！”路路通嚷着说。

“是的。从这儿步行到前面的车站也得这么长时间。”列车员说。

“可是，这儿离车站也就一英里呀。”一位旅客说。

“确实是一英里。不过，因为前面有河，咱们得绕道啊。”

“我们能坐船过这条河吗？”上校问。

“那可不行！下过雨之后，河水涨了，水流非常急。我们必须从北面一个浅滩上绕十英里路过去。”

上校听完，破口大骂，不是埋怨公司不好，就是责备列车员不对。路路通也怒气冲天，简直就要跟着上校一起骂了。

眼前的阻碍是一种物质障碍，就算把路路通的主人的钞票全都拿出来，问题也无法解决。

所有的旅客都非常丧气。暂且不说耽搁时间了，光是在这冰天雪地上步行十五六英里就够旅客们受了。所以，旅客们乱成了一片，四周都是叫喊声和咒骂声。这时，福格先生还在一心地玩“惠司脱”，不然，他也会听到这些声音。

现在，路路通觉得是时候告诉主人实际情况了，于是就低头向车厢走去。正在这时，火车司机福尔斯特大声叫着说："先生们，咱们或许能过去。"福尔斯特是一个标准的"美国佬"。

"从桥上过去？"一个旅客问。

"是的。"

"坐着火车过去吗？"上校问。

"是的。"

路路通听清楚司机说的每一个字之后，停下了脚步。

"可是，这座桥说不定马上就坍塌了！"列车员说。

"不要紧的，咱们碰碰运气。火车以最大速度前进时，说不定能过去。"福尔斯特说。

"简直开玩笑！"路路通说。

但是，这个建议立刻得到了一些旅客的附和。这些旅客都同意这个办法，尤其是普洛克特上校。在这个冒失鬼看来，这么干完全可行。他甚至跟大家说，有些工程师还想用什么高速度直线奔驰的方法，让火车飞过"没有桥"的河呢。除了这件怪事，他还讲了另外一些类似的事。最后，司机的高见被所有关心这个问题的人都接受了。

"我们过去的概率，有百分之五十！"一个旅客说。

"百分之六十。"另一个说。

"百分之八十！不，百分之九十！"

他们这么说，可把路路通给吓昏了。在路路通看来，这个办法未免太"美利坚式"了。为了过这条梅迪西河，他准备用一切办法，唯独没有想过这个办法。

"再说了，旅客们总该先下车吧。这件简单的事应当先做，可是，"他心里想，"这些人竟然根本没想过这个！"

于是，路路通就对一个旅客说："先生，我看这位司机的主意有点儿冒险……"

“我看百分之八十能过去！”这位旅客说完，就转身走了。

路路通又走到另一位先生跟前，说：“我知道百分之八十能过去，可是想想——”

“没什么好想的！既然司机说能过去，就准能过去！”这个美国人耸着肩膀说。

“是能过去，不过，我们应该更谨慎一点儿……”路路通说。他的这句话，碰巧被普洛克特上校听见了。

“什么？谨慎？！”普洛克特上校叫嚷着说，“你听好了，这不是谨慎，而是开快车，开快车！你懂吗？”

“我知道，我懂……”路路通说，虽然没人肯听他把话说完，可他仍然继续说着，“要是您听不惯‘更谨慎一点儿’的字眼，那我就换个说法。为了更合情理，我们至少……”

“这人是谁？他在说什么呀？他想干什么？什么合不合情理啊……”周围有人起哄地说。

现在，这个可怜的小伙子都不知道该跟谁说话了。

“你害怕了吧？”普洛克特上校问他。

“害怕？！好，算了！”路路通叫着说，“我也能‘美利坚’一回，让你们这些人见识一下我这个法国人的胆识！”

“上车！都上车了！”列车员喊。

“嗯，上车，上车！都立马上车！”路路通说，“不过，你们不能不叫我说出自己的想法。我认为，应该先让旅客们步行过桥，再把火车开过去！这是最合情理的办法……”

但是，他的这个合理想法，没有得到任何人的同意，也没有任何人肯定它有道理。旅客们都各自回到了自己的车厢里。路路通一屁股坐在自己的座位上，丝毫没有提起刚才发生的一切。现在，三位玩“惠司脱”的牌迷都一心扑在了牌上。火车头发出一声大吼，汽门被司机打开，火车后退了差不多一英里，然后就像一个跳远健将似的准备飞跃。

紧接着，第二声汽笛响了，火车重新前进。它的速度不断加快，一会儿就大得相当可怕了。这时，车上的旅客只能听见机车的隆隆声。活塞每秒钟往返二十次；机油盒里，车轴冒着浓烟……火车前进的速度，简直达到了每小时一百英里。这样的高速度，抵消了火车的重量，铁轨所负担的重量因而也就减少了。

列车过去了！列车就像闪电似的飞过了对岸，旅客们连个桥影都没来得及看见。火车一直向前冲去，过了车站五英里之后，才勉强被司机给刹住。至于梅迪西桥嘛，等列车一过了河，它就“轰隆”一声坍落在激流里了。

第二十九章 联合太平洋铁路线上多事故

当天傍晚，火车一路上都特别顺利，先后过了索德尔斯堡、夏延关，然后来到伊文思关。伊文思关的海拔高达八千零九十一英尺，是整条铁路线标高的顶点。火车朝着大西洋海岸的方向奔去，通过了一望无际的天然大平原。这条平原干线有一条通向科罗拉多州的南路支线。科罗拉多州的主要大城丹佛，金矿和银矿都特别丰富。如今的丹佛，已经有五万多个定居者了。

从旧金山出发到现在，已经走了三天三夜，一共走完了一千三百八十二英里。四天四夜时间，怎么都能到达纽约。到现在为止，福格先生的日程都在按部就班地完成着。夜里，火车行驶在瓦尔巴营右边，平行于洛奇波尔河。洛奇波尔河与铁路平行，沿着怀俄明和科罗拉多两州的交界线笔直地向前奔流。十一点钟时，火车到了内布拉斯加州。然后，火车先后经过了塞奇威克、居尔斯堡。

居尔斯堡位于普拉特河的南支流，是联合太平洋铁路公司举行通车典礼的地方。太平洋铁路隶属联合太平洋铁路公司，总工程师是J.M.道奇将军。太平洋铁路全线贯通之后，联合太平洋铁路公司于1867年10月23日举行了通车典礼。当时，以副总统托马斯.C.杜朗为首

的许多观礼人士，坐着两个大机车拖着的九节客车，来到了这里。当时的这里，到处是欢呼的群众；还有一场印第安人的战斗演习，是由西乌人和包尼斯人表演的；庆祝通车的焰火燃烧在空中；最后，《铁路先锋报》的创刊号由手提印刷机出版了。庆祝这条大铁路通车典礼的情况就是这样。这条从荒凉的原野中穿过的铁路，是一条进步、文明的道路，它连接了许多当时还不存在的城市，使得许多城市很快地冒出了美洲大陆。火车头的汽笛跟神话中昂斐勇的七弦琴相比，力量更强大。

早晨八点钟，火车开出了距离奥马哈仅三百五十七英里的麦克费尔逊堡。火车行驶在河岸弯曲而千变万化的普拉特河左岸。九点钟，火车到达了北普拉特。北普拉特是一座大城市，位于南、北普拉特河支流中间，附近有这两条大河形成的一条巨流。这条巨流与密苏里河汇合于奥马哈北面不远的地方。

现在，火车已经从一百零一度经线上越过去了。

福格先生和他的牌友们，又开始玩儿“惠司脱”了。旅途虽然漫长，可是包括那张空位子在内的这两对牌友，都没有因此而埋怨。菲克斯起初赢了一点儿钱，现在又开始输了。但是，他的赌兴仍然非常高。福格先生的运气特别好，他一个劲儿地拿王牌和大分。现在，他计算了一下牌，决定出一回大胆的绝牌。他正要打黑桃，却听见自己的椅子后边有人说：“要是我打的话，我会出红方块……”

福格先生、艾娥达夫人和菲克斯抬头一看，说话的人正是普洛克特上校。

斯坦普·普洛克特和福格先生两人一见面，马上就认出了对方。

“哦！原来要打黑桃的人是你呀，英国先生！”上校喊着说。

“现在是我在打牌。”福格先生冷冰冰地回答，同时出了一张黑桃十。

“好吧。不过，我还是愿意打红方块。”普洛克特上校有点儿生气地说。同时，他伸手就要去拿那张黑桃十，还说："你根本就不会打牌。"

"跟另一个人相比，我也许打得更好。"福格先生说，然后就站了起来。

"那咱们就打打看，看看是不是你这个小约翰牛更厉害！"上校蛮横地说。

艾娥达夫人听完，脸都吓白了，全身的血液好像也快沸腾了，忍不住拉住了福格先生的手臂，却被福格先生轻轻地推开了。美国人非常鄙视地看着福格先生。路路通已经准备好了，马上就要扑到这个美国人身上。

这时，菲克斯站起身来，走到普洛克特上校跟前，对他说："先生，你应该找我。难道你忘了吗？你不但骂了我，甚至还动手打过我！"

"菲克斯先生！我先请求您的原谅。至于这事儿，是我一个人的事。现在，"福格先生说，"这位上校以我打错黑桃为借口再次挑衅，我就跟他好好地算一算这笔账。"

"算就算！时间、地点、武器都由你定。"普洛克特说。

艾娥达夫人一心想要拦住福格先生，却白费了力气；菲克斯企图把事情揽过来，也无济于事。路路通本想从窗口把这个上校丢出去，却看见主人扬了扬手，只好罢手。这时，福格先生走出车厢，来到了车桥上。美国人跟着也来到了车桥上。

"先生，"福格先生说，"现在我急着回欧洲。万一有任何一点儿耽搁，我都会遭受很大的损失。"

"这跟我有什么关系？"

"先生，"福格先生极其客气地说，"自从上次我们在旧金山碰面之后，我就已经计划好了，我一办完事就立刻去美洲找你。现在，我急着回欧洲去。"

"真的？"

“我想跟你约个时间，我们六个月以后再见，好吗？”

“为什么不是六年以后呢？”

“我说到做到，一定会按时去找你的。”福格先生说。

“借口！你这是在装蒜，在找借口下台！你痛快点儿，是说不敢，还是马上就干？”斯坦普·普洛克特嚷着说。

“好吧！马上干——你去纽约吗？”福格先生说。

“不去。”

“芝加哥？”

“也不去。”

“奥马哈？”

“要你管！你知不知道普鲁木河？”

“不知道。”福格先生回答。

“下一站就是，一个钟头之后到。到了那儿，火车会停十分钟。十分钟，足够咱们交换几颗子弹了。”

“好，咱们说定了。到了普鲁木河，我就下车。”福格先生说。

“好。我相信你会永远留在那儿的。”普洛克特穷凶极恶地说。

“那可说不好，先生。”福格先生回答。说完，他就冷静地走进了车厢，好像什么事儿也没有发生似的。

福格先生回到车厢之后，先说了几句安慰艾娥达夫人的话，说不用怕这种纸老虎；然后就请菲克斯做他的决斗公证人；等听到菲克斯同意之后，又若无其事地又拿起了刚才的牌，重新安安静静地打起他的黑桃来。

十一点钟，汽笛响了，宣布着机车到达了普鲁木河车站。福格先生站起身来，向车桥走去。菲克斯跟在后面。路路通背着两支手枪，陪着福格先生往外走。艾娥达夫人面无人色地留在车厢里。

同时，另一节车厢的门也开了，车桥上站着普洛克特上校，后面跟着他的公证人——一个跟他神气相仿的“美国佬”。

两个对手刚下火车，列车员就跑了过来，喊着说：“快上车，先生们。”

“为什么？”上校问。

“我们的车在这儿不停了，因为我们晚了二十分钟。”

“可是，我要在这儿跟这位先生决斗。我们说定了的。”

“非常抱歉，但是，火车马上就开了。喏，都打点了。”列车员说。

钟的确响过了，火车马上就开了。

“先生们，实在对不起。如果换个时间，肯定没问题。不过，”列车员说，“就算你们来不及在站上决斗，也可以在车上干哪。这个谁也管不着。”

“在车上？”上校嬉皮笑脸地说，“这位先生或许会觉得不太合适吧！”

“不，我认为再合适不过了。”福格先生回答。

“一看这个痛快劲儿，就知道我们是在美国！这个列车员真好，真了不起！”路路通心想，同时跟着自己的主人走了。

在列车员的带领下，两位决斗者和他们的公证人穿过一节又一节车厢，来到最后一节车厢里。这节车厢的旅客很少，只有十几个。列车员站在这十几个旅客面前，问他们能不能暂时让出车厢，给这两位先生决斗用。旅客们听完这话，吓了一跳。但是，他们非常乐意能帮上这两位先生，就都走出车厢，上了车桥。

这个长约五十英尺的车厢，确实很适合做一个决斗场。在这里决斗，真是太方便了。两个对手可以先站在中间的过道上，然后逼近对方，想怎么打就怎么打。福格先生和普洛克特上校各带了两把六轮手枪。他们的两个公证人为他们关上车厢门之后，守在了外面。等汽笛一响，两个对手的决斗就开始了。再过短短两分钟之后，两个公证人就可以进去接走活着的那位先生出来了。

这件事情，按说是再简单不过了，以至于让菲克斯和路路通觉得心脏都快要爆炸了。

这时，人们正在等待第一声汽笛响起，却突然听见一阵凶猛的喊叫，其中还夹杂着噼噼啪啪的枪声。但是，这枪声并不来自决斗车厢，而是从整个列车——甚至是最前头的车厢里传来的，而且持续不断地响着，使得旅客们都惊慌地喊叫起来。普洛克特上校和福格先生立即走出决斗场，拿着手枪急忙赶到前面的车厢。因为，前面车厢里的枪声和喊声更加激烈。他们已经知道了，原来是一帮西乌人袭击了火车。

这些拦劫火车的人，都是亡命的印第安人。这已经不是头一回了，他们在这之前也干过好几次，用的都是同样的办法。他们有上百个人，还没等火车停下来，就一起纵身往车门口的踏板上跳，然后就爬上车厢。那样子，真像在奔跑中翻身上马的马戏团小丑。

西乌人都带着步枪，车上的大部分旅客也都随身带着武器。刚才的枪声，就是西乌人和旅客们相互射击时发出的。

印第安人一上车，有几个就先跑向机车，然后用大头棒打昏火车司机和司炉。一个西乌人首领本来想让火车停下来的，却不知道怎么关阀门，结果把汽门完全拉开了。于是，机车就脱缰野马似的飞跑起来。

同时，其他的西乌人则向车厢进攻。他们一个个野猴儿似的在车厢顶上飞跑，然后从车窗跳进车厢，和旅客们展开了肉搏。他们抢了很多箱子、行李车，然后扔到窗外。车厢里的枪声和叫喊声一直都没停。

这时，旅客们都拼命地抵抗着。有些车厢就像堡垒似的被围攻，已经变成了一个个活动着的防御工事。这些被机车拖着的防御工事向前飞驰，速度是每小时一百英里。

从一开始，艾娥达夫人就表现得特别勇敢。当她看见西乌人冲过来时，就拿着手枪，毫不畏惧地透过破玻璃射击敌人。

已经有二十多个被打得半死的西乌人滚下了车。有的掉到铁轨上，然后就虫子似的被火车轮子轧得粉碎。旅客们也受伤了，有的中了枪弹，有的挨了大头棒，很多人都伤势很重，现在正躺在座位上。

这场战斗已经持续十分钟了，现在必须要结束它。而且，倘若火车不停，结果肯定是西乌人占便宜。因为，两英里之内就是驻有美国兵的克尔尼堡。如果火车过了克尔尼堡站，这些西乌人就可以在火车到达下一站之前，在车上为所欲为。

列车员正在和福格并肩作战，却被一颗飞弹打倒了。他倒下去时，叫着说："五分钟之内让火车停下来！不然我们就都完蛋了。"

"火车一定会停下来的！"福格先生说，同时就要冲出车厢。

"先生，您留在这儿，我去。"路路通喊着说，然后就打开一个车窗，溜到了车厢下面。福格先生根本来不及阻止他。

这个大胆的小伙子没有被西乌人发现。这时，激烈的战斗还在进行着，子弹嗖嗖地飞过他的头顶。他适时地用上了马戏团演员那一套故技，轻巧灵活而又隐蔽地在车厢下面前进。他攀上连接列车用的铁链，踩着刹车舵盘，爬上车架的外边沿，巧妙地爬过一节又一节车，一直爬上了最前面的那节车，居然不可思议的没被人发现。

这时，他的整个身体都悬空在行李车和煤车之间。只见他一手攀在车上，一手正要松开挂钩的链条。可是，机车的牵引力非常大，单靠他一个人，一辈子也拔不开挂钩中间的铁栓。就在这时，机车一阵摇晃，把铁栓震得跳了出来，机车加快了飞驰的速度，列车则慢慢地脱离车头，远远地落在了后面，然后在惯性的推动下继续前进了几分钟。车厢里的旅客扭紧了刹车舵盘，终于让列车停了下来，停在了出克尔尼堡车站不足一百步远的地方。

枪声引起了兵营里的士兵的注意，他们立即往车站赶。还没等他们赶到，西乌人就趁着列车还没有停稳的工夫四散逃窜了。

旅客们在站台上清点了一下人数，发现少了一些人，那个勇敢的法国人是其中之一。

第三十章 福格那么做是应该的

包括路路通在内，一共失踪了三个旅客。现在，谁也不知道他们到底是被打死了，还是给西乌人捉走了。

旅客中，有许多人受了伤。不过，幸运的是没有人受到致命的重伤。普洛克特上校也受了伤，而且是个重伤号。在这次作战中，他表现得非常勇敢，然后被一颗飞到他大腿根上的子弹放倒，需要立即治疗。现在，他和另外一些重伤的旅客，都被抬到车站里治疗去了。

艾娥达夫人安然无恙。全力作战的福格先生也没有擦破一点儿皮。菲克斯的膀子受了一点儿轻伤。艾娥达夫人一想到失踪的路路通，就忍不住流眼泪。

旅客们都下了火车。车轮上血迹斑斑；车辐和车毂上沾着一块块的烂肉；一道鲜红的血印印在盖满白雪的平原上，向看不见的远方延伸。那些逃跑的印第安人的背影，全部消失在南方共和河岸边。

福格先生双手交叉，一动不动地站在那里，考虑着一件极其重要的事。艾娥达夫人一声不响地站在旁边望着他。她的意思，福格先生都懂得。如果路路通真的是被印第安人捉去了，福格先生一定会救他出来的，哪怕是牺牲一切。

“我要把他找回来。无论他是死是活，我都要去找他。”福格先生对艾娥达夫人说。

“啊？！先生！”艾娥达夫人叫着说，同时抓住了福格先生的双手。福格先生的这双手上，流满了她的眼泪。

“他不会死的！只要我们不耽搁一分钟，他就不会死。”福格先生说。

福格先生这么说时，他就已经做好了牺牲一切的准备。他这么说，等于是在宣布自己破产的消息。因为，他只要耽搁一天，就不能按时搭上去纽约的邮船，自然也就输掉了赌注。但是，他已经考虑好了要这么做，这是他的义务！因此，他毫不犹豫地这么做了。

福格先生旁边，就是驻防在克尔尼堡的连长。连长手下约有一百多个士兵，他们已经做好了防御准备，可以及时回击进攻车站的西乌人。

“先生，我们失踪了三个旅客。”福格先生对连长说。

“他们是不是死了？”连长问。

“现在还不好说。不知道他们是死了还是被俘了，”福格先生回答，“所以需要马上查清楚。您会去追击那些西乌人吗？”

“先生，这事儿可不小。我总不能丢下上级交给我的军堡，追着这些印第安人跑到阿肯色河那边去吧！”连长说。

“先生，人命关天。”福格先生说。

“我知道……但是，我能叫五十个人冒着生命危险去救三个人吗？”

“我不知道您能不能这么做，但您应该这么做。”

“先生，在这儿，任何人也没有权利指示我应该怎么做。”连长回答。

“那好吧！我自己去！”福格先生冷冰冰地说。

“您自己去？”正走过来的菲克斯叫着说，“先生，您一个人去追那么多人？”

“这个不幸的小伙子，救了那么多人的性命，现在也许就在印第安人手上，”福格先生说，“难道您叫我不管不顾地看着他死吗？我一定要去！”

“那么，您不能一个人去！您真是一条好汉！……”连长叫着说，显然，他已经被福格先生的行为感动了。

“来三十个自愿报名的人！”连长回头对自己的士兵说。

全连士兵都自告奋勇地拥上前去。连长从这些正直的小伙子中间挑选了三十个人，另外派了一个老军士带队。

“谢谢您，连长！”福格先生说。

“我能跟您一起去吗？”菲克斯问福格先生。

“先生，您要是高兴的话，就去吧。不过，”福格先生回答，“我倒是希望您留在这里陪艾娥达夫人，也算是帮我一个忙。假如我不幸……”

警察厅密探听完这句话，脸色突然变得苍白。现在，他寸步不离地紧盯着的这个人就要离开了，而且是冒险去那荒无人烟的地方救人！菲克斯注视着这位绅士，然后低下了头。虽然他对福格先生有偏见，而且一直在跟对方斗争着，但是现在，他又不得不佩服对方。在救人这件事上，福格先生的态度是那么坦然而镇静。

“那好，我留下。”菲克斯说。

福格先生把他那个宝贝旅行袋交给了艾娥达夫人，与她握手道了别，然后就跟着士兵们一起出发了。

“朋友们！假如咱们能救出人来，我就给你们一千英镑奖金。”福格先生在临走之前对士兵们说。

这时，已经十二点过几分钟了。

艾娥达夫人回到车站，独自在一间房子里等着。这时，她满脑子都想着福格：他仗义救人的气概、他沉着勇敢的精神……福格先生不仅牺牲了自己的财产，现在甚至连生命都不顾了。他为了尽义务，毫不犹豫地去救人，甚至没有多说一句话，真是个英雄！

但是，密探菲克斯却不是这么想的。现在，他就像热锅上的蚂蚁一样，烦躁不安地在月台上走来走去，后悔刚才竟然糊涂地让福格走

掉。他清醒过来之后，就埋怨自己不该让福格走。他一直寸步不离地跟着福格跑，现在都快跑遍整个地球了，自己竟然会同意福格走掉！他又恢复了密探的本性，只顾不停地责怪自己，那情形，就像伦敦警察厅长在训斥一个放走现行犯的无知警员似的。

“我真是浑蛋哪！他会从别人那里得知我的身份，这样他就肯定不会再回来了。”他心想，“现在，叫我上哪儿去抓他！唉！我菲克斯怎么会被他骗了呢？我口袋里明明装着拘票，怎么没有抓住他呢！唉，我真笨！”

菲克斯就这么不停地胡思乱想着，觉得时间过得真是漫长啊。现在，他该怎么办才好呢？他想到要把这一切都告诉艾娥达夫人，却没有开口。他知道，这个年轻的女人就算知道了，也不会站在他这边。该怎么办呢？对，穿过那漫无边际的雪野，去追赶福格，或许还能找到他！那一队人走过的足迹，现在还留在雪地上。但是，不一会儿，那些足迹就被一层新雪盖住了。

菲克斯泄气了，真想放弃追踪福格的想法。正在这时，他面前出现了一个机会。他可以抓住这个机会，独自离开克尔尼堡，继续这次多灾多难的旅行。

事情是这样的。下午快两点时，正飘着鹅毛大雪的原野上，忽然传来几声汽笛的长鸣，接着，东方就慢吞吞地过来了一个黑糊糊的庞然大物。它头上射出一道强烈的光芒，被浓雾映衬得更加庞大，看着有点儿神怪。

这时，人们根本没想到东面会有列车开过来。因为，发电报要求增派的机车不可能这么快；而从奥马哈开往旧金山的火车第二天才会路过这里。一会儿之后，大家就明白是怎么回事了。

原来，这正是原来那辆机车。它不停地鸣着汽笛，慢慢地开了过来。它甩掉列车之后，就惊人地向前飞驰，带着半死不活的司机和司炉一直跑了好多英里，一小时后才放慢了速度。那时，煤烧得差不多了，然后火就小了，蒸汽也跟着减少了，它自然越走越慢，最后就停在了离开克尔尼堡二十英里的路上。

司机和司炉都没有死。他们只是昏迷了，很久之后又醒了过来。

等司机醒来时，机车已经停了。司机看了看周围，发现后面的列车不见了，只剩下荒凉的雪地和一辆光杆儿机车。然后，他就知道发生了什么事。可是，他一点儿也猜不出机车是怎么甩下列车的。但是，他相信列车一定还留在后边，说不定正处在进退两难的境地！

司机毫不踌躇地采取了应该采取的措施，开着机车继续前进，一直开到奥马哈才停下来。司机认为这是最妥当的办法，他不敢冒险退回去找列车。当时他想，那些印第安人可能正在车上抢劫呢……管他的！司机把锅炉里添满了煤和木柴，火烧旺了，压力也就跟着加大了。下午，大约两点钟时，机车又倒回了克尔尼堡。刚才那个在浓雾里鸣放汽笛的，就是这辆机车。

机车和列车又重新衔接起来了，旅客们都特别高兴。这样一来，这个不幸的、被中断的旅行，又可以重新开始了。

艾娥达夫人一看机车到了，就走到列车员跟前，问他："你们什么时候开车？"

"马上就开，夫人。"

"可是，还有一些人被捉走了……他们真不幸。"艾娥达夫人说。

"总不能让火车就这么停在半路上吧！而且，我们已经晚点三小时了。"列车员说。

"下一班车什么时候到这里？"

"明天晚上，夫人。"

"明天晚上？！那就来不及了。请你们再等等！"

"实在不能等。您要是打算走，就请上车。"列车员说。

"我不走。"艾娥达夫人回答。

他们谈的这些话，每一句都清清楚楚地钻进了菲克斯的耳朵。刚才，菲克斯在没有任何交通工具的情况下，也发誓要离开克尔尼堡；可是现在，列车就停在眼前，而且马上就走了，他的两条腿却被一种

不可抗拒的力量钉在了地上。其实，他只要坐回车厢里，坐上自己的座位就可以走了。现在，他就像两只脚站在热锅上似的，恨不得马上就走，却又下不了决心，只有思来想去地进行着激烈的思想斗争。最后，被失败激得老羞成怒的他，决定干到底。

这时，旅客们都上了车，其中包括伤势很重的普洛克特上校。早已烧热的机车锅炉正不停地呜咽着，气门嘴里喷着厚重的蒸汽。随着一声汽笛响，火车开动了，转眼就消失在白色烟雾和雪花混杂的原野里。

菲克斯侦探最终留在了这儿。

又是几小时过去了。车站里冷得要命。菲克斯一动不动地坐在一张靠背椅上，好像是睡着了。艾娥达夫人不顾交加的风雪，不时地从那间为她准备的房子走出来，走到了月台上。她一直走到月台尽头，希望在飞舞的大雪里看见点儿什么，视线却被浓雾挡住了；她希望听到一些什么，却什么也没有听见。这时，她已经快被冻僵了，只好又回到屋子里，准备过一会儿再出来。但是，她一直没有等到任何音讯。

天已经很晚了，可还是看不见那一小队人的影子。现在，连驻克尔尼堡的连长都开始焦心了，虽然他还不愿意露出忧虑的表情。他心想："福格先生在哪儿，他有没有找到印第安人，现在会不会正在跟他们作战？士兵们会不会在浓雾里迷失了方向呢？

黑夜降临了，雪也小点儿了，天气却更冷了。漆黑无边的原野，甚至能把胆大包天的人吓得毛骨悚然。这时，看不到任何飞鸟或是走兽的遗迹，整个大地都笼罩在死一样的沉静之下。

整整一夜，艾娥达夫人都有一种不祥的预感。幻想中，她被带到了辽远的草原边沿，看到了数不尽的艰险。黑夜是那么漫长，没有人能描述她所感受的痛苦。

菲克斯一直待在那个老位子上，却根本没有睡着。中间不知道什么时候，好像有个人走到他跟前说了什么话，菲克斯听完却摇了摇头，然后把那个人打发走了。

一夜就这么过去了。清晨，半明半暗的太阳从浓雾弥漫的天边升起，照亮了两英里以内的景物。昨天，福格先生和那一小队人是向南追击的；现在，南方却什么都没有。这时，已经是第二天上午七点钟了。

连长忧虑得都不知道该怎么办了。再派一队人去支援？可是，就为了最初被俘的那几个人，值得让更多的人去冒生命危险吗？而且，这种援救的希望几乎是渺茫的。但是，他并没有作过多的犹豫，不一会儿，他就命令一个排长带队去南方侦察。就在这时，一阵枪声传来。会是出发的信号吗？战士们都冲出堡垒，然后就看见约半英里外的地方有一小队人，这一小队人正步法整齐地朝他们走来。

走在前面的，正是福格先生；走在福格先生旁边的，是三个从印度人手里救出来的旅客。

他们跟西乌人打了一仗，战场就在离克尔尼堡十英里的地方。路路通和另外两个难友在救援队伍赶到之前，就已经和西乌人干起来了；当福格先生和士兵们追上他们时，已经有三个西乌人被路路通的拳头揍翻了。

人们看到这些救人的人和被救的人，都欢呼起来。福格先生遵守事前的许诺，给士兵分了一千英镑的奖金。这时，路路通再三重复着说："实话说，我的主人为了我，真的花了不少钱！"

菲克斯只是一言不发地看着福格先生。他这时的思想，人们是很难分析的。艾娥达夫人激动得说不出话来，只顾双手紧握着福格先生的右手。

路路通一到车站，就东张西望地找起火车来。他以为，列车会停在站上，直到他上车后再开往奥马哈。他盼望能把耽搁的时间给补回来。

"火车！火车呢？！"他叫着。

"开走了。"菲克斯回答。

"下一趟车什么时候到？"福格先生问。

"今天晚上。"

"哦！"这位绅士只是简单地说出一个字，他依然丝毫不动声色。

第三十一章 菲克斯真正为福格着想

福格先生耽搁了二十小时。路路通因此非常失望，而且，这都是他无意中造成的。这一下子，他可真把主人给拖垮了。

密探走到福格先生跟前，问:“先生，您真的急着走吗?”

“是的，非常急。”福格先生回答。

“我想知道，您有必要在11号晚上九点钟之前赶到纽约，到那里去坐开往利物浦的邮船吗?”菲克斯问。

“非常有必要。”

“假若没有发生印第安人袭击火车事件，您完全可以在11号一早就赶到纽约。”

“是啊。那样的话，在邮船开出之前，我还能在船上待十二小时。”

“是的，因此二十小时的耽搁，您现在已经迟到八小时了。您打算补回这八小时吗?”

“当然。步行吗?”福格先生问。

“不，坐雪橇，带帆的雪橇，”菲克斯回答，“曾经有一个人要我雇他的雪橇。”

这个人，就是昨天跟菲克斯说话的那个人。当时，菲克斯没有答应他。

福格先生没有回答。菲克斯看见那个驾雪橇的美国人正在车站前面溜达，就指着他，让福格先生看。然后，福格先生就向那个人走了过去。过了一会儿，福格先生和这个名叫麦基的美国人，一起朝克尔尼堡下边不远的一间小茅屋走去。在屋里，福格先生看见了一辆相当奇怪的车子，它就是雪橇。这个雪橇的木框由两根长木头钉成，头部微微上翘，就像无轮拖车的两条底板架子，在上面坐五六个人都没问题。雪橇前部的三分之一处，竖着一根很高的、由几条铁索结结实实地绑着的桅杆，桅杆上挂着一张用铁支柱支撑着的、巨大的方布帆。雪橇后面装着一个用来掌握方向的木单橹。

在遍地冰雪的冬季平原上，当火车因为大雪阻碍而不能前进时，就可以用这种单桅船式的雪橇作为交通工具，很快地从这一站滑到下一站。这种雪橇可以挂上一个很大的帆，要是把这种帆挂在水上竞赛的快船上，快船一定会翻跟斗的。雪橇可以借着从后面吹来的风的推动，疾驰在草原的冰天雪地上。它的速度，即使没有特快列车那么快，至少也和普通快车的速度差不多。

福格先生没花多大工夫，就跟这条旱船的船主谈妥了价钱。现在，西风刮得正紧，这风正好；再加上地面的雪已经结冰，所以只需要花几个钟头，福格先生就准能被麦基给送到奥马哈车站。奥马哈车站有很多往来频繁的火车线路，简直是四通八达，肯定可以到芝加哥和纽约。这样的话，耽搁的时间就有可能给补回来了。现在，福格先生已经没有犹豫的时间了，只好去碰碰运气。

因为要在露天旷野里做艰苦的旅行，所以福格先生不愿意让艾娥达夫人跟着，怕她受不了这么冷的天，也怕她坐不惯飞速奔驰的雪橇。因此，他建议艾娥达夫人，由路路通陪着她在克尔尼堡等火车，坐上火车之后，再由这个诚实的小伙子护送她，一直把她平平安安地送到欧洲去。艾娥达夫人不愿意离开福格先生，就决定跟福格先生一起走。这个决定让路路通非常高兴，他打心眼里不愿意离开自己的主人，特别是在主人身后还跟着菲克斯的时候。

说到警察厅密探，他的心理活动真是一言难尽哪。他的信心有没有在看见福格先生归来之后动摇呢？还是他仍然固守自己的观点，认为福格只是一个极端狡猾的流氓？他还认为福格只是以环游地球作幌子，目的是希望回英国之后完全逍遥法外吗？现在，菲克斯对福格先生的看法也许已经转变，但他依然会坚守自己的职责。为了能够早一天回到英国，他比任何人都更急着想办法，几乎想尽了一切办法。雪橇在八点钟就准备停当了，只等着出发了。旅客（勉强称之为乘客也行）们坐上了雪橇，然后都紧紧地裹着旅行毯。雪橇张起了两张大帆，借着风力，以四十英里的时速飞驰在结冻的雪地上。

从克尔尼堡到奥马哈的直线距离（也就是美国人说的“蜂飞距离”），最多也就两百英里。如果风向不变，途中又不出现任何意外情况，只要五小时就可以跑完这段路程，也就是说，福格先生他们下午一点钟就能赶到奥马哈。

旅行开始了。不过，这个旅行真不像旅行，实在是太艰难了。旅客们紧紧地挤在一起，不能说一句话。因为，雪橇跑得越快，越会让人寒冷得无法张口。雪橇在雪野上轻盈地滑行着，就像一条在水面上划行的小船，而且比至少都会有轻微波动的小船更稳。寒风吹过大地，推动了两只像巨翼一样的白帆，带着雪橇疾驰在地面上，就像是在腾空飞行似的。雪橇的舵把被麦基紧握在手里，所以雪橇直线前进着。有时，雪橇也会倾斜到一边去，但是只要麦基一转动尾舵，就能够立刻让航线恢复笔直。因为不会有大角帆的遮挡，前角帆也被挂了起来；又在大帆上加了顶桅；还张开了兜风的顶尖帆。这样一来，就可以增加整个雪橇的帆面，从而加大风的推动力。雪橇目前的速度，就算不能用科学的办法计算出来，也至少可以断定成每小

时四十英里。

“要是不出什么岔子，咱们准能按时赶到奥马哈！”麦基说，他非常希望能按时赶到奥马哈，这样，他就可以从福格先生那里得到一大笔奖金。

雪橇下面的平原，看上去和走上去都像一个辽阔无边的冰封池塘。雪橇笔直地穿行其间，就像穿行在一片风平浪静的大海上一样。在这个地区，有一条由西南延伸到西北方向的铁路。这条铁路依次连着格兰德艾兰、内布拉斯加州的重镇哥伦布斯、斯凯勒、弗列蒙特，最后到达奥马哈。这一路上，它始终沿着普拉特河右岸行驶。雪橇没有像铁路一样走弧线，而是直接穿过弧线内部，直线行驶，从而缩短了行程。麦基走直路向弗列蒙进发，丝毫不担心早已结冰的普拉特河会阻断他们的去路。路上尽是平坦的冰雪，一路都能畅行无阻。所以目前，福格先生只担心两件事。第一是雪橇出毛病；第二是风。不管是风向改变还是风力骤减，都会影响雪橇的前进。

但是，风力却一点儿也没有减弱，反而更猛，甚至刮弯了那条被钢索绑得结结实实的桅杆。强风吹着这些钢索，发出嗖嗖振荡的响声，就像一张无形的弓正拉着乐器上的弦一样。雪橇就在这种如泣如诉而又和谐的乐声和极其紧张的气氛中，疯狂地奔驰着。

“这些钢索发出的是五度和八度音程。”福格先生说。在这段旅途中，他仅仅说了这一句话。

艾娥达夫人裹紧皮衣和旅行的毯子。为了不让她受到寒冷的袭击，她的旅伴们几乎想尽了一切办法。至于路路通呢，他的圆脸红得活像沉浸在傍晚的薄雾里的太阳。这时，他虽然喝着刺骨的寒风，却重新恢复了固有的信心。现在的他，又对成功充满了希望。按计划，他们到达纽约的时间应该是早晨，现在却变成了晚上。不过，即使这样，他们还是很有可能搭上去利物浦的邮船。

多亏了这位同盟菲克斯！要不是他，他们就找不到这么一辆带帆的雪橇了。事实也确实是这样，他们只有乘雪橇，才能按时赶到奥马哈。此时的路路通，很感谢这位侦探，甚至很想握着他的手来表达这种感谢。但是，路路通心里好像有一种说不清的预感，所以他保持着沉默，也没有跟菲克斯握手。

不过，路路通是永远也不会忘记另外一件事情的，那就是福格先生从西乌人手里救走了他。福格先生为了救他，不惜拿出全部的财产，不惜牺牲自己的性命，硬是把他从西乌人手里救走。福格先生那种自我牺牲的精神，路路通是绝对不会忘记的，永远也不会忘记！

旅客们各自想着自己的心事，而且他们的心事彼此绝不相同。这时，雪橇却一刻也不停地飞驰在这一望无际的雪野里，有时还会滑过小兰河的支流和小河。但是，这些河流却没有被乘客们发现，因为河水和田野一样，也变成了清一色的雪白平原。光荡荡的大地，一直延伸到远远的地区，其中包括联合太平洋铁路和克尔尼堡通往圣若瑟支线的整个地区。这一整片地区，既没有村庄，也没有车站，甚至没有军堡，简直成了一个荒无人烟的大雪岛。几棵难看的野树时而会从旅客们眼前闪过，结满冰雪的树枝在冷风中摇曳着，活像一副副雪白的死人骨架。雪橇有时会经过有成群野鸟的地方，野鸟们看雪橇经过，就会突然一齐飞向天空。雪橇还遇上了饿得骨瘦如柴的狼群，群狼被攫取食物的欲望驱使着，疯狂地追着雪橇狂跑。这时，路路通为了以防万一，已经做好了准备。他握紧手枪，随时准备着射击那些最接近雪橇的饿狼。因为，万一雪橇这时候出毛病停下来，旅客们就危险了，说不定会命送这些野狼之口。不过，雪橇一直走得好好的，而且很快就跑到了前头，没多久就把那群狂叫的饿狼甩在了后边。

中午十二点钟时，麦基肯定他们正穿行在结冰的普拉特河上，因为他认识这条河周边的一些地方。他确信，再走二十英里，他们就能到奥马哈车站了。不过，他并没有说什么。

还不到一点钟，这位老练的驾驶员就放下了舵把，然后又赶紧收

起白帆，把它们卷成了一卷。这时，雪橇在没有张帆的情况下，又疾速前进了半英里才停下来。麦基说："我们到了。"同时，他用手指着一片被白雪覆盖的房顶。

到了，真的到了，真的到奥马哈啦！这里，每天都有无数开往美国东部的火车。

路路通和菲克斯跳下雪橇，活动了一下冻麻的四肢之后，又去帮助正要从雪橇上下来的福格先生和年轻的夫人。等他们都下了雪橇之后，福格先生非常大方地把租费和奖金一起付给了麦基。路路通呢，则跟麦基握手告别，就好像他们是老朋友似的。然后，大家就朝奥马哈车站走去。

奥马哈是内布拉斯加州的重要城市，也是太平洋铁路线的终点，还是密西西比盆地和大西洋交通的枢纽。从奥马哈到芝加哥，有一条东行的直线铁路，叫芝加哥—石岛铁路，沿途约有五十多个车站。

这时，正好有一班直达芝加哥的车要开，福格先生他们勉强来得及赶上这趟车，然后就离开了一眼都没有见过的奥马哈市区。但是，这并没有让路路通有半点儿懊悔。他认为，现在参不参观奥马哈都不重要。

火车经过了康斯尔布拉夫斯、得梅因，现在正快速地奔驰在衣阿华州的土地上。当天夜里，火车达到达文波特，越过了那里的密西西比河，然后又从石岛进入伊利诺斯州。第二天，也就是12月10号，火车在下午四点钟到达了芝加哥。芝加哥城耸立在美丽的密执安湖岸上，它是从大火的废墟中重建起来的，比过去更加雄伟。

芝加哥距离纽约，只有九百英里。而且，这里有很多去纽约的火车。福格先生刚下了这列车，就立即跳上了另一列火车。这是一辆轻快机车，隶属于匹兹堡—韦恩堡—芝加哥铁路公司。机车好像也知道福格先生再也没有时间可耽误了似的，拖着列车离开车站之后，就全速前进，闪电似的飞过了印第安纳州、俄亥俄州、宾夕法尼亚州、新泽西州。然后，机车又带着旅客们经过了一些有着古老名字的新城市。这些新城市当中，有些还只有马路和电车，至于房屋，还没有开始建造呢。最后，旅客们来到了哈得孙河。12月11号，火车在晚上十一点一刻抵达了居纳尔轮船公司右边的车站。这个车站，是英国和北美皇家邮船公司的码头。

但是，开往利物浦的“中国号”邮船，早在四十五分钟之前就出发了！

第三十二章 福格全力跟厄运搏击

开走的“中国号”邮船，似乎带走了福格先生的最后一点希望。

现在看来，福格先生的旅行计划不可能按时完成了。因为，所有直接往来于欧美两洲的轮船，都不能为他提供及时的帮助。无论是法国大西洋轮船公司的客船、白星线客船、伊曼公司的轮船，还是汉堡线轮船，甚至是其他的客货轮船，都不会马上开出。

比如说法国大西洋轮船公司的“佩雷尔号”，要到后天才开，也就是12月14号才开。这个公司的船，一般都相当的棒，速度不错，坐着也最舒适，可它却要等到后天才开！至于汉堡线的船，它们只开往哈佛，不能直达利物浦或伦敦。就算福格先生先搭船去哈佛，再转到南安普敦，中间也会耽搁一段时间，这样一来，福格先生的最后努力就会徒劳无功。

至于伊曼公司的船，只有一条“巴黎号”会在第二天开，所以根本就不必考虑。何况，这个公司的船只主要是用来运送移民的。这些船的马力都特别小，要靠机器和船帆均力航行，所以速度不快。如果福格先生乘这种船去英国，所花的时间会比剩下的时间还要长很多。

福格先生对这些情况都了如指掌。因为，每日往来大西洋的船只

的动态，都在他手里那本《布拉德修旅行手册》上印着。

要不是晚了四十五分钟，他们就可以搭上开往利物浦的轮船了！路路通一想到这个，都急得快没法儿活了。这都是他的错，要怪就怪他一个人。本来，他应该帮助主人的，可他却在沿途一个接一个地闯祸，把各种困难都给带来了！这一路上，他们遇到了多少意外事件，光是为他一个人所花的钱数就大得惊人，还不加那笔巨额的赌金和数目惊人的旅费。可是，这些钱马上就要化为乌有了，福格先生也会因此而破产。路路通一想到这些，就不住地大骂自己。

但是，福格先生却丝毫没有为此而责备他。

“明天再说吧，我们走。”福格先生说。这是他在离开横渡大西洋公司的码头时，说的唯一一句话。

然后，福格先生他们四个乘着泽西市轮，渡过了哈得孙河，再坐马车去了百老汇大街，住进了圣尼古拉旅馆，就这样过了一夜。这一夜，福格先生睡得非常好，所以他认为这一夜特别短。但是艾娥达夫人和另外两位旅伴，却都辗转反侧地睡不着。心事重重的他们，觉得这一夜特别漫长。

第二天是12月12号。从12号上午七点钟开始算，到12月21号下午八点四十五分为止，他们的剩余时间，总共还有九天零十三小时四十五分钟。“中国号”是居纳尔公司第一流的邮船，如果福格先生昨天晚上搭上了这条船，他就能赶到利物浦，然后如期到达伦敦！

福格先生叫来路路通，吩咐他在饭店里等着，并叫他通知艾娥达夫人做好随时动身的准备。然后，福格先生就独自走出旅馆，来到了哈得孙河岸边。

福格先生站在河岸边，仔细地观察着那些停靠在码头上或河心的船，看其中有没有即将离港的。船群中，有好些船都挂了准备开船的信号旗，等到上午潮涨时，它们就出海。纽约港是个设备完善的巨大港口，每天都有百十条开往世界各地的船。但是，这些船大多都满足不了福格先生目前的要求，因为它们都是帆船。

看来，这位绅士的最后努力也要以失败告终了。可就在这时，他发现了一艘带有机轮装置的商船！这艘样子相当利落的船，就停在离他至多十分之一海里的炮台前边。这时，它的烟筒里正冒着大团的黑烟，马上就要出海了。

福格先生坐上了一条舢板。船夫划动双桨，很快就把福格先生送到了“亨利埃塔号”的船梯跟前。这艘“亨利埃塔号”船，外壳是铁的，船面是木头结构的。

福格先生刚走上甲板，就说找船长。船长正在船上，所以马上就亲自过来答话了。

船长是个久经海上风浪的老水手，五十岁的样子。他身材魁梧，有一头棕红色的头发、青铜色的面孔、两只睁得圆圆的大眼，跟社会上那些常见的人一点儿也不一样。而且，他说话很冲，看样子不太好交往。

“请问，船长在吗？”福格先生问。

“在，我就是。”

“我是英国伦敦人，叫菲利亚·福格。”

“我出生在英国加的夫，叫安鸠·斯皮蒂。”

“您的船是不是马上就走？”

“一个钟头之后。”

“开到哪儿？”

“波尔多。”

“您的船上都装了什么货？”

“空的，没有装货，只在船底装了压舱石。”

“有没有旅客？”

“没有，我从来不带旅客这类麻烦的货物。”

“您的船跑得快不快？”

“‘亨利埃塔号’每小时可以跑十一到十二海里。这个谁都知道。”

“那么，您愿不愿意把我送到利物浦？只送四个旅客就行了。”

“利物浦?!你干脆说去中国好啦!”

“我是真要去利物浦。”

“不去!”

“真不去?”

“不去。我要去波尔多，马上就开船。”

“无论给多少钱，您都不去利物浦?”

“是的。”船长用毫无商量余地的口气回答。

“但是,‘亨利埃塔号’的船主也许会同意……”福格先生说。

“我就是船主。这条船是我的。”船长说。

“我租您的船，行吗?”

“不租。”

“那么，我买您的船。”

“不卖。”

在这种极其不妙的情况下，福格先生还是那么平静，甚至没有皱一下眉头。纽约的情形，跟香港不一样,“亨利埃塔号”船主也跟“唐卡德尔号”船主完全不同。以前，在这位绅士遇到困难时，只要有英镑上前，障碍总能被排除，最终让他们化险为夷。可是这一回，英镑却失灵了。

福格先生知道，就算是冒险乘气球，也没有把握能飞过前面的大西洋。所以，他必须想办法坐船过去。现在，福格先生看上去胸有成竹。

“那么，请您把我们带到波尔多去，好吗?”福格先生说。

“我都说了，我不带人！给两百美元我也不带!”

“两千美元（合一万金法郎）呢?”

“每人两千？”

“是的。”

“总共四个人？”

“是的。”

这时，船长搔起了头皮，而且像是要把头皮搔烂似的。只是顺路带客，就可以净赚八千美元。他有个成见，就是厌恶一切旅客。现在的情形，非常值得他放弃这个成见。再说了，运费两千美元的旅客，实际上就是一种很贵重的货物。

“船九点钟开，您和您的旅伴们能不能赶上？”船长斯皮蒂简单地说。

“我们一定按时到齐！”福格先生回答得同样简单。

八点半钟，福格先生离开“亨利埃塔号”，回到了圣尼古拉旅馆。然后，就立即带着艾娥达夫人、路路通，甚至是那个寸步不离的密探菲克斯上了船。这一回，菲克斯又白坐船了。福格先生在安排这一切时，心情都是非常沉静的。他的这种安详沉着的作风，在任何情况下都没有改变过。

“亨利埃塔号”带着四位旅客出海了。

路路通知道了这最后一段航程的旅费之后，不禁“哦——”了一声。他这一声“哦——”，拖得老长老长，由高到低地滑过了所有的半音阶，最后完全变成哑音。

密探菲克斯又是什么反应呢？他心想，这件案子要想了结，多少会让英国国家银行有所损失。就算是到了英国，这位福格先生挥霍的也只是有限的一些钱——也就是七千多英镑（合十七万五千金法郎）而已。

第三十三章 福格克服了困难

“亨利埃塔号”只用了一小时，就来到了哈得孙河河口。然后，它绕过沙钩角，驶进了大海，一整天都和长岛和火岛上的警标保持着一定的距离，朝东方迅速地奔驰着。

第二天中午，也就是12月13号中午，舰桥上上来一个测定方位的人。你一定认为他准是船长斯皮蒂吧？那你可就错了，这个人是菲利亚·福格。

这时，船长斯皮蒂还在船长室里。而且，门外还上了锁，他被人稳妥地关起来了。他出不来，只好在里头大喊大叫，气得几乎要发疯了。

事情的经过再简单不过了。我们已经知道，船长要去波尔多，坚决也不肯送福格先生去利物浦。于是，福格先生只好答应去波尔多。福格先生上船之后，利用三十小时的时间，让他的英镑再次成功地发起了攻势，让船上的船员们都站到了自己这边。因为，从水手到司炉的几乎所有船员，都难免有点儿徇私舞弊；而且，他们本来就对船长有意见。然后，斯皮蒂船长就被关进了船长室。因此，福格先生才能站在船长的位子上，命令“亨利埃塔号”向利物浦进发。从操作机器

的动作来看，福格先生像是当过海员的人。至于这件事的结局，咱们以后再说。

福格先生这么做，叫艾娥达夫人担心得不得了，她虽然没有说一句话，却很怕福格先生出什么意外；菲克斯则一脸的莫名其妙；至于路路通嘛，他认为这事儿办得实在非常漂亮。

照船长斯皮蒂的说法，“亨利埃塔号”的时速是十一至十二海里；实际上，它的平均速度确实保持在这个水平。

从纽约到利物浦，总共有三千海里的路程。如果天气不太坏、不起东风，而且船不出毛病、机器又不出故障，那么“亨利埃塔号”准能在九天之内到达利物浦。不过，这么多的“如果”，只有天晓得会不会实现。说实在的，福格先生已经是英国银行失窃案的犯罪嫌疑人了，现在又强夺了“亨利埃塔号”。等到了英国，这两个案件加到一块儿可就够他受的了，准叫他狼狈不堪！

“亨利埃塔号”头几天都航行得特别顺利。海上一直刮着西南风，风浪也不大，群帆都张起来了。“亨利埃塔号”借着前后樯两张大帆的推动力，走得跟横渡大西洋的客船一样平稳。

路路通简直都快让主人的这条妙计给高兴坏了，根本就没有想到这么做的后果。像路路通这样一个兴高采烈、活蹦乱跳的小伙子，船员们还从来都没有见过。路路通那一套翻跟斗的绝活儿，更是让他们吃惊不小。路路通不但跟他们说好话，还请他们喝好酒，真是无限殷勤。船员们都以行动答谢了路路通的好意。水手们干活时，都认真得像个绅士似的；司炉们烧火时，也顾不上疲劳了，都像英雄似的挺着。现在，大家都感染了路路通的乐观情绪。

这时的路路通，早就忘记了过去的那些烦恼和危险，一心只想着就要到达目的地的事。有时候，他也会表现出急不可耐的情绪，仿佛他心里正烧着一个锅炉似的；有时候，这个好小伙子也会走到菲克斯旁边，一边在他身边走动，一边看着他，好像有满肚子的话想跟菲克斯说似的。但是，他最终没有开口。因为，现在的这两位老朋友，已经没有任何交情了。

说到菲克斯，他现在真是被弄得莫名其妙了。这个福格，收买了船上的船员，强夺了“亨利埃塔号”，干起活来完全像个老水手……菲克斯看着这一连串的怪事，都蒙了，完全不知道该怎么想才好！但是，他想，既然这位绅士能在过去盗窃五万五千英镑，那么他今天会抢夺一条船，也就没什么好稀奇的了。

“因此，福格掌握这条‘亨利埃塔号’之后，绝对不会去利物浦，而是要去某个地方，然后摇身变成海盗，永远逍遥法外！”菲克斯很自然地这么猜测着。我们不得不承认这一猜测是很合情理的。现在，密探就坐在福格的贼船上，这让他万分悔恨，当初要是不上船该多好。

船长斯皮蒂还在船长室里发脾气。船长的饮食，由路路通负责照料。在这件差事上，这个性格倔犟、身强力壮的小伙子也变得小心翼翼起来，简直都快赔上十二分的小心了。而福格先生呢，他好像根本无视这艘船上还有一个船长存在。

12月13号，轮船经过新地岛附近。在这一段航行时，船走得非常艰难，特别是在冬季这个浓雾弥漫、风势凶猛的时候。晴雨表上的水银柱从昨天夜里就开始迅速下降了，这是天气即将变化的预兆。13号夜晚，天气果然转冷；风向也突然发生变化，刮起了东南风。

为了不让船偏离原来的航线，福格先生卷起了船帆，加大马力前进。但无论怎么做，航行的速度还是因为变化的天气而降低了。船头不停地被滚滚的巨浪冲击着，船身也随着风浪前后颠簸。因此，速度怎么也提不上去。海风越刮越凶，海浪打得“亨利埃塔号”几乎站不住脚了。看样子，海风马上就会变成飓风。这个时候，如果迎着飓风前进，就会产生无法预测的不幸后果。

阴暗的天气，让路路通也变得特别忧郁。这个诚实的小伙子，这

两天里一直是提心吊胆的。但是，福格先生却勇敢地跟大海周旋着，他真是一位了不起的“海员”！在他的指挥下，船一直向前进，甚至不肯降低速度。大浪卷来时，无力冲上浪峰的“亨利埃塔号”就从巨浪下面穿行。虽然海水冲洗了整个甲板，却不能阻止船照样前进。有时候，船尾会被大山一样的巨浪高高地抬起来，使得螺旋推进器在水面上剧烈地空转。即使是这样，也不能阻止船的照常前进。

事实上，这次的风只是一种强风，并不是那种时速高达九十英里的飓风，没有人们预料的那么凶猛。而糟糕的是，海风一直是从东南方向刮向西北方向，根本就没法挂起船帆。看情况，船上的机器什么时候都非常需要船帆的帮助！

直到12月16号，也就是直到福格先生离开伦敦后的第七十五天，“亨利埃塔号”总的说来还没有让人忧虑过。它差不多走完了一半的航程，也过了那些最难航行的地方。这要是在夏天，基本上已经成功在望了。但是，现在是冬天，这个坏季节还不知道要怎么摆布它呢。

路路通虽然没有说一句话，却充满了希望。他认为，即使风向不顺，还可以依靠机器前进。可就在这一天，船上的机务员却来到甲板上，找到福格先生之后，就非常激动地跟福格先生谈了起来，而且一谈就谈了很久。路路通虽然不知道他们谈的是什么，却有一种说不出的预感，让他莫名其妙地有点儿担心起来。他竖起耳朵听，想听听他们都谈了些什么，终于给他听到了几句话。其中有一句，是他的主人说的：“你确定你刚才说的那些情况都是真的吗？”

“当然确定了，先生。您也知道，从开船到现在，”机务员回答，“我们所有的锅炉都是烧满火的。如果烧小火，我们的煤足够从纽约开到波尔多用的；如果烧大火，我们根本不可能从纽约开到利物浦！”

“让我考虑一下吧。”福格先生说。

现在，路路通可明白了。原来，煤要烧光了！这让他万分担忧。

“唉！我的主人要是连这一关都通过，那他可就真神了！”他心想。

路路通碰见菲克斯之后，忍不住跟他说了这个情况。

“你以为我们真的要去利物浦呀？”菲克斯咬着牙说。

“那是当然的！”

“你这个傻瓜！”侦探说完，就耸一耸肩膀，走开了。

当时，路路通本来要认真地质问菲克斯，质问他什么是“傻瓜”的，他确实不知道菲克斯是什么意思。但是，他又想了，菲克斯现在一定很懊丧。这个倒霉蛋，他竟然愚蠢地盯着一个自己假想的小偷，还跟着这个“小偷”在地球上兜了一圈。现在，他一定在考虑自己该怎么认错。这个原因，一定让他的自尊心受到了极大的伤害。

我们很难猜测福格先生现在是怎么打算的。不过看样子，这位冷静的绅士已经有办法了。就在当天晚上，他找来司机，说：“只管烧大火，开足马力前进。等煤烧完了，再想办法。”

不一会儿，滚滚的黑烟就从“亨利埃塔号”的烟筒里冒了出来，轮船又以最高的速度重新上路了。

但是，两天之后，也就是12月18号，机务员就通知了福格先生一个坏消息。他证实了他的预言：煤已经不够今天烧的了。

“烧大火，继续烧大火，直到煤烧光才能停下机器。”福格先生说。

这一天，福格先生测量了水深、计算了船的方位。然后，在快到中午时分，叫来了路路通，叫他去请斯皮蒂船长过来。对这个小伙子来说，船长室就像一个老虎笼子。现在，他不得不奉命打开这个老虎笼子了。他一边向后舱走，一边想：“这家伙准会火冒三丈的！”

果然，几分钟之后，后舱的甲板上就冲出一个连叫带骂、活像一颗炸弹的家伙来。这颗炸弹，就是马上就要爆炸的斯皮蒂船长。

“现在到哪儿了？”他气急败坏地嚷着说。这句话，是他从船长室出来之后说的第一句话。说实在的，这个老实人都快要被气坏了。他要是带着这股生气的劲儿晕过去，就再也不能活过来了。

“我们现在到哪儿了？”他重复地问着，被气得满脸紫色。

“还有七百七十海里（合三百法里）就到利物浦了。”福格先生回答。到现在，他还是非常沉着。

“你这个海盗！”斯皮蒂船长喊着说。

“先生，我请您过来——”

“海盗！！”

“我请您过来，是想请您把这艘船卖给我。”福格先生说。

“我不卖，不卖！见你的大头鬼去！”

“因为，我要把它烧掉。”福格先生继续说，好像他听到的不是“不卖”，而是“为什么？”一样。

“什么！烧掉我的船？！”

“是的，至少也要烧掉船面上的装备。因为，煤已经烧完了。”

“你要烧掉我的船！！！你知道吗？我这条船，足足值五万美元（合二十五万法郎）！”斯皮蒂船长叫着说。这时，他气得简直连话都说不上来了。

“这里有六万美元（合三十万法郎）。”福格先生一边说，一边把一沓钞票递给了船长。

福格先生的这一手，果然产生了一种奇妙的效果。事实上，这六万美元，足以让任何一个美国人动心，安鸠·斯皮蒂也不例外。转眼之间，船长就把他的愤怒、被关禁闭和他对福格先生的怨恨，统统忘了个一干二净。他心里盘算着，认为这个买卖简直太划算了！因为，他的船已经用了二十年了。现在，这个炸弹的引信已经给福格先生拔掉了，它再也不会爆炸了。

“那么，您可得给我留下铁船壳啊。”船长说。他的语气，真是温和极了。

“先生，铁船壳和机器，我都给您留下。咱们这就算成交了？”

“成交啦。”

安鸠·斯皮蒂一把抓起那沓钞票，数了数才装进口袋。

这个场面，把路路通的脸都吓白了，菲克斯也差一点儿没晕过去。到现在为止，福格挥霍的钱差不多有两万英镑了。而这个福格，他竟然还答应白送铁船壳和机器给那个船长！他这么做，就等于白送了可以买整整一条船的钱给那个船长。不过，话又说回来了，反正他也不在乎。这么一点儿钱，跟他从银行里偷来的那五万五千英镑相比，差多了！

福格先生等安鸠·斯皮蒂把钞票都装进衣袋之后，才对他说："先生，对于这件事儿，您也别觉得奇怪。您要知道，如果我能在12月21号晚上八点四十五分之前赶回伦敦，就可以避免两万英镑的损失。因为我没能及时赶上纽约开往利物浦的船，而您又不肯送我，我这才……"

"这笔买卖，我相当满意，这回我至少能净赚四万美元。"安鸠·斯皮蒂大声说，接着，他又加重了语气，"说句心里话啊，现在我觉得您……哦，船长，您贵姓啊？"

"福格。"

"对，福格！福格船长，我觉得您的作风，还真带点儿美国人的风格。"

就这样，斯皮蒂说了几句自以为是恭维福格先生的话，然后就要走开。这时，福格先生又追问了一句："现在，这条船归我了？"

"那当然了。咱们说定了，这条船的全部'木柴'都归您！"

"那好。请您帮个忙，叫人劈碎船舱里的所有家具门窗，拿去烧锅炉。"

于是，船员们就按照机器马力的需要，把这些干柴都给烧了。当天，尾楼、工作室、客舱、船员宿舍、下甲板里的所有木柴，就全给烧光了。

第二天，也就是12月19号，桅杆、桅架和所有备用的木料，都被

船员们给烧了。此外，船员们还放倒了帆架，拿斧头劈碎了。船员们干起活来，一个个都积极得不能再积极了。而路路通呢，也用上了刀、斧、锯，一个人干完了十个人的活儿。这种行为，简直是一场疯狂的破坏。

第三天，船员们烧光了舷木、档板、其他在吃水部位以上的木头装置和大部分甲板。

现在，“亨利埃塔号”已经是一条光秃秃的趸船了。就在12月20号，旅客们已经可以远远地看见爱尔兰海岸和法斯乃特的灯塔了。不过，直到这一天晚上十点钟，“亨利埃塔号”才离开昆斯顿。现在，还剩下二十四小时，就到福格先生回伦敦的预定时间了。目前，“亨利埃塔号”必须以最快的速度前进，才能快速赶到利物浦。但是，这位大胆绅士的愿望现在却得不到满足，因为锅炉里没有足够的蒸汽。

到了这个时候，斯皮蒂船长也开始为福格先生操心了。他对福格先生说：“先生，我们现在才刚到昆斯顿外海，一切情况都不利于您，我真着急啊！”

“哦。前面就是昆斯顿？”福格先生说。

“是的。”

“我们现在能不能进港？”

“还不能，得等到满潮时才能开进去，至少还要等三个钟头。”

“那就等吧。”福格先生平静地说。这时，虽然他的表情依然像平常一样，但是，他的内心却被一种非常的灵感推动着，使他再一次勇敢面对当前的困难。

昆斯顿港位于爱尔兰海岸，从美国越过大西洋到欧洲来的船会经过这里。这些船经过此地时，会卸下一部分邮件。这些邮件可以随时被快车运往都柏林，再从都柏林用快船运到利物浦。这样的运输方式，比海运公司的船快了至少十二小时。这样，美洲来的邮件就可以提早十二小时被送到目的地了。今天，福格先生也想照样这么干。要是坐“亨利埃塔号”，他得明天晚上才能到利物浦；而这么做呢，他明天中午就能到。这样，他就能赶在明天晚上八点四十五分之前，及时地回到伦敦。

半夜一点钟时，满潮了。“亨利埃塔号”就乘着满潮，驶入了昆斯顿港。斯皮蒂船长热情地跟福格先生握手道别，然后就遵从福格先生的建议，留在了他那条光秃秃的铁船壳上。虽然这条船已经秃了，可它的实际价值仍然足足有三万美元。

四位旅客立即下船，登上了岸。菲克斯很想趁着这个机会逮捕福格，却迟迟没有动手。难道他正在进行思想斗争？还是他已经站到了福格这一边？或许是他已经知道自己弄错了？到底是什么原因，现在还也不知道。不过，菲克斯是无论如何都不会放弃福格的。他跟着福格、艾娥达夫人，还有那个忙得没工夫喘气的路路通，根本没打算离开他们半步。

一点半钟，四个人一起上了昆斯顿的火车。天刚亮时，他们到达了都柏林，然后又立刻登上了轮渡汽船。这些快得像梭子一样的渡船，上面都装满了机械设备，可以若无其事地飞驰在浪头上，甚至可以轻盈平稳地跨过爱尔兰海峡。

12月21号十一点四十分，福格先生总算是赶到了利物浦码头。从利物浦码头到伦敦的这段路程，只需要花六小时就能走完。

就在这时，菲克斯朝福格先生走了过来。他一手抓住福格先生的肩膀，一手掏出拘票，问福格先生：“您真的是菲利亚·福格？”

“是的。”

“那么，您被捕了！我谨代表女皇政府行使这一职权。”

第三十四章 路路通说的俏皮话真稀奇

福格先生被关押在利物浦海关大楼的一间屋子里，等过了今天晚上，再押到伦敦去。

路路通一看福格先生被捕，就要跟侦探拼命，却被几个警察给拉开了。艾娥达夫人被这突如其来的暴行吓得怔住了，一点儿也不明白到底发生了什么事。等她从路路通那里了解了情况之后，坚决地表达了她的抗议。她的救命恩人福格先生，这么一位正直勇敢的绅士，竟然会被人当成盗贼给抓了起来，这简直是污蔑！她非常气愤，却又无能为力，只好不住地流眼泪。

菲克斯认为自己不得不逮捕福格，因为这是他的职责。但是，只有法院才有权利决定福格有没有罪。

这时，路路通忽然想起了一件事，就是自己一直对福格先生隐瞒菲克斯的身份。他认为，这件事情就是目前一切不幸的根源！路路通想，要是我把菲克斯的身份和任务都告诉了主人，他就会事先知道这个隐患了，那么他一定可以提出证明自己身份的证据，指出对方的误会。那样一来，他就不会再为这个一心等待时机、想要踏上英国领土就立即动手抓人的祸害精出旅费，而菲克斯也就不会一路死跟着他来

这里了。这些错误和疏忽，让这个可怜的小伙子后悔得要死。痛苦万分的他哭了，恨不得一头撞死了事！可是，他还希望能再见福格先生一面，就不顾严寒地陪着艾娥达夫人，留在了海关外面的走廊里。

这位绅士无疑是完全垮了，而且是在他马上就大功告成时！这一次，他真是一败涂地，根本无法挽回了。他到达利物浦的时间是12月21号上午十一点四十分，离他预定回改良俱乐部的晚上八点四十五分，还足足有九小时零四十五分。而他坐火车到伦敦，也只需要六小时。

福格先生一动不动、安安静静地坐在海关办事处那间房子里的一条长凳子上，看上去一点儿都不着急。要说他“听天由命”，是没有任何根据的。但他在面对这个意外的打击时，确实没有惊慌失措，至少从外表上看是平静的。谁也不知道他现在还有没有必胜的把握。但是，福格先生的确是非常安详地坐着的。他在那儿等待着什么呢？他现在被锁在拘留室里，还会认为自己能胜利地完成旅行计划吗？他死心了没有？

不管怎么说，福格先生还是规规矩矩地把他的表放到桌子上，目不转睛、一动不动地看着走动的表针，没有说半句话。

总而言之，当前的情况相当可怕的，足以让看不出福格先生内心作何打算的人，得出这么一个结论：就算福格先生真是一位正派人，现在也被毁了；而如果他是个盗贼，现在也已经无奈地被逮住了。

他想逃跑吗，现在是不是在这屋里想逃跑的办法？他曾经在屋子里兜了几圈，这也不得不使人这么怀疑他。但是，门紧紧地锁着，窗子上也都装着铁栏杆。他重新坐了下来，取出他皮夹里的旅行计划表，目光盯在了最后一行上。最后一行是这么写的：“12月21号星期六，到达利物浦。”接着，他在这一行底下又添了这么几个字：“12月21号上午十一点四十分，第八十天……”。

当海关大楼的大钟敲响了下午一点的钟声时，福格先生对了对表，他的表快了两分钟，可他并没有往后拨。

然后，两点的钟声响了。他如果现在搭得上快车，还能赶在晚上八点四十五分之前，到达改良俱乐部！这时，他的眉头轻轻地皱了皱。

两点三十三分时，外面传来了一阵喧哗，之后又传来了开门的响声，然后就是路路通的声音、菲克斯的声音。听到这里，福格先生的眼睛闪动了一下，闪现出掩饰不住的兴奋光芒。

屋门一开，艾娥达夫人、路路通和菲克斯就一起向他跑来。这时的菲克斯，简直是上气不接下气了，头发也乱成了一团麻！

“先生，先生……”他结结巴巴、气喘吁吁地说，“请……请原谅我……因为……那个小偷跟您太相像了……三天之前，这家伙已经被捕了。现在……现在……没您的事儿了！”

福格自由啦！福格先生朝这个侦探走过去，死盯着他的脸。然后，福格先生把两臂向后一晃，以他从来没有过的快动作，极其准确地对着这个密探挥了过去。这个倒霉的密探，挨了狠狠的两拳。

“揍得好，揍得好！”路路通叫着说，接着，他又充分发挥了他那法国人特有的口才，说了一句尖刻而又稀奇的俏皮话：“喏，看见了吧！这种拳术，才是英国有名的拳术表演！”

菲克斯虽然被打翻了，却没有说一句话。他还能说什么呢？这都是他自作自受，活该遭殃！

福格先生马上带着艾娥达夫人和路路通，离开了海关，然后跳上一辆马车，几分钟之后就来到了利物浦车站，这时已经是下午两点四十分了。

福格先生四处打听，看看还有没有马上就开往伦敦的快车。可是，他们迟到了三十五分钟，不然就可以赶上开往伦敦的那一班快车了。

这时，福格先生要求租专车。

站上有几辆速度非常高的专用机车，但是，得等到三点钟之后才

能开，这是铁路规章的规定。

福格先生找到司机，跟他说了几句话，又许诺给他一笔奖金，这才说动了他。于是，三点钟，福格先生和艾娥达夫人、他的忠仆就坐上了火车，快速地向伦敦飞去。正常情况下，从利物浦到伦敦的这一段铁路要六小时才能跑完。可是现在，火车必须在五个半小时之内到达伦敦。如果沿途一直不停，还有可能在八点三十分赶到伦敦。但是，火车偏偏又在路上耽搁了，等他们到达终点站时，伦敦市的全部大钟都指向了八点五十分。

福格先生输了。他虽然完成了这次的环球旅行，却迟到了五分钟！

……

第三十五章 路路通立即照主人的吩咐做事

福格先生回家了。第二天，赛微乐街的居民们还是一点儿也没有察觉出来，他们要是听到这个消息，一定会非常奇怪。因为，福格先生家照样关着门和窗户，从外面看上去没有一点儿变化。

当时，福格先生一离开车站，就叫路路通去买些吃的，自己则带着艾娥达夫人回家去了。

这位绅士在经受了这么一次打击之后，仍然像往常一样，丝毫不动声色。但是，他的一颗心却垮掉了！造成这一后果的，就是那个愚笨的侦探！在这次漫长的旅途中，福格先生扫除了无数个障碍，经历了无数次危险，还抽时间做了一些好事儿，总体上是按照旅行计划稳步前进的。可是，就在他即将大功告成的时候，却被这一场突如其来的祸事弄得一败涂地！这样的结局，太可怕了！离开伦敦时，他身上还有那么多钱；如今，却只剩下一点点儿了。存在巴林兄弟那儿的两万英镑，是他的全部财产，也马上要付给改良俱乐部的那些会友了。事实上，他即使是赌赢了，也赚不到钱。因为，他在旅途中就花了那么多钱。当然，福格先生打赌的目的，绝对不是赢钱，只是为了荣誉。但是，他一旦输掉这一回，就会输掉他的全部财产。现在，这位

绅士的命运已经定了。即使这样，他也非常清楚自己该如何善后。

艾娥达夫人也住在白林顿花园洋房，福格先生特地为她准备了一间房子。现在，艾娥达夫人很难过，因为她了解到福格先生正在考虑一个伤心的计划。

事实上，我们也不难想象出这一点。福格先生是一位性情孤僻的人，像他这样的人，有时难免会钻牛角尖，并最终选择一条极端悲惨的出路。因此，忠实的路路通虽然表面上装出一副若无其事的样子，暗地里却一刻也没有放松，时刻小心翼翼地注意着他的主人。不过，这个小伙子还是抽空回到了自己的房里，关上了那个开了八十天的煤气开关，拿出了信箱里的那份煤气缴费通知单，然后松了一口气。到现在为止，总算不用担心这一笔应该由他付账的煤气费了。

夜里，福格先生睡了，看上去跟往常没什么两样。不过，没有人知道他是否睡着了。艾娥达夫人呢，却一刻也没有合眼；路路通怕发生什么意外，就像狗似的一直守着主人的房门。第一夜就这么过去了。

第二天早晨，福格先生叫来路路通，吩咐路路通去预备艾娥达夫人的午饭，又给自己点了一杯茶和一片烤面包，在楼上吃。他还说，他要用一天的时间处理一些事务，所以今天不会下楼了，但是，他希望晚上的时候，艾娥达夫人能跟他谈一会儿。虽然他不能陪艾娥达夫人吃午饭和晚饭，艾娥达夫人却一点儿也不怨他。

路路通立即接受了主人的吩咐。现在，他只要照着这个工作日程表做事就行了。可是，他并没有立即去做事，却心情沉重地望着自己的主人，不想离开这位永远没有表情的主人的房间。他深感不安，只好不停地怨恨自己。如果他早点儿把侦探菲克斯的阴谋告诉福格先生，侦探就不会跟着他们到利物浦，也就不会发生这件无法挽回的祸事！可不都怪他！……

一想到这儿，路路通就非常难过，简直快受不了了。

“我的主人！福格先生！您就狠狠地骂我吧！都怪我……”他叫着说。

“这怨不得谁。你去吧。”福格先生说，他的语气非常镇定。

路路通走出主人的房间，向艾娥达夫人传达了福格先生的话，又接着说：“夫人，我是没有任何办法了！我根本就影响不了他的情绪，或许您可以……”

“我又能怎么办呢？我也丝毫不能影响他的情绪！”艾娥达夫人说，“他知道我的心情吗？他了解我的内心吗？我对他万分感激，他却一点儿也不了解……路路通，您快回到他身边吧！我的好朋友，请您一刻也别走开。他说今天晚上想找我谈谈，是吗？”

“是的，夫人。我想，一定是要商量您今后怎么待在英国的事。”

“好吧。”艾娥达夫人说。显然，她开始沉思起来。

星期日这一整天，白林顿花园洋房都非常沉寂，好像里面根本就没有人住似的。国会大厦钟楼上敲响了十一点半的钟声，福格先生却没有像以前一样去俱乐部。自从他住进这所房子以来，这种情况还是头一次出现。

事实上，这位绅士就算是去了改良俱乐部，也没什么可干的了。那里，已经没有等待他的会友了。因为，当福格先生没有在昨天晚上——也就是那个决定命运的12月21号，星期六晚上八点四十五分——回到改良俱乐部大厅时，他就已经输掉了他的赌注。所以，他存在巴林兄弟银行的那两万英镑，他也不必再过问了，那些跟他打赌的对手们肯定会替他办妥后续手续的。他们只要拿着他签的那张支票去巴林兄弟银行，很简单地办好过户手续，就可以把那两万英镑转到他们的账上。

既然没有必要出门，福格先生自然也就不出去了，只是待在房间里安排自己的事。路路通则不停地忙活着，从白林顿花园洋房的楼上跑到楼下。对这个小伙子来说，时间过得真是太慢了，刚过了一会

儿，他就跑到主人的房门口，听听里面的动静。他提醒自己要小心，千万不能有哪怕一点儿的疏忽！他透过钥匙孔偷看主人屋里的情况，他认为自己有责任这么做。路路通无时无刻不在担心自己的主人，怕主人会发生什么不幸。有时，他也会想起警察厅密探菲克斯，他现在已经不再怨恨这个密探了，也转变了对密探的看法。他想，菲克斯是出于误会才把福格先生当成小偷的，就像其他人误会福格先生一样。密探既然把福格先生当成小偷，那他跟踪并逮捕福格先生，也只是在履行自己的职责。而我路路通呢，我又干了些什么混账事儿呢？！……路路通一这么想，就觉得自己罪大恶极，简直痛苦得快要死掉了。最后，路路通觉得他一个人这么思来想去的太痛苦，就敲响了艾娥达夫人的门。他走进她的房间，然后就坐在角落里，一言不发地望着同样心事重重的艾娥达夫人。

将近七点半钟时，福格先生把路路通叫了过去，吩咐他去问一下艾娥达夫人，看她现在是否方便接见他。

一会儿之后，福格先生就在艾娥达夫人对面的壁炉旁边坐了下来。这时，他脸上还有没有一点儿激动的表情，就跟他从伦敦出发时一样，依然那样安详、镇定。

他安静地坐在那里，足足坐了五分钟，一句话也没有说。最后，他终于抬起头来，望着艾娥达夫人说："夫人，您能原谅我吗？如果不是我把您带到英国来——"

"哦，先生！……"艾娥达夫人回答，她的心脏剧烈地跳动着。

"请您听我说完。当我在那个会让您陷入危险的地方看到您时，我还是有钱人，所以我才决定带您出来。当时我是这么打算的，我分一部分财产给您，让您自在、幸福地过日子。可是现在，我已经破产了。"福格先生说。

"我知道您破产了，福格先生。而且，原因也许正是我！要不是我在路上拖累了您，耽搁了您的时间，您或许就不会破产了。先生，您能原谅我吗？”艾娥达夫人说。

“夫人，我当时只知道让您离开印度，只有这样才安全。您只有离开印度，才不会再次被那些狂热的宗教徒抓住。”

“可是您，福格先生，您把我救了出来，让我逃离了可怕的死亡。不但如此，您还一定要让我在外国安定地生活。”

“是的，夫人，这确实是我的愿望。可是，现在的事态却跟我的愿望完全相反。我请求您接受我仅剩的一点儿财产，虽然很少，也希望可以供您今后生活使用。”福格先生说。

“福格先生，您呢？您怎么办呢？”艾娥达夫人说。

“我什么都不需要，夫人。”绅士冷静地说。

“可是，先生，您当前的情况……您要怎么应付过去呢？”

“得过且过吧。”福格先生回答。

“您一定会有出路的！像您这样的人，应该得到朋友们的……”艾娥达夫人说。

“我没有朋友，夫人。”

“那么，您的亲属呢？”

“我没有亲人。”

“那您一定很孤独，很痛苦。福格先生，我真替您难过。难道真的没有人分担您的痛苦吗？人们常说，如果两个人来分担痛苦，痛苦就会减轻一半。”

“是有这么一句话，夫人。”

“福格先生，您愿不愿意接受我这个朋友和亲人？愿不愿意接受我做您的妻子？”艾娥达夫人说，同时站起身来，把手伸向了福格先生。

福格先生听完，也跟着站起身来，眼睛里闪烁着不同寻常的光彩，双唇不住地颤动着。她那双眼睛妩媚动人地望着他，目光里流露出尊贵、诚恳、率直、坚定和温柔的光芒。现在，叫艾娥达夫人做什么事她都敢，只要能援救这位曾经为她赴汤蹈火的绅士。

福格先生看着她那脉脉含情的目光，最初觉得很突然，然后整颗心都被浸透了，最后却闭起了眼睛，仿佛要避开她那美丽动人的目光，免得它们再继续深入……过了一会儿，他重新睁开了眼睛，简单地说："我爱您！"

"是的，我爱您！我愿意在最神圣的真主上帝面前向你发誓。我爱您，我的一切都属于您！"福格先生说。

"哦……"艾娥达夫人激动地说，同时把手压在心口上。

福格先生按了铃。路路通听到铃声，马上就进来了，正好看见福格先生握着艾娥达夫人的手。路路通其实早就知道这事儿了，所以他一看这情形，一张大脸就高兴地又圆又红又亮，活像热带地平线上的落日。

福格先生想请萨缪尔·威尔逊神甫过来，问路路通现在去马利勒坡纳教堂会不会太晚。

"不晚，什么时候叫我去都行！"路路通说，他高兴得都快合不拢嘴了。

"那么，我们就定在明天吧，星期一，好不好？"福格先生一边说，一边望着艾娥达夫人。

"好！"艾娥达夫人回答。

路路通急忙应声跑了出去。

第三十六章 『福格股票』又热销了

12月17号，一个名叫杰姆·斯特朗的人，在爱丁堡被捕了。这个人，就是那个盗窃英国国家银行五万五千英镑的盗贼。这件事，在英国社会中引起了极大的思想波动。

三天以前，警察当局还在拼命地追捕福格先生；现在，人们却肯定了福格先生是一位正派人。就是这个正派人，一丝不苟地做出了这一举世罕见的环球旅行。

这段时间以来，报纸上都在议论窃贼被捕的事情。至于福格先生环球旅行的事儿，早就被人们忘到九霄云外去了。可是现在，那些以福格先生旅行成败打赌的人又重新干了起来，简直都快着魔了。一下子，所有的赌契都重新有效了，所有的契约也都复活了。跟以前相比，这种赌博更加疯狂，不承认这一点都不行。股票市场上，又出现了菲利亚·福格的名字，“福格股票”又成了热门货。

这三天以来，福格先生的那五位改良俱乐部的同僚，都过着特别苦闷的日子。他们已经忘记了福格先生，现在又想起他来了！他现在在哪儿？

12月17号，真正的盗贼杰姆·斯特朗被捕，使得那五位同僚一下

子想到了福格先生。这时，福格先生已经离开伦敦七十六天了，仍然杳无音信。他有没有死，还是已经认输了，又或者是正在按着路线继续旅行？他们都不得而知。他们想，像他那样的“准确之神”，会不会真的按照规定的“12月21号星期六晚上八点四十五分”，准时出现在改良俱乐部大厅的门口？

简直不可能形容出这些英国人这三天的忧虑心情。他们为了打听福格的下落，往美洲和亚洲发了许多电报，还派人一天到晚地守望着福格先生的住宅……但是，他们没有打听到一点儿消息。那位白白盯着一个假小偷的密探，也一点儿消息都没有，连警察厅都不知道他在哪儿。

不过，虽然福格先生杳无音讯，还是不影响人们重新以他的旅行成败来打赌。不仅如此，人们还日益扩大了打赌的范围。此时，福格先生就像一匹已经接近终点的赛马，人们都在围着他的输赢下注。所以，“福格股票”的牌价一路飙升，一下子从一百比一上涨到二十比一，然后是十比一、五比一，甚至是一比一！出一比一的高价收买这种股票的，就是半身不遂的阿尔拜马尔老爵士。

12月21号星期六，晚上，人们挤满了宝马尔大街和附近的几条大街。改良俱乐部附近，围了密密麻麻的一大群股票经纪人。看样子，他们是要在那儿生根。人们到处争论、喊叫着“福格股票”的牌价，就像买卖其他英国股票一模一样。公众秩序简直无法维持下去了，连交通都被阻塞了。福格先生回到俱乐部的规定时间越来越近了，人们也越来越兴奋、激动。

这天早上九点钟，福格先生的五位会友就在改良俱乐部的大厅里聚齐了。不管是约翰·沙利文、撒木耳·法郎丹这两位银行家，还是安德鲁·斯图亚特工程师，以及多玛斯·弗拉纳刚啤酒商、英国国家银行董事高杰·拉尔夫，都坐在那儿满心焦虑地等着。

八点二十五分，安德鲁·斯图亚特站起来说：“先生们，还差二十分钟，就到福格先生和我们约定的期限了。”

“利物浦开往伦敦的最后一班火车，几点钟到站？”多玛斯·弗拉纳刚问。

“七点二十三分。下一班车要到第二天零点十分才能到站。”高杰·拉尔夫回答。

“那么，先生们，菲利亚·福格输定了。”安德鲁·斯图亚特说，“如果他搭的是七点二十三分到站的那一班车，那他早就应该在俱乐部里了。现在，我们可以肯定地说他输了。”

“慢！这么说还言之过早。大家都知道，”撒木耳·法郎丹说，“咱们这位会友极其古怪，他做事一向稳而准。他无论是到哪儿去，都不会太早也不会太晚，今天应该也一样。就算他在最后一分钟走进这个大厅，也没有什么好奇怪的。”

“我可不信。不过，我倒要看看会不会如此。”一向都神经过敏的安德鲁·斯图亚特说。

“说实在的，菲利亚·福格真是太不自量力了，”多玛斯·弗拉纳刚说，“他竟然能作出这样的计划！我们也知道，有些耽搁是不可避免的。无论他有多精明，也无法阻止这些耽搁。可是，只要误上个两三天，这趟旅行也就彻底不能按时完成了。”

“还有一个问题，我也要提醒你们注意，”约翰·沙利文接着说，“我们没有得到一点儿关于他的消息，虽然他旅行所经之地到处都有电报局。”

“那么，可以肯定他输了，先生们，他输定了！”安德鲁·斯图亚特说，“再说了，你们也知道，菲利亚·福格只有在纽约搭上‘中国号’这条邮船，才能按时赶到利物浦。这条船昨天就到了，他却没有搭上这条船。因为，《航运报》上公布的旅客名单里，根本没有菲利亚·福格这个名字。我估计，就算我们的这位会友运气特别好，他现在也顶多刚到美洲！这样算来，他到达伦敦的时间，至少会比预定

的时间晚二十天。这么一来，那个阿尔拜马尔老爵士也赌输了，他那五千英镑也少不了要全赔上！”

“当然了！”高杰·拉尔夫回答，“我们就等着好了。明天，我们肯定可以拿着福格先生的支票去巴林兄弟银行，取出那两万英镑！”

这时，已经是八点四十分了。

“还剩下五分钟了。”安德鲁·斯图亚特说。

这五位绅士你看看我，我看看你，每一颗心都加快了跳动的速度。因为，这次的赌注毕竟非同寻常，哪怕是赌场老手，也难免会如此紧张。但是，从表情上看，这些绅士们并不怎么紧张，他们都采纳了撒木耳·法朗丹的建议，围坐在一张牌桌上。

安德鲁·斯图亚特坐下来时，说了这么一句话：“即使只少一英镑，也别想叫我出让我那份四千英镑的赌注！”

八点四十二分，绅士们都拿起了牌，眼睛却老是盯着钟看，虽然他们十之八九会赢。他们从来也没有觉得几分钟会这么漫长，直到现在为止。

“四十三分了。”多玛斯·弗拉纳刚说，同时倒了一下牌。那牌是高杰·拉尔夫刚洗过的。

接着，俱乐部的大厅里就一片死寂，静悄悄的毫无声响。而外面呢，则是人声鼎沸，甚至还有人在尖叫。这时，时钟还是一秒一秒、滴滴答答地响着，就像往常一样不快不慢。可是，今天的每一声滴答都震动了他们的耳鼓，每一秒钟都产生了不同往日的效果。

“四十四分了！”约翰·沙利文说，他的声音里有一种难以抑制的激动。

再过一分钟，他们就赢了！

这五位绅士也不打牌了，干脆把牌往桌子上一甩，一秒一秒地数起钟声来！

八点四十四分四十秒钟已经平安地过去了，八点四十四分五十秒钟依然平安无事！到了八点四十四分五十五秒钟时，外面更是人声雷动，掌声、欢呼声，甚至是咒骂声乱哄哄地响成一片，而且声音越来越大，此起彼伏。这时，五位绅士都站了起来。

八点四十四分五十七秒钟，大厅的门开了。八点四十四分六十秒钟之前，福格先生被一群狂热的群众簇拥着冲进了大厅，沉静地说：“我回来了，先生们。”

第三十七章 福格的赌注一分不剩，但他赢得了幸福

没错，来人正是菲利亚·福格！

在福格先生他们回到伦敦后大约二十五小时，也就是当天下午八点零五分，路路通按照主人的吩咐高兴地去了马利勒坡纳教堂，请萨缪尔·威尔逊神甫第二天来主持主人的婚礼。

当时，路路通连走带跑地到了神甫那里，神甫却还没有回来。路路通就在那儿等着神甫，等了足足二十多分钟，直到八点三十五分才从神甫那儿出来。

他出来的时候，他的帽子不见了，头发乱得像一堆稻草，只顾一个劲儿地跑着。他跑啊，跑啊，没有人能比他跑得更快了。跑到人行道上的时候，他也像一阵风似的疾驰而过，不知道撞倒了多少来往的行人！

三分钟之后，他就回到了白林顿花园洋房，然后一头栽进福格先生的房间里，上气不接下气地喘着，连话都说不好了。

“怎么了？”福格先生问。

“先生……您不可能……结婚了……”路路通结结巴巴地说。

“什么？”

“是明……明天……不可能了。”

“为什么？”

“因为明天……明天是星期日。”

“明天星期一。”福格先生平静地说。

“不对，今天才星期六。”

“星期六？不可能！”

“是星期六，真的是星期六，绝对没错！是您算错了日期，我们整整早到了二十四小时！”路路通喊着说，“现在，就剩下十分钟了！快走！”说完，他就一把抓住主人的衣领，发疯似的跑起来。

福格先生根本来不及考虑一下，就被路路通拖出了房间。他们出了大门，跳上一辆马车，跟马车夫讲好了价钱之后，就飞驰而去，及时赶到了改良俱乐部。马车夫一路上轧死了两条狗，撞坏了五辆马车，最后得到了一百英镑的奖金。

当福格先生出现在俱乐部大厅里时，正好是八点四十五分！

菲利亚·福格真的在八十天内完成了环绕地球一周的旅行！他赢到了这笔两万英镑的赌注！

不禁有人要问了，福格先生这么精细，怎会记错日子呢？他确实是12月20号（星期五）到达伦敦的。从他离开伦敦的时间算起，他只用了七十九天就回来了。那么，他怎么会认为自己是12月21号星期六晚上到伦敦的呢？

弄错的原因非常简单，因为福格先生在旅途中，一直是往东走的，所以就“不知不觉”地赚了一天时间。假若他一直倒着往西走，反倒会吃二十四小时亏。

事实是这样的。福格先生一直朝着太阳升起的方向往东走，每走过一条经度线，就能提前四分钟看见日出，拿这四分钟乘以三百六十（整个地球一共有三百六十条经度线），结果正好是二十四小时。这么一来，他就在不知不觉中占了二十四小时的便宜。也就是说，自这次旅行开始至这个星期六，福格先生一共看了八十次日出，比他的那五位住在伦敦的同僚多看了一次。正因为这样，星期六这天才被福格先生想象成了星期日。如果这天不是星期六，改良俱乐部里也就没有等他的会友了。

他们的确弄错了日期。可惜的是，路路通的那只一直保持着伦敦时间的大银表，只能准确地指出几点几分，不能指出几月几号，不然就不会发生弄错日期的事了。

福格先生的确赢了两万英镑，可是他并没有剩下多少钱。因为，这次旅行差不多花了他一万九千英镑。不过，我们已经知道了，这位怪绅士打赌的目的，不是要发财，而是为了挣足面子。您瞧，他甚至没有留下那剩下的一千英镑，而是分给了诚实的路路通和倒霉的菲克斯。说到这位侦探，福格先生当然不会对他怀恨在心。不过，福格先生扣了他仆人的一笔钱，也就是一共烧了一千九百零二十小时的煤气费。福格先生认为，这是他的仆人因为过失才造成的，他完全应该扣下这笔钱。

同一天晚上，福格先生还是像往常一样，依然不动声色地和艾娥达夫人说着话。他问她："夫人，关于我们结婚的事，您现在还有没有别的意见？"

"先生，这样的问题，应该是我向您提出才对，"艾娥达夫人回答，"昨天您破产了，而现在，您又……"

"夫人，您别这么说。如果不是您，我也得不到这笔财产。因为您提出跟我结婚，我的仆人才会去找萨缪尔·威尔逊神甫，这样我才知道自己弄错了日期。这笔财产全是您带来的……"

"亲爱的福格！"年轻的艾娥达夫人说。

"亲爱的艾娥达！"福格先生回答。

往下的事情，就不用多说了。婚礼是在四十八小时之后举行的，新娘的证婚人是路路通。路路通高兴得满面红光，神气十足而又兴

高采烈地完成了这一神圣使命。这种荣誉，确实应该授予路路通。因为，他曾经为了救艾娥达夫人，不惜赴汤蹈火。

可是第二天，在天还没有大亮的时候，路路通就“砰砰”地敲响了福格先生的房门。

那位不动声色的绅士从打开的房门后面走了出来。

“什么事，路路通？”

“哦，先生，我刚刚想起来一件事……”

“什么事？”

“我们只要七十八天就能环游地球一周。”

“的确如此。不过，如果那样的话，我们就不能去印度了，也自然不能救艾娥达夫人了，不救她的话，”福格先生回答，“我现在就没有她这个妻子了……”说完，福格先生轻轻地关上了门。

就这样，福格先生赢了这一场赌注。在八十天内，他做了环游地球一周的旅行！一路上，各种各样的交通工具，像轮船、火车、马车、游艇、商船、雪橇和大象，都被他用上了。在这次旅行中，这位性情古怪的绅士是那么沉着而准确，显示了惊人的执著追求。

那么，经过这番长途跋涉，他取得了什么结果？有没有赢得什么呢？从金钱的角度来看，他确实什么也没有得到。可是，这样就能说他没有一点儿收获吗？如果不把那位如花似玉的艾娥达夫人算在内的话，也许还可以这么说。尽管令人难以置信，可她确实让福格先生成了世上最幸福的人。

环游地球一周所需要的时间，难道真的不可能再缩短了吗？

后 记

《环游地球80天》是凡尔纳最受欢迎的作品之一。最初在法国《时报》上连载，一度轰动全世界……

对于当代人来说，环球旅行已经不是什么新鲜事了。但在19世纪，人们只能乘坐火车、轮船或骑马旅行，如果有人打赌说他可以用80天环绕地球一周，在当时简直不可想像。而本书主人公福格做到了。小说以打赌开头，中间穿插探险故事、异域风情、爱情故事，情节曲折，扣人心弦。在紧张的同时，又很幽默，令人爱不释手。

福格先生的形象，在世界文坛上是非常独特的。他富有而神秘，性格冷静，像钟表一样严谨，丝丝入扣。他像钟表报时一样按时进餐，按时就寝，甚至到俱乐部打牌，也按固定时间迈动他的双腿，左脚576步，右脚575步。

可以说，福格先生与钟表最大的不同是，钟表会发声，福格先生却几乎不讲话。可是一旦他开口，就意味着他要做出某个决定了。他说自己可以用80天环球一周，他就敢拿身家性命去赌，而且立即出发，并最后获得成功。

这部小说的魅力所在，除了情节扣人心弦之外，福格先生的性格也是重要原因。这是一个强有力的形象。他横跨欧洲，又穿越了非洲、亚洲、美洲等地，在印度遭到过食人部落的追杀，在香港曾被大麻和烈酒所迷惑，在太平洋里与飓风抗衡，在美洲与土著人以命相搏，其中任何一次遭遇，都有可能掐断他的环球计划，甚至性命不保。但是，福格先生面对这一切，却一直是镇静自若的，犹如在看一出戏剧，欣赏别人的故事。他的严谨和冷静，按部就班的行为能力，以及背后的超脱，都是令人敬佩而且感触良多的。

小说作者儒勒•凡尔纳，是世界文学史上最富盛名的科幻小说家。他的作品中所描述的许多幻想，后来真的实现了。例如潜水艇，例如坐火箭环绕地球，例如电视、原子弹、极地旅行、摄影、汽车，以及地底旅行等。

本书的翻译，在忠实于原著的基础上，以意译为主，以便中国读者的阅读。个别地方参照了英文译本。

图书在版编目（CIP）数据

80天环游地球/（法）凡尔纳著；孙志阳译. — 北京：北京联合出版公司，2014.12（2018.9重印）
（中小学生必读丛书）
ISBN 978-7-5502-3967-8

Ⅰ. ①8… Ⅱ. ①凡… ②孙… Ⅲ. ①科学幻想小说－法国－近代 Ⅳ. ①I565.44

中国版本图书馆CIP数据核字(2014)第258893号

80天环游地球

出版统筹：新华先锋
责任编辑：王 巍
封面设计：王 鑫
版式设计：先锋设计

北京联合出版公司出版
（北京市西城区德外大街83号楼9层 100088）
河北祥浩印刷有限公司印刷 新华书店经销
字数133千字 787毫米×1092毫米 1/16 18印张
2018年9月第2版 2018年9月第4次印刷
ISBN 978-7-5502-3967-8
定价：36.00元
